宇野朴人
illustration ミユキルリア
U0025971
七魔劍
支配天下
1
Kadokawa Fantastic Novels

奧利佛・霍恩
Oliver Horn
奈奈緒・響谷
Nanao Hibiya
皮特・雷斯頓
Pete Reston

凱・格林伍德
Gai Greenwood
卡蒂・奧托
Katie Aalto
米雪拉・麥法蘭
Michela McFarlane

「——終於……找到了。」

「——象國的魔鳥，我在這裡！」

「那麼——在下要上了！」

CONTENTS

Seven Swords Dominate

七魔劍支配天下

Seven Swords Dominate

宇野朴人
Bokuto Uno

illustration
ミユキルリア

Kadokawa Fantastic Novels

無法閃躲，無法招架，因此無人能夠逃過一死。

若能在一步一杖的距離內達此境界，即為魔劍。

——拉諾夫流魔法劍始祖：拉諾夫．埃瓦茨

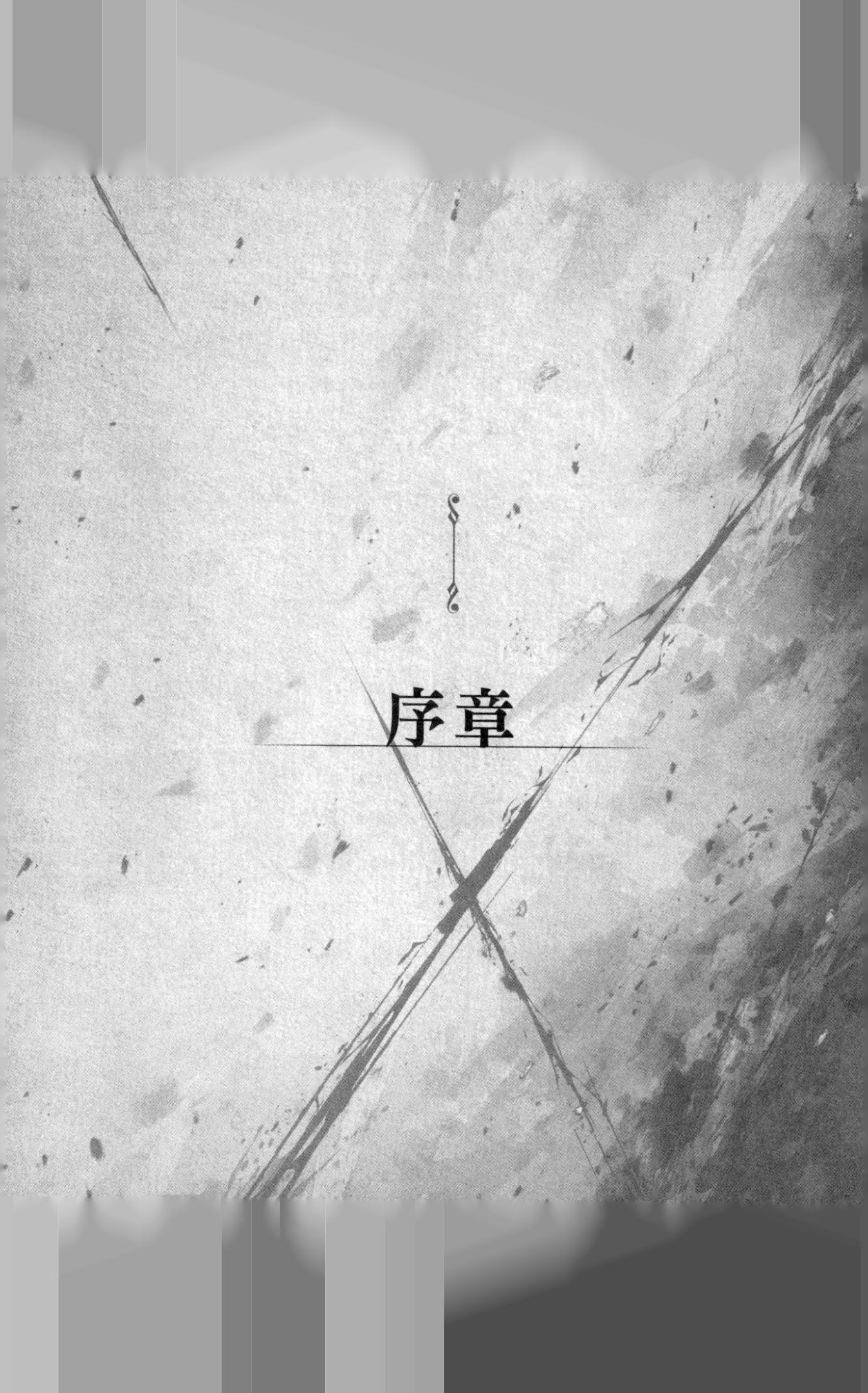

序章

曾有人說過——愈明亮的星星愈容易在暗夜墜落。

久違的新月之夜，讓女子想起了這句話。

她還沒有自戀到將自己比喻為明星，不過——認識她的人並不這麼想。每一場狩獵都需要相對應的準備，無論狩獵的對象是人類或野獸都一樣。若對手是天上的明星，那需要的準備自然遠勝其他獵物。

「他們」今晚行動時，也有遵守這條原則。所以當女子看見這個萬全的陣容時，也坦率地想著原來如此——「如果是這些人，確實連星星都能擊墜」。

「——唔——！」

女子在林間穿梭，正被人追殺的她，遭到從黑暗中伸出的巨爪攻擊。儘管女子立刻轉身用杖劍抵擋，無法完全抵銷的衝擊還是讓她整個人浮了起來。巨爪劃破空氣，打算趁女子雙腳離地無法防禦時展開追擊——

「——喝啊啊！」

女子「在空中用力踏了一步」，用雙手的杖劍迎擊。巨爪在撕裂獵物前就反被斬斷。女子趁攻勢中斷的瞬間，迅速著地展開反擊。

「——嗯？」

一陣黑霧打斷了女子的行動。她在看見黑霧之前，就已經因為感到一陣惡寒而轉身閃躲，但還是未能完全避開，從被黑霧掠過的左肩傳來令人毛骨悚然的不快感，讓她全身都起了雞皮疙瘩——但她甚至沒有餘裕去注意這些。

「**以木為薪**（佛爾提斯），**熔燬岩土**（弗朗馬），**施以完全的焦熱**（馬克西梅）。」

烈火從頭頂傾洩而下。超乎常理的熱量宛如從火海生出的波浪般，瞬間將附近的樹木化為焦炭。女子用雙手的杖劍對應——她「攪動火焰將其驅散」，讓一部分的熱浪轉移方向。地面化為沸騰的岩漿，只有她站的地方像座孤島般倖免於難。

「——真虧妳能撐到現在。明知道再怎麼掙扎也沒用。」

周圍響起男子嘲笑的聲音。女子一抬頭，就發現原本陰暗的天空被藍白色的強光照得通亮——那裡高掛著一道新月之夜不可能會有的巨大月亮。

那當然不是天體，而是用魔法製造的光球。儘管那只是連學生都會施展的基礎魔法，還是令人不免心生畏懼——畏懼使用者那足以將單純的照明術化為月亮的驚人力量。

在虛假的月光照耀下，夜空中浮現出六道人影。有人是待在比較高的樹上，有人是坐在空中的掃帚上，也有人是站在巨大「神祕物體」的肩膀上。這些企圖擊墜明星的獵人，從各自的位置俯瞰女子。

「——唔——」

女子的左肩——剛才被黑霧擦到的部位突然變得奇癢無比。才剛感到不對勁，衣服底下就傳來沙啞的笑聲——她咬破布料後，發現底下長出一個跟小孩子的拳頭差不多大，「極度扭曲的人臉」。

女子毫不猶豫就將從自己身體長出的異形腫塊，連同肩膀的肉一起砍下。肉塊掉落地面，發出血液噴濺的聲音，其中一道人影見狀，悲傷地說道：

「啊啊啊啊——好過分，居然砍掉了。好寂寞，好寂寞喔。讓他跟你在一起啦。」

那個聲音聽起來就像喉嚨受傷的羊般不安定。既像少女，又像老婦；既像在哭，又像在笑——或許這些區別早就失去意義。就和惡靈的譫言一樣，只能勉強聽出是人類的語言。

「老太婆，妳該不會只想幫忙照明吧，真是大牌啊。」

一位女性殺氣騰騰地說道。她被藍白色光芒照出的輪廓，從肩膀開始就明顯脫離人體常態。那異常發達的雙臂擁有多達五個關節，與手指合為一體的巨爪宛如刀刃般銳利。就連在剛才的交鋒中被砍下的部分，都在女子眼前一下就長了回來。

「…………」

即使受到挑釁，其中一道人影仍維持高舉魔杖的姿勢默不作聲。那道人影明顯擁有非比尋常的魔力，但似乎只想維持光球。在逆光下看不清楚那人的表情，只能從挺立的站姿，推測是個嚴肅的人。

「大家各自隨意發揮吧！嘎哈哈哈哈哈哈！」

一個老人像天真無邪的孩子般放聲大笑。某個「龐然大物」讓那道嬌小的人影坐在自己的肩膀上，高聳的身軀緩緩動了起來，像個在捉蚱蜢的孩子般，朝女子揮下巨大的雙手。

「——斬斷吧！」

女子正面迎戰巨人的手掌。刀光一閃，原本想抓住女子的兩隻手掌被斬成數段，化為無數土塊落地。女子迅速跳上失去手掌的巨大手臂開始奔跑，眼睛直直瞪著眼前的敵人——

「■■■（停下）。」

身體突然動彈不得。束縛女子的不是咒語，是更接近根源的「停止」命令。女子驚訝地回過頭，並非看向限制自己行動的老人，而是另一道人影。

「老頭子們，牽制得好啊——前輩，我要出狠招了！」

異形的人影趁女子短暫停下動作時縮短距離，用力握緊已經和手指同化的巨爪，毫不猶豫地朝獵物揮下拳頭，發出肉與骨頭粉碎的低沉聲響——女子根本無法抵抗，就這樣被擊落地面。

「——呃啊啊啊啊啊！痛死我了，可惡啊啊啊啊！」

即使如此，女子也沒有乖乖吃虧。異形的人影大聲咆哮，肩膀以下被切成好幾塊的右手紛紛掉落。這是女子在被擊中時留下的禮物。

「——唔！呼、啊——！」

女子在空中踢了一腳，避免直接掉進岩漿裡，並在著地的同時以翻滾動作抵銷衝擊。她勉強保住了一條命——但明顯身受重傷。

她全身的關節都在顫抖，流進眼睛裡的血將視野染成一片鮮紅，砍下人面瘡時在肩膀留下的傷口血流不止，身上還有數不盡的傷口。這已經超越痛苦的程度，甚至讓她忍不住笑了起來——自己居然還活著，這簡直就像是在開玩笑。

女子也很清楚，六對一根本沒有勝算，就連逃跑的希望都非常渺茫，不過——她一點都不打算放棄。身為魔法師，她早就經歷過無數次令人絕望的戰鬥，只是這次的狀況特別嚴苛罷了。

「——啊啊啊啊！」

最重要的是，她已經決定了——要讓這種生活方式在自己的這一代結束。不能將自己沒完成的事情推給下一代。這個誓言不允許她屈服。她讓猛烈的魔力在全身循環，鞭策滿身瘡痍的自己站起來——

「前輩，往這邊走！」

女子聽見熟悉的聲音，接著刺眼的閃光劃過戰場。一道用魔法製造的強烈光芒撕裂黑夜，將視野染成一片白色——某人趁這段期間拉著女子的手逃離此處。

在陰暗的樹林裡跑了一段時間後，女子被帶到一個開在地上的洞穴。和帶她逃跑的人一起跳進去後，兩人依然沒有放慢腳步，繼續朝深處前進。直到經過數條岔路，順利與那些追擊的獵人拉開距離後，她們才總算停下腳步。

「…………得、得救了。沒想到，能逃離那個地獄，稍微喘口氣。」

即使講話斷斷續續，女子仍不忘環視周圍——雖然這裡是洞窟深處，但多虧了設置在各處的礦

石燈，周圍的空間還算明亮，可見這裡應該是人工打造的場所。

「沒有馬上追過來……看來他們不知道這裡。這是妳事先準備的退路嗎？真了不起，到底是怎麼——唔！」

女子一佩服地開口，背後就被一股炙熱的觸感貫穿。

「——艾、米——？」

女子以顫抖的聲音呼喚同伴，茫然地看向自己的胸口——那是劍尖。是從背後貫穿心臟，沾滿自己鮮血的杖劍的劍身。

「……對不起，我只能這麼做。」

背後傳來哽咽的聲音。女子聽到這裡就明白了——敵人不只六個。在那些為了殺死自己，為了擊墜明星而聚集在一起的獵人當中，這個人才是最後的殺手鐧。

「不過請妳放心……哪怕只是一片靈魂，我也不會把妳交給他們。」

動手的人從背後溫柔地抱住女子。即使刀刃相向，蘊含在當中的感情依然沒有一絲虛偽。沒錯——所以她才會一直沒發現。

「我一直、一直仰慕著妳——前輩，我們要永遠在一起喔。」

對方如此說道，那雙眼睛才是今晚最深不見底的黑暗深淵。在逐漸朦朧的意識中，女子感覺自己的靈魂正逐漸被那道深淵吞噬。

第一章

Ceremony
入學典禮

——如果想見識春天的魔法，就去看金伯利魔法學校怎麼準備入學典禮吧。

從以前就經常有人這樣嘲諷。離開加拉太市區往東走，再越過兩座山後，就會看見那條路。在這個時期，一直延伸到校舍的盛開之路(Flower Road)，開滿了包含櫻花在內的各種花朵。如果想讓即將踏入校門的新生對未來充滿期待，再也沒有比這更適合的光景了。

然而，只要冷靜思考就會發現這片景色並不正常。無論再怎麼環視周圍，都找不到含苞待放或已經凋謝的花朵。盛開之路全長超過一公里，道路兩側種植了多達好幾千株的各類花草樹木。「所有植物都像是在配合這個時機般偶然同時盛開」，這種事情真的有可能發生嗎？

「喔——『不開花的傑克』也漂亮地盛開啦。」

奧利佛仰望這棵樹齡高達千年、堪稱這條路門面的老櫻樹，在心裡暗自嘆息——讓這裡的植物全在入學典禮當天盛開可是個大工程，這同時也是金伯利魔法學校的六年級生，在升上最高年級前必須通過的眾多考驗之一。

有人把這稱作邪教聚會，也有人說是地獄的才藝表演大會，這就是所謂春天魔法的真相——因為從旁觀者的角度來看，那副光景實在是太過「光怪陸離」，所以六年級生事後通常會口徑一致地抱怨「真是個混帳傳統活動」。

「喂，那位小哥！你的襯衫跑出來了！」

「你的長袍上黏了貓毛！要好好用刷子清理啦！」

「手帕帶了嗎？上過廁所了嗎？不可以硬憋喔，如果真的很急別害羞，去告訴監督生吧！」

吵鬧的婦花伸長自己的莖，不斷向經過自己前方的新生搭話。她們是這條路最吵鬧的存在。能夠思考和對話的草木，被統稱為驕傲植物，走在隊伍外側的學生，都免不了聽她們嘮叨。

「——哎呀！真是的！」

不出所料，從其中一個花壇探出頭的花朵，振動著雌蕊向奧利佛搭話。

「這位小哥，你看起來很緊張呢！」

「——是這樣嗎？」

奧利佛一聽，就稍微打量了一下自己的外表——深藍色的長褲搭配灰色襯衫與黑色長袍，腰間插著白杖與杖劍。他的身高約一百五十公分，符合十五歲男孩的平均身高，頭髮也是長度適中的黑色直髮。

每個地方都沒問題，不管看在誰的眼裡，應該都是普通的金伯利新生。

「是啊。雖然不曉得你在害怕什麼，但還是放輕鬆一點吧！難得參加入學典禮，至少今天要好好享受吧？沒錯——無論有多麼可怕的未來在等待著你，至少今天要過得開心一點。」

「感謝關心。話說夫人——如果再繼續跟著我，妳的莖就要斷了。」

「哎呀，這可不行！」

配合奧利佛的步伐將莖伸長的婦花，在發現自己伸太長後連忙縮回花壇。奧利佛嘆了口氣後，重新踏出腳步。

「搞不懂那到底是在鼓勵人還是嚇唬人，就不能專心在其中一項嗎？」

走在一旁的新生向奧利佛搭話。奧利佛看向聲音的方向，發現對方是個擁有可愛的蓬鬆捲髮、身材嬌小的少女。除了下半身是裙子以外，少女身上穿的都是和他一樣的制服。看來對方是與他同年的新手魔女。

「……咳。」

少女緊盯著奧利佛，從她的表情有些緊張來看，應該是鼓起了很大的勇氣向他搭話。奧利佛努力記住這位第一個和他交談的同學長相後，微笑地回答：

「嗯，就是說啊——妳很習慣應付驕傲植物嗎？」

少年主動做出善意的回應，讓少女放鬆了表情。

「不，我是第一次看見那麼喋喋不休的類型。我故鄉的那些孩子都比較純樸可愛。」

「哈哈，不用把婦花說的話放在心上。那種東西，在我老家就跟風吹動樹葉的聲音差不多。」

兩人才剛開始交談，後面就又傳來新的聲音。兩人回頭一看，就發現一位以同年代的學生來說，個子算是相當高的短髮少年。

「那種類型的魔法植物，會根據紮根處蘊含的魔素特性改變性格。只是金伯利（這裡）性格惡劣的特別多。學長姊每年應該都很辛苦吧？」

少年講得像是實際體驗過一樣。奧利佛從少年曬成褐色的臉和手背推測對方應該是魔法農家出

身後，爽快地回應他：

「六年後我們也會遇到相同的狀況。據說從傑克在入學典禮時的開花狀況，就能推測出那屆學生有多優秀。」

「啊，就是傳說中的地獄才藝表演大會吧。今年看起來是完全盛開——表示今年的七年級生非常優秀吧。」

捲髮少女的話，讓三人看向同一棵櫻樹。雖然乍看之下只是普通的老樹，但如果仔細觀察，就會發現樹皮的紋路像張老人的臉——既然是驕傲植物的長老，那棵樹應該也能像婦花那樣活動和講話吧。

「——話說回來，兩位，雖然完全盛開的傑克爺爺也是難得一見，但我更在意另一件事。」

高個子的少年說完後，看向隊伍的前方。奧利佛和捲髮少女跟著看過去後，高個子少年稍微壓低聲音：

「……你們覺得那是怎麼回事？」

在少年指示的方向——由新生組成的隊伍裡，有一個打扮得和其他人截然不同的少女。

少女穿著既不是褲子也不是長裙的下裝，以及像將長袍交疊在胸前、再用衣帶綁起來的上衣，腰上還插了一把有弧度的刀。儘管不曉得那些衣物與配件的正式名稱，但三人都從那獨特的外表想到同一個詞。

「……那是武士吧。」

「是武士呢。而且還是女孩子。」

「對吧。我果然沒有看錯。」

高個子少年在獲得認同後低喃。即使想向話題的少女搭話，距離也太遠了，所以他挺直背脊仔細觀察少女。

「那比會喋喋不休的婦花稀奇多了。為什麼會有東方（艾細亞）的武士來參加金伯利的入學典禮啊？」

奧利佛心裡也有相同的疑問——他們居住的聯合國（悠尼翁）家與東方地區間隔的距離實在過於遙遠，所以可以說根本就沒有正式的交流。

他們只能透過少數貿易船和好奇心旺盛的冒險家，獲得一些片段的消息，再透過有限的資訊加以想像。拜此之賜，無論是象國（英達司）、中央國（伽那）或日之國（山津），都被歸類到同一個範疇。

「這個嘛——既然她也在隊伍裡，表示應該也是新生吧？」

「那為什麼沒穿制服？她插在腰上的武器看起來也不像杖劍。難道東方的學生制服都是長那樣嗎？」

「別一直盯著人家看啦。背後應該是有什麼原因吧。或許是因為留學的事情決定得太突然，所以來不及準備。」

少女開口規勸高個子少年，一旁的奧利佛也跟著點頭。

「除了校區所在的大英（耶格蘭）魔法國以外，金伯利還會從世界各地招攬有魔法天分的孩子，她應該是透過那個管道入學的吧。就跟妳一樣。」

奧利佛突然將話題帶到少女身上。少女愣了一下，然後驚訝地睜大眼睛。

「咦、咦——已經被看穿啦？我還以為自己已經把語言學得融會貫通了……」

「因為A和O的發音還有一點口音。妳應該是來自聯合國家的北邊，也就是湖水國（芳蘭）那附近吧？」

「……唔，你猜對了。虧我還打算自我介紹時嚇你們一跳……」

少女不甘心地噘起嘴巴嘟囔。奧利佛回以苦笑，同時掃了周圍一眼。

「從這裡看過去，就會發現還有很多新生也是來自聯合國家內的其他國家。不過——看來只有那個少女是來自東方。畢竟目前已知的國家，在魔法方面大多是未開發國，所以要找出有天分的孩子也不容易呢。」

「喔……我不太能想像沒有魔法的生活是什麼樣子呢。」

「至少那邊的植物照顧起來應該比較輕鬆。」

少女看著好奇地打量會說話的婦花的東方武士說道。因為兩者對比起來實在太有趣，讓奧利佛輕輕笑了。

「唔喔——你們看，是魔法生物的遊行！」

走完盛開之路，穿過巨大的校門進入校園內後，高個子少年發出歡呼。奧利佛看向相同的方向後，也跟著發出驚嘆。體態優美的一角馬（unicorn）、自豪地展開翅膀的獅鷲（griffin），以及擁有閃耀金色鱗片的貪慾龍（Fafnir）——各種魔法生物整齊地排成一列在校園內結隊遊行，當中有些個體甚至遠比人類還要大。

「哇喔，真壯觀！不愧是金伯利，不僅是植物，連動物都這麼吸引人！」

不只是高個子少年，其他新生們也都難掩興奮地看得出神。遊行的隊列像是在配合他們般，暫時停止前進，讓他們能夠停下腳步好好觀賞。

雖然高個子的少年看著遊行隊列，持續發出驚嘆——但在發現一旁的少女表情凝重地皺起眉頭後，疑惑地看向她。

「喂，妳怎麼了？再興奮一點啦，其他地方可是看不到這種遊行喔。」

「這我當然知道……但我沒辦法坦率感到高興。」

說完後，捲髮少女指向遊行隊列的其中一段。奧利佛和高個子少年一同看過去後，發現一個身高超過三公尺、外表壯碩的人型魔法生物——一隻亞人種的巨魔，穿著樸素的衣服緩緩前進。

「你們看，那隻巨魔和其他魔獸一樣，被逼著前進。」

「嗯？啊，的確呢。」

「這種事情，怎麼能夠被容忍呢？」

少女憤慨地說道。高個子少年困惑地歪了一下頭。

「先不管能不能被容忍……這有什麼問題嗎？野生的巨魔算是害獸，而像那樣被人類豢養時，就是適合用來運貨的牲畜吧？」

「唉……你實在應該多念點書。」

少女像是在感嘆對方的無知般大力搖頭，然後指著少年，再次開口。

「聽好囉？根據大賢者羅德．法夸爾的研究，那些亞人種和我們人類在三十萬年前都還是同一物種。你明白這代表什麼意思嗎？我們和他們，是在很久以前分支出去的親戚喔。」

少女流暢地展露知識，繼續對開始退縮的少年說道：

「與此相對，你知道這世界有多少亞人種的『人權』獲得承認嗎？」

「呃……首先是精靈吧。」

「嗯，沒錯。還有兩種——」

「是矮人和半人馬。」

一個冷淡的聲音插入對話。兩人驚訝地看向聲音來源後，發現一個手上拿著厚重書本的嬌小少年。對方一臉不悅，隔著眼鏡傳來的視線像是覺得兩人非常礙事。

「這種常識不需要特地確認吧。還有——你們說話可以小聲一點嗎？妨礙到我看書了。」

「咦？啊，好的，對不起。」

捲髮少女不自覺低頭道歉，錯失了質問對方為何這時候還在看書的機會。

「那是獅鷲……不對，是駿鷹（hippogriff）嗎？翅膀的形狀跟每張插畫都對不上。那個店長，該不會只是把瑕疵品塞給我吧……」

眼鏡少年發著牢騷觀察遊行的魔法生物，同時對照書上的記載。少女見狀，清了一下嗓子重新說道：

「……咳，沒錯，其他都沒有。犬人（kobold）、賽蓮、哥布林、鳥人和小人族——雖然在魔法生物學上還有許多生物被視為亞人種，但只有前面提到的三種具備人權。而且這也是最近的事情，半人馬的待遇在二十年前還和巨魔差不多，被當成運貨和載人用的牲畜。」

少女立刻恢復原本的語氣。奧利佛佩服地聆聽少女的說明。

「不過，若透過魔法生物學追本溯源，就會發現以物種來說，巨魔其實比半人馬還要晚分支出去，這已經是經過許多研究證實的學術事實。然而，即使半人馬已經被劃入『人類』的範疇，巨魔仍被我們人類當成奴隸使喚。你難道不覺得這是錯誤的嗎？」

少女用力指著高個子少年問道，後者雙手抱胸思考了一會兒。

「……呃，等等。雖然我不太清楚這方面的事情，但把巨魔和精靈、半人馬與矮人歸在一類也太奇怪了吧。巨魔是不會說話也沒有文字，僅依靠蠻力的生物，而且牠們當然也會襲擊人類。妳要我把牠們也當成人類看待嗎？」

「巨魔確實不會說話也沒有文字，但其他部分我就不贊同了。真要說起來，巨魔是在我們這些魔法師將他們用在戰鬥後，才開始給人粗暴的印象。是我們扭曲了他們的意志，強硬地馴養他們。」

奧利佛在心裡點頭。身材魁梧的巨魔在力量與體力方面都十分優異，智能程度也恰到好處——所以魔法師使喚巨魔，在各方面都是必然的結果。

「妳的意思是野生的巨魔就不會襲擊別人嗎？不，才沒這回事。我以前住的鄉下，可是每年都

有好幾個人受害。」

「如果自己的地盤被人入侵，他們當然會反擊。精靈和半人馬不也一樣嗎？重點是要能夠分棲共存。」

少女對自己的結論充滿自信，但高個子少年仍未罷休。

「就算妳說要分棲共存，這個國家的人口可是仍在持續增加。如果不開拓山地，就無法增加田地和建造新城鎮。如果要從這點開始爭論……我們接下來要上的學校，以前也是其他亞人種的棲息地吧？」

「唔……這、這樣講就太極端了。我並不否定開拓這件事，但他們應該也有權利留在自己的棲息地生活……」

「這就難說了。妳想想看——假設立場顛倒，牠們會這麼體貼人類嗎？妳覺得牠們會說『人類也有生存的權利，所以不要入侵他們的地盤』，然後溫柔地放過我們嗎？」

「唔。」

少女因為被戳到痛處而語塞，在形勢逆轉後，高個子少年進一步說道：

「我就以實際經驗告訴妳鄉下人是怎麼想的吧——巨魔非常可怕。我家的田也經常被牠們破壞，雖然我們有時候也會埋伏起來驅逐牠們，或是去山裡獵殺牠們，但我爸媽從來不讓我跟。因為生手只要一失誤就會死。」

奧利佛在心裡想著這也是事實，然後觀察少女的反應……高個子少年基於實際經驗做出的發言非常有分量。少女懊悔地咬緊嘴唇，似乎不曉得該如何反駁。

「……不是那樣。」

少女突然如此低喃。她低著頭鼓起臉頰，語氣也變得比剛才還像小孩子。

「……我家就不是那樣。我家的巨魔……我家的帕托既溫柔又很有力氣，從來不曾對我施暴。每次只要我一哭，他就會讓我坐在他的肩膀上……我沒有騙人。巨魔真的是溫柔的生物……」

「喔，那還真是了不起。我從來沒聽說過有人讓巨魔照顧孩子。看來妳的父母將巨魔馴服得非常好。」

高個子少年一臉佩服地說道，這讓奧利佛忍不住按住額頭——剛才這句話實在太不妙了。即使本人沒有諷刺的意思，依然非常不妙。不出奧利佛所料，捲髮少女露出憤怒的表情。

「馴服……！為什麼你只會這麼想？就是因為有你這種人，巨魔才會害怕人類！」

「妳說什麼？妳才是太小看野生巨魔了！我想妳應該不知道，牠們不僅會破壞田地，還會在上面拉屎！牠們的屎會堆得像小山一樣高！妳如果親眼看過，絕對會對牠們改觀！」

兩人開始對罵，這已經不算討論，根本就是小孩子在吵架了。兩人的爭吵，讓周圍的新生朝這裡投以好奇的視線，在一旁看書的眼鏡少年也厭煩地抬頭。

「……喂，別讓我說這麼多次，就算要吵架也請你們小聲一點——」

「吵死人了！那裡在吵什麼啊！」

伴隨著一道特別響亮的聲音，一個女學生推開新生走了過來。將制服穿得整齊服貼的少女昂首

挺胸，讓人覺得儀表非凡。雖然彷彿用咖啡染成的褐色肌膚也很稀奇，但最引人注目的還是她的金髮——因為打理得太完美，甚至散發出金屬質感的縱捲髮。

「就算入學典禮還沒開始，你們也不應該這麼鬆懈吧？既然已經穿過校門，我們就是名副其實的金伯利生了！身為歷史悠久的魔法名校學生，必須從現在就開始注意自己的言行！」

少女的語氣和她給人的印象，讓人完全不覺得自己是在被同輩斥責，但吵得正起勁的兩人完全不理會少女的斥責，反而一起瞪向她。

「來得正好。喂，我問妳——」

「——妳覺得那個巨魔看起來如何？」

兩人甚至還指著巨魔，將縱捲髮少女也拉進來一起討論。或許是沒預料到這種結果，縱捲髮少女稍微退縮了一下。

「怎、怎麼突然問這個。你們說的巨魔……是指遊行隊列裡的那個嘉斯尼種嗎？」

縱捲髮少女困惑地看著兩人指示的方向，她一瞇細眼睛，眼神就突然變得銳利起來。

「在我看來，那個巨魔的血統算是相當優良。從那個身高、骨骼和肌肉來看……接下來應該還能再運貨三十年。不愧是金伯利的使魔。我可以斷言，如果拿去市面上賣，至少能賣到三百萬貝爾庫。」

沒想到會聽見這種意見的兩人停止爭吵，驚訝地睜大眼睛。縱捲髮少女重新轉向兩人，恍然大悟似的將雙手抱在胸前。

「原來如此，你們是在評價巨魔方面出現了意見分歧吧？這確實很考驗魔法師的眼力。不過賭上我家門的名譽，我可以斷定那隻巨魔是純粹的嘉斯尼種，沒有摻雜個性粗暴的庫朗德種或體格較差的艾魯尼種的血……雖然情緒看起來不太穩定這點，讓人有些在意。」

縱捲髮少女瞄了巨魔一眼後，立刻將視線拉回來，得意地說道：

「硬要再補充的話，如果想選出好的巨魔，在觀察外觀之前，還得先釐清飼養者的經歷。我曾經聽說有人從來路不明的傢伙那裡買到個性粗暴的巨魔，結果那隻巨魔居然逐漸長出角，調查過後才發現是鬼種的混血——」

「…………」

「…………」

原本在爭吵的兩人完全找不到插話的時間點，徹底陷入沉默。縱捲髮少女十分自然地開始評斷巨魔的商品價值，讓兩人——尤其是捲髮少女深深體會到「雙方的文化與價值觀實在相差太多，根本就討論不起來」。

「——？怎麼了，為什麼突然不說話？你們不是想聽巨魔的事情嗎？」

縱捲髮少女困惑地歪了一下頭。三人之間的氣氛開始變得微妙。在一旁觀望的奧利佛有些焦急

——難得參加入學典禮，這樣的發展實在不太好。

稍微思考了一會兒後，他下定決心介入眼前的紛爭。

「咳——那個，三位請聽我說，雖然學生本來就經常互相辯論，但今天是值得慶祝的入學典

禮，板著一張臉或露出陰沉的表情，實在不適合這個場合。」

奧利佛在說話的同時，從腰間拔出白杖。為了表示友好，他努力朝三人擠出笑容。

「所以——請你們看看這個，重新恢復愉快的心情好嗎？」

儘管聲音因為緊張而變得有些僵硬，他仍輕輕揮了一下白杖。

「**變毛茸茸吧**（庫馬沙魯）**！**」

奧利佛高聲詠唱咒語——下一個瞬間，從他的脖子到後腦長出濃密的鬃毛。

「咦！」「唔喔！」

兩人驚訝地睜大眼睛。就在奧利佛心想「很好，反應不錯」時，捲髮少女小步走向他。

「好厲害！這是變身咒語的應用吧？你已經能做到這種程度了啊！」

「喔～真虧你能巧妙地只變出鬃毛呢。我以前也試過變身，但只有臉的下半部變成貓。那次真的好慘。」

兩人各自闡述感想，好奇地把玩奧利佛的鬃毛。這些出乎預料的反應，讓少年露出曖昧的笑容問道：

「……呃，難道不好笑嗎？」

「咦？——嗯，與其說是好笑。」「我只覺得你技術很好。」

兩人毫無惡意地說出誠實的感想。奧利佛沮喪地垂下肩膀後，這次換縱捲髮少女走向他。

「你挺有一手的呢。剛才的魔法表演，是改編Mr.布里奇的『**變濃密**（拉那沙魯）**！**』吧？」

「——妳看得出來嗎？」

「嗯，我也喜歡魔法喜劇。看來我們的興趣很合。我第一次看見那個橋段時，笑了約一個小時呢。」

說著說著，縱捲髮少女就像是想起當時的事情般笑了。這讓奧利佛變得更為沮喪——因為少女在看原本的版本時明明有大笑，他的改編版本卻沒能讓她露出笑容。

「…………抱歉。請你們把剛才的事情當作沒看見吧。」

「咦，為什麼？你很厲害耶！我真的很佩服你！」

奧利佛已經聽不下去任何激勵，挫敗地蹲了下來。他透過反覆練習才變出的出色鬃毛，也哀傷地隨風飄揚。

「喂、喂，別那麼沮喪啦。你看，我們都停止吵架了。」

高個子少年連忙開口安慰，才總算讓奧利佛重新振作起身。他詠唱解除咒語消除鬃毛，再次轉向縱捲髮少女。

「總之一切都解決了……不好意思，剛才太吵了。」

「嗯。你們明白就好。」

縱捲髮少女露出優雅的微笑，點頭如此說道，確認事情告一段落後，她再次轉身。

「遊行已經進行了一半，我們也差不多要繼續前進了。希望大家不要擾亂隊伍，讓所有人都順利抵達校舍。」

說完後，縱捲髮少女瀟灑地離開。奧利佛目送她的背影離去，看向隊伍前方。

「前面的隊伍已經開始動了。她說的沒錯，差不多該停止看遊行了。」

「咦，已經要結束了？等、等等，再讓我看一會兒。」

捲髮少女再次探出身子，凝視遊行隊列的某個角落。高個子少年向她搭話：

「我知道妳覺得不捨，但還是走吧。只要在金伯利念書，以後多的是機會看到這些東西。」

「我知道……但我很在意那孩子！剛才聽那個人說過後，我才發現他好像很痛苦……」

捲髮少女看著巨魔說道。剛才縱捲髮少女曾說「那隻巨魔情緒看起來不太穩定」，這似乎讓捲髮少女感到非常在意。兩位少年聳了聳肩，就在他們想著「反正隊伍還要再過一段時間才會開始前進」，將視線從捲髮少女身上移開時。

——**向前狂奔**（伊亞斯）。

「——咦？」

捲髮少女的雙腳莫名感到一陣麻痺，然後——她突然無法控制自己，就這樣脫離隊伍往前衝。

「喂？妳幹什麼啊！」

「快停下來！別再靠近遊行隊列了！」

慢了一拍才察覺情況不對的兩人齊聲大喊，但捲髮少女沒有停下腳步，只能用勉強還能控制的脖子不斷搖頭。

「我、我知道！我明明知道——腳卻自己動起來了——！」

少女大聲尖叫。奧利佛與高個子少年察覺情況有異，同時衝了出去。他們無視其他驚訝的新生，全力追在少女後面——但在這段期間，遊行隊列那邊的景象讓他們大吃一驚。

「……？喂！那隻巨魔好像跑過來了？」

高個子少年慌張地大喊。如他所言，他們剛才討論的那個身材高大的亞人種，正踏著沉重的腳步衝向這裡——不僅如此，那隻巨魔的背後也發生了狀況。

「嘎嗚嗚嗚嗚嗚！」「嗚嗚嗚嗚汪！」

從遊行隊列裡跳出兩隻魔犬(warg)，追著巨魔衝了過來——牠們維持群體秩序的本能十分強烈，所以經常在這種場合擔任類似牧羊犬的工作。激烈的吼叫是在警告巨魔「立刻回到群體」。

然而，高大的亞人種對魔犬的警告充耳不聞，完全沒有停下腳步的意思。其中一隻魔犬氣到使出強硬手段，咬住對方的腳踝。魔犬的牙齒，蘊含了能一擊將人類脖子扭斷的力道。

「——吼喔！」

下一個瞬間。巨大的拳頭劃破空氣往下揮，將魔犬的身體化為扭曲的肉塊。

「什——！」「……！」

在地面與拳頭之間，只剩下面目全非的魔犬屍體。骨頭穿透被壓扁的身體，高個子少年在目睹這血淋淋的場景後皺起眉頭。跑在旁邊的奧利佛，突然想起過去學到的知識。

那是個有名的問題，內容是「世界上哪一種魔法生物奪走最多人的生命？」魔法師通常都會直覺地想到龍種(dragon)或巨獸種(behemoth)——這樣的認識與現實相去甚遠。這些高等魔法生物的棲息地，和人類根本沒什麼交集。

那麼正確答案是什麼呢——結果應該會讓大多數人覺得無趣，因為前幾名都是非常熟悉的名字。第一名是靠出眾的繁殖能力組成群體的犬人，第三名是靠小聰明對人類設陷阱的小鬼(bogies)。每年都有數以萬計的人類，死在這些個體能力並不突出的生物手上。雖然犧牲者大多是普通人，但也有很多魔法師在還不成熟時，因為大意而遭遇不測。

然後是第二名……雖然在凶暴程度和繁殖能力方面遠遜於前兩者，但巨大身軀帶來的臂力與強韌，可說是無人可及。儘管智力和七歲的人類兒童差不多，但「超過三公尺的龐大身軀仍是不容忽視的要素」。相同尺寸的野獸還能靠陷阱狩獵，但這種生物有時候甚至還會自己設陷阱。

「唔喔喔喔喔喔喔——！」

這種生物就是巨魔。靜靜棲息在人類身邊的鄰居。正因為具備有力的龐大身軀與適合被使喚的智力，人類才會入侵他們的地盤，嘗試將其當成家畜。

捲髮少女說的沒錯，巨魔並不喜歡襲擊人類。即使如此，每年還是會出現許多死者——大部分都是企圖捕捉他們，在過程中遭到反擊的人。

「呀——！」

巨大的手掌抓住另一隻魔犬，後者來不及掙扎就被掐死。在耳邊縈繞的慘叫聲，讓兩位少年被迫面對血腥的現實。

「……喂，那個……」

「……嗯。看來已經失去理智了……！」

在認清這項事實的同時，奧利佛從腰上的劍鞘拔出杖劍。跟他剛才用的白杖不同，這是兼具魔杖功能的短劍——是象徵現代魔法師的利器。在魔法師拔出杖劍的瞬間，就表示戰鬥已經開始。

另一方面——在奔跑的兩人前方，被某種力量控制跑向遊行隊列的捲髮少女，還完全無法了解自己面臨的狀況。

「這是怎樣，這是怎樣！到底發生什麼事——啊嗚……？」

原本無法自由行動的雙腳突然停止，害少女順勢摔了一大跤。她根本來不及反應，就在地上滾了好幾圈，直到一頭栽進草地裡才停下。

「唔……總、總算停了——啊，好痛……！」

少女才剛鬆了口氣，恢復自由的右腳踝就傳來一陣劇痛。她跌倒時扭傷了腳，所以只能忍著痛，緩緩抬起上半身，然後——

「——咦——」

她在極近距離看見了「那個」——像小山般高聳的綠色肉牆，以及一對俯瞰著自己、充滿憎恨的充血雙眼。眼前這隻充滿敵意的巨魔，其龐大的身軀和吐出的氣息，都與她老家那個熟悉的存在截然不同。

「……啊……嗚、啊……」

「喂！妳快逃啊！」

奧利佛將杖劍的前端對準巨魔，大聲呼喊，但少女無法動彈。與其說是腳傷，不如說是恐懼限制了她的行動。少女僵硬到連呼吸都有困難——在她的面前，亞人種無情地抬起幾乎跟大象一樣粗的腳，打算將她踩扁。

「可惡，來不及了——！」

距離這麼遠根本救不了少女。即使心裡明白這點，奧利佛仍不抱希望地準備使出魔法攻擊，就在這個瞬間——

「喝啊啊啊啊啊啊！」

出乎所有人的預料，一個人影英勇地闖入巨魔與捲髮少女之間。

「……？」

那人的吆喝聲撼動空氣。眼前的場景讓奧利佛大吃一驚——那位東方少女擋在巨魔面前，保護捲髮少女。巨魔正面承受她散發的氣勢，瞬間動彈不得。

「……騙人的吧。那個武士，居然只靠氣勢就讓巨魔畏縮了。」

高個子少年單手握著出鞘的杖劍，語氣僵硬地說道。東方少女對他們的驚訝一無所知，慎重地與巨魔對峙，同時對背後的少女說道：

「——妳是否有辦法站起來逃跑？」

東方少女的英文莫名拘謹，語調也很奇特。捲髮少女聽了之後才回過神，並立刻想要起身——然後發現自己的腳完全使不上力。

「不、不行——沒辦法，我嚇得腳都軟了……！別管我了，妳快點逃吧！這樣下去妳也會被連累——」

「嗯，這樣啊。」

東方少女盯著巨魔如此回應，看起來並未特別慌張。然後——

「——既然如此，妳就放輕鬆待在在下後面吧。」

少女將右手伸向插在左腰的刀——她以流暢的動作稍微推出刀身，再緩緩拔刀。

「呼、呼……她、她拔刀了。那個武士該不會打算戰鬥吧？」

說這句話的人既不是奧利佛，也不是高個子少年。奧利佛驚訝地回頭，發現剛才那位眼鏡少年居然也氣喘吁吁地跟在他們後面。緊接著——同樣察覺情況不對的縱捲髮少女也跟著趕了過來，毫不猶豫地站到他們面前。

「別說蠢話了！怎麼能讓她那麼做！」

縱捲髮少女高聲喊道，然後將拔出的杖劍前端對準巨魔。

「我來吸引他的注意力，你們先逃跑吧！——**雷光奔馳**（托尼烏魯斯）！」

詠唱了一節咒語後，少女右手的杖劍發出光芒，從前端射出刺眼的雷光。那道雷光以超越箭矢的速度在空中奔馳，於直接擊中巨魔的胸口後爆裂出大量火花，然而——

「——呼——呼——」

即使被擊中，那龐大的身軀仍不為所動，讓縱捲髮少女露出苦悶的表情。

「怎麼會這樣。明明直接命中了，居然連看都不看向這裡……？」

「看來火力不夠！我們也一起攻擊吧——**烈火燃燒**（弗朗馬）！」

「烈、**烈火燃燒**（弗朗馬）！」

高個子少年與眼鏡少年也效法少女，從兩把杖劍放出的火球幾乎同時襲向巨魔。其中一個人是瞄準肩膀，另一個人是瞄準臉。雖然兩人的攻擊各自製造出小小的焦痕——但都沒有產生任何效果。巨魔的視線，依然只集中在眼前的東方少女身上。

「不行，攻擊臉也沒用……！」「喂，你別只顧著看，一起攻擊啊！」

高個子少年催促奧利佛幫忙，但後者握著杖劍，搖頭回答：

「……不行！我們現在只會基礎的單節咒語，不管攻擊幾次，對巨魔來說都像被蚊子叮一樣不痛不癢……！」

奧利佛在陳述這個嚴苛事實的同時，也快速在腦中思考對策。

雖然武士少女散發的氣勢奇蹟似的鎮住了巨魔，但只要捲髮少女無法動彈，兩人遲早會被踩死，而且不論用咒語攻擊幾次，都無法吸引巨魔的注意。如果輕率靠近，只會害大家一起被打倒。我們這些無力的學生，在這個狀況下到底能做什麼？

「沒辦法了，只能靠近一點瞄準眼睛——！」

就在縱捲髮少女差一點就要往前衝時，奧利佛抓住她的肩膀。

「等一下，我有個主意──你們都會用起風咒語吧？」

話一說出口，接下來必須背負的責任就讓奧利佛的雙腳開始發抖。縱捲髮少女疑惑地皺起眉頭。

「當然會──但光是製造風，有辦法吸引那傢伙的注意力嗎？」

「只靠風是沒辦法，不過──只要把所有人的風集合起來再下點工夫，就能提高成功率。」

奧利佛將自己的怯懦隱藏起來，如此說道……既然無法直接造成傷害，無謀地靠近只會平白增加犧牲者。該如何迴避這個風險並突破眼前的困境──他在考慮過大家目前學會的咒語後，提出一個方案。

「請大家盡可能將強風壓縮，再配合我的指示把風集中在前方那塊區域。我會將大家的風集合起來，攻擊巨魔。」

「你這樣講──是打算使用集束咒語嗎？但不論你的技巧再怎麼精湛，光是將風集中起來──」

「繼續說明下去只會害死她們。請你們什麼都別問，先配合我一次吧！」

奧利佛強硬地說完後，將杖劍指向天空。對著他的側臉凝視了幾秒後，縱捲髮少女下定決心，站到他的旁邊。

「……你的眼神是認真的。好吧，我就配合你一次！」

「真的假的……！」「唔哇哇……！」

高個子少年和眼鏡少年也分別站到奧利佛的兩側，舉起杖劍。等所有人都準備好後，奧利佛揮動魔杖作為信號。

「「「**疾風呼嘯**（因佩杜斯）！」」」

三人的詠唱聲重疊在一起，空中的某個區塊開始颳風。奧利佛正確地捕捉到那些風後，大聲喊道：

「聽好了，不管發生什麼事都不要停止施法！——**笛音奏響**（堤皮亞）！」

奧利佛的詠唱，將旋風聚集成無形的大笛。大笛過沒多久就發出尖銳的聲音，奧利佛揮動魔杖對笛音進行干涉——原本的笛音只會讓人覺得刺耳，但只要調整風的路徑，就能讓聲音產生各種變化。

「什————」「————咦？」

在三人觀望的期間，笛音逐漸開始變化，從刺耳的高音變成低沉的重低音。與此同時，他們的身體也跟著因為某種不知名的恐懼開始顫抖——只有一個人聽出了那個聲音的真面目，縱捲髮少女驚訝地喊道：

「這是……龍的咆哮（dragon voice）——？」

「我利用警笛咒語，讓聲音聽起來像是那樣！不過——即使是造假，龍還是龍！不管再怎麼遲鈍的生物，都無法忽視在食物鏈上比自己高等的存在……！」

奧利佛說話時，仍在聚精會神地控制聲音——面對擁有強韌身軀的巨魔，他找出的活路不是依靠咒語的破壞力，而是衝擊力。他從心理層面下手，利用了所有亞人種都具備的本能，也就是「想逃離掠食者」的迴避衝動。

少年偽造龍的咆哮，讓巨魔誤以為有龍出現，巨魔大吃一驚後，將注意力轉移到他們身上。奧利佛一察覺對方中計，就立刻大喊：

「他的注意力已經被我們引走了！你們快趁現在逃跑，接下來就交給我——！」

少年做好了被巨魔追逐的覺悟後，如此說道。然而——東方少女接下來的行動完全出乎他的意料。

「呼——」

她雙腳用力蹬地，高高跳了起來……身材高大的巨魔，通常都是彎著腳，少女以其膝蓋為立足點再次跳躍，踩著牠的肩膀跳到空中。

「——喔喔？」

察覺異變的巨魔揮舞圓木般粗壯的右臂，但只擦到少女的衣服下襬。巨大的身軀因為被奧利佛等人的魔法轉移了注意力，在這個瞬間變得毫無防備——東方少女用力朝巨魔的頭頂揮下刀——

「——喝啊啊啊啊啊！」

伴隨著渾身的氣勢，承載著少女所有體重和魔力的斬擊，擊中亞人種的頭頂。

「——嘎——」

現場響起彷彿用圓木敲打大鐘的聲音，全身痙攣的巨魔翻著白眼，雙腿無力地緩緩跪了下去，接著身體整個倒下。

中間只過了短短幾秒。奧利佛等人目瞪口呆地看著這個遠遠超出想像的結果。

「……什……」

奧利佛還來不及發出驚嘆，剩下的聲音就已經空虛地在他口中消散。做出決定性的一擊後，東方少女在愣住的眾人面前著地。

「……呼……」

眼前的景象，讓奧利佛忘記了呼吸——少女的頭髮變白了。原本偏藍的黑髮，現在已經變成完全相反的純白色，甚至還散發出淡淡的光芒。

「無垢純白（innocent color）……」

縱捲髮少女喃喃自語。關於這個詞代表的現象，奧利佛也略有耳聞……只有體內的魔力循環夠強勁，能讓魔素在水晶般的髮質內順暢流動的魔法師才具備的特殊體質——極其稀有的天賦之才。

或許是戰鬥結束後，魔力循環也跟著恢復平靜，少女的頭髮很快就在默默看著的奧利佛等人面前變回原本的黑色。然後——刀子突然從少女的手中滑落。

「……就像被雷打到一樣麻呢。這傢伙的頭蓋骨還真硬。」

東方少女看著似乎已經完全沒有感覺的雙手，佩服地低喃。她轉頭看向正茫然地抬頭望著自己的捲髮少女，開口問道：

「妳沒受傷吧？」

「咦，啊……」

「對了，妳腳受傷了吧——稍等一下，等在下手恢復後就來背妳。說來慚愧，在下現在連一顆小石子都握不住。」

東方少女在說話時也不斷甩動雙手，然後看向隔了一段距離的奧利佛等人。

「啊，感謝幾位的協助。託各位的福，在下才能掌握到千載難逢的好機會。」

東方少女爽朗地說完後，突然露出好奇的表情——

「話說——剛才那道吼聲是哪一位發出來的？真是太有魄力了。害在下差點在入學典禮前嚇到尿出來呢。」

之後狀況很快就平息下來。雖然其他地方也有一些興奮的魔法生物因為巨魔失控而跟著大鬧，但幾乎都是馬上就被金伯利的教師和高年級學生鎮壓了。奧利佛等人只是因為位置不太好，才被迫靠自己的力量擊退巨魔，換句話說，他們才剛入學就立刻遭逢厄運。

「……怎麼到現在都還沒開始呢。」

在充滿新生騷動聲響的大講堂內，東方少女不滿地嘟囔……捲髮少女被送到醫務室後，四處逃竄的新生在教師的指示下重新排好隊伍，原本一起並肩作戰的成員們也在那時候各自分散。

唯一的例外就是奧利佛和這位少女，在隊伍重新排列後，兩人反而被排在一起。

「長滿妖怪花朵的街道和在白天舉辦的妖怪遊行都很有看頭呢。不過一直在這裡等實在有點掃興，你不這麼認為嗎？」

東方少女似乎覺得太無聊，從剛才開始就不斷向奧利佛搭話。儘管有些不知所措，奧利佛仍直率地回答。

「……若按照原本的行程，典禮應該已經進行到一半了，只是剛才發生了事故。儘管不嚴重，但還是有人受傷，所以難免會讓行程拖延。」

「喔，有人因為事故受傷嗎？在下怎麼都不知道。」

少女表現出來的態度，像是感到非常意外。覺得莫名其妙的奧利佛，皺起眉頭說道：

「……妳在說什麼啊。妳忘記自己打倒了一隻巨魔嗎？」

「咦？——剛才那個是事故嗎？」

少女直到現在才露出驚訝的表情，將手抵在下巴陷入沉思。

「原來如此……在下還以為那是在考驗新生。」

「即使是金伯利，也不會對剛入學的一年級生進行那種考驗。這樣在測試能力之前，就會先死一堆人吧。」

「嗯……的確。如果當時沒有各位的幫助，在下或許也難逃一劫呢。」

少女乾脆地說道。奧利佛一聽，就突然板起了臉。

「……等一下。妳當時不是因為有什麼對策，才挺身面對巨魔嗎？」

「對策？哈哈哈！事發突然，怎麼可能會有那種東西。在下只有思考若拔刀面對那個巨人，該從哪裡用什麼方式砍他而已。對方的要害在很高的地方，但如果先砍腳再躲開，又會害背後的少女遭遇危險。更何況在下還只帶著一把鈍刀。哎呀，真是個難題呢。」

少女像是在說笑般講解那場賭上性命的戰鬥，相較於她的開朗，奧利佛的表情變得愈來愈嚴肅——

「面對那個難題，妳的結論就是趁巨魔僵住不動時，用他的四肢當跳臺攻擊頭部嗎？……魯莽也要有個限度。如果我們的咒語失敗，妳早就死了。」

「沒錯。居然剛入學就撿回了一條命，真是個好兆頭。」

少女雙手抱胸不斷點頭。奧利佛單手扶著頭想著——這傢伙到底是怎麼回事。明明說的是相同的語言，卻完全聽不懂她在說什麼。

「各位新生，請肅靜！校長要上臺了！」

老師的聲音響起，原本吵鬧的學生也跟著閉上嘴巴。等室內恢復寧靜時，臺上出現一位女子——完全感覺不到爬樓梯的氣息，女子是突然憑空出現。

「我是校長艾絲梅拉達——首先，我要針對典禮管理方面的疏忽，向各位致歉。」

一聽見那冰冷僵硬的聲音，幾乎所有學生都本能地挺直背脊……目光如刃的翡翠色眼眸、由彷彿從湖底撈出的藍黑色漸層構成的長禮服，以及交叉置於腰後的兩把杖劍。即使這一切都美到讓人害怕，但完全不包含任何能讓觀眾心情浮動的要素。

「如各位所知，在歡迎遊行上有幾隻魔法生物擺脫束縛鬧事，害一位新生受傷了。不過——我們已經制伏失控的個體，並讓受傷的學生接受治療。本校的校醫非常優秀，我想那位學生從明天開始就能跟各位一起上課了。」

雖然是讓人安心的內容，但在場的新生都覺得比起先前的巨魔，眼前的人物要來得更加可怕。這點就連東方少女也不例外，她用力握緊拳頭，忍耐對方散發的壓力。

「……那位大人是個高手呢，在下光看就冒冷汗了。」

「拜託妳暫時不要說話。」

奧利佛的語氣已經接近懇求。而連校長都不認識這項事實，也讓奧利佛再次體認到這位少女有多麼異常。只要是聯合國家的魔法師，就一定聽過金伯利魔女的名號。這個外號跨越國境廣為人知——無論在好的方面或壞的方面都如此。

「因為行程已經延誤，所以我就省略開場白，直接進行入學說明吧——這裡是金伯利魔法學校，你們接下來的七年都會在這裡學習。本校的校風是採取自由主義和成果主義。當然，一切的前提都是要自己負責。

不過，包含這點在內，如果要用比較淺顯易懂的方式來說——就是『隨意去做，隨意去死』吧。」

這句話讓原本就感到畏縮的新生，一齊倒抽了一口氣。即使說的話一點都不像個教育者，校長

仍若無其事地繼續說明。

「剛才的表現並非比喻，在入學的學生當中，平均只有八成的人能在金伯利度過七年的校園生活順利畢業。那麼，剩下的兩成到哪兒去了呢？因為品行不良而被開除學籍，或是成績太差而主動退學——這些『幸福的結局』只占少數。」

奧利佛忍不住打了個寒顫。他很清楚——這不是恐嚇，只是單純陳述事實。

「有些人是因為術式失控而再也無法重新振作，有些人是因為被自己召喚的東西抓走而失蹤，有些人是發狂後大開殺戒最後被同學殺死——雖然每個人的結局都不盡相同，但魔法界將這些狀況統稱為『墜入魔道』。」

魔女表示在接下來的七年當中，有兩成的人會變成這樣。這不是警告，而是確定事項。新生們嚇得發抖，入學第一天的歡喜氣氛徹底消散，甚至還有人哭了出來。

校長俯瞰所有學生，繼續宣告：

「無論是前年或去年，還是從今年開始，都會不斷出現這樣的犧牲者。你們知道為什麼嗎？

——因為鑽研魔道就是這麼一回事。」

魔女毫不猶豫地斷言。不需要評論事情的是非，因為事情就是如此。

「魔法師的生活就是靠近、接觸、理解並操作『魔道』，這樣的生活總是伴隨著墜入魔道的風險。探求魔道不可能沒有風險，綜觀歷史，我們就是用這樣的方式持續進步。無論男女老少，都在孜孜不倦地累積無數的屍體。」

她所陳述的——是作為一個魔法師活著的意義。為了在最開始警惕接下來將學習各種事物的孩子，不要迷失魔道的本質。

「在以這段歷史為依據的基礎上，我再重申一次——隨意去做，隨意去死吧。但至少要努力留下成果。我知道你們有九成的人是無法為魔法界帶來什麼助益的庸才，但我期待剩下那一成的表現。你們就拚命成為那一成的人吧。

虎死留皮，你們要成為老虎。否則——在這裡連骨頭都無法留下。」

令人絕望的靜寂席捲講堂。儘管演說已經告一段落，但當然沒有人鼓掌。絕大部分的新生，光是克制從內心湧出的感情就已經竭盡全力——「真不應該來這裡」。他們只能咬緊牙關，努力壓抑本能喊出的喪氣話。

「我就說到這裡。關於在這裡的生活，典禮最後會有老師詳細跟各位說明——如果對剛才的內容有疑問，就現在提出來吧。」

魔女是因為知道沒人有那種餘力，才會允許大家發問，所以新生也只能沉默以對。就在魔女判斷今年也跟往年一樣，打算開啟下一個話題時——

「校長大人！請允許在下發問！」

她遭遇了出乎意料的奇襲——從旁邊發出的聲音，讓奧利佛整個人僵住。他戰戰兢兢地看過去後，發現東方少女正直挺挺地舉著右手。

「我允許。什麼事？」

校長立刻從臺上催促少女發言。少女為了讓對方能看清楚自己，努力在眾人當中挺直背脊，用彎曲的中指關節按壓自己的頭部側面。

「頭痛的時候，只要像這樣！用力按摩這裡的穴道就能舒緩！」

現場再次陷入寂靜。這次的沉默明顯和剛才不同，充滿疑問和困惑。

「……這算是問題嗎？」

「不，算是報告吧。因為您從剛才開始，看起來就很痛苦。」

少女笑著回答。周圍的學生已經不只是困惑，而是驚訝到說不出話來。

魔女凝視那張天真無邪到讓人覺得可恨的表情幾秒鐘後，靜靜移開視線。

「………………如果沒有其他問題，就讓典禮繼續進行吧。」

校長裝作什麼事都沒發生，少女則是說完話就滿足了。奧利佛交互看向兩人的臉，將手按在額頭上嘆道：

「……妳……是笨蛋吧……」

「不，這招真的很有效。你也可以試一次看看。」

「妳是笨蛋吧！」

奧利佛將音量控制在不會被老師責備的程度，又重複說了一次。校長無視他們的狀況，若無其事地讓典禮繼續進行下去。

「各位不用太緊張，接下來是迎新宴會。」

她用比剛才稍微柔和一點的聲音說完後，高高舉起杖劍。

「會場就在各位上方，請先入座吧——」

話語剛落，新生的身體就一齊失去重量。

「唔喔——」

「唔哇哇？」

現場慘叫連連。他們莫名其妙就浮上空中，並在差點撞到天花板時輕輕減速，上下反轉後坐進椅子裡。沒錯，「天花板上整齊地排滿了桌椅」。

「真是的，總算輪到我們出場了——閃亮亮的一年級生們，歡迎來到金伯利！」

「我們的校長很可怕吧。遺書都寫好了嗎？嗯？」

「喂，別突然嚇人家啦！放心吧，接下來是歡樂的時光！」

新生這時才發現周圍有幾張大桌子，且上面擺滿了各種豐盛佳餚。年長的學生排成一列，熱烈地歡迎他們。將周圍大致掃了一眼後，東方少女驚訝地看向上方。

「……真是奇怪。剛才坐的地方變成天花板了。」

「……是顛倒咒語。因為整個房間都覆蓋了魔法陣，所以才能發動得這麼快。」

就連奧利佛也感到動搖，所以他透過說明讓自己恢復冷靜——這對心臟實在太不好了。因為金伯利每年歡迎新生的方式都不太一樣，所以只有這部分無法靠事前取得的情報做好準備。

他抬頭看向已經從地板變成天花板的地方，發現校長仍和幾名老師留在那裡。表現還是一樣冷淡的金伯利魔女，朝上下顛倒的學生說道：

「按照往年的慣例，接下來能夠自由交談。各位就盡情地吃喝、吵鬧，和從今天開始就是同學的人們暢談吧。」

這等於是宣告大家可以開始自由活動。上級生一齊詠唱咒語，讓裝著飲料的水壺在新生頭上飛來飛去，將桌上的玻璃杯一一倒滿。

「好了，盡情喝吧！這裡的白葡萄汁可是好喝得不得了！都是爛醉妖精（庫魯拉宏）在校內的釀酒廠製作的珍品喔！」

「暫時把校長說的話忘了吧！雖然不完全是謊言，但也說得太誇張了！放心吧，至少在升上四年級前，應該都不會遇到那種事！我們這些學長姊，會努力保護大家的安全！」

已經完全興奮起來的學長姊，開朗地向還沒轉換好心情的新生搭話。在學長姊的鼓舞下，迎新派對的氣氛開始熱絡了起來。

「喔，找到了！——喂，他們在那裡！」

此時，奧利佛聽見了熟悉的聲音。在巨魔騷動後暫時分開的高個子少年，從遠處指著奧利佛和東方少女大聲呼喊。聽見他的聲音後，縱捲髮少女和眼鏡少年也小跑步地過來集合，於是除了受傷的捲髮少女以外，五人再次齊聚一堂。

「呼，總算會合了。剛才真的好險呢。」

「是你們啊——那個，多虧有你們幫忙。如果只有我一個人，絕對束手無策。」

奧利佛坦率地向配合自己的提議，一起並肩作戰的同學們道謝。高個子少年點頭應了一聲，眼鏡少年則是不悅地別過臉，縱捲髮少女則是從容地回以微笑。

「既然校長都允許我們交談了，就先來自我介紹——我本來是想這麼說的，但在這之前，我有個提議。你們願意聽我說嗎？」

「嗯，什麼事？」

「要不要一起去醫務室接那位少女？聽說她的傷已經治好了。我實在無法接受只有她因為那起事件，沒辦法參加宴會。」

雖然這是個合理的提議，但還是有令人擔心的地方。就在奧利佛煩惱的期間，眼鏡少年粗魯地插嘴。

「……還是讓她自己休息吧。那傢伙可是才剛入學就被最喜歡的巨魔襲擊。即使傷口已經痊癒，也應該還沒從打擊中恢復吧。」

「或許是這樣沒錯，但正因為是這種時候，才更應該去找她。一個人的時候，只會一直消沉下去。若有人陪她說話，也許就能幫她轉換心情？」

縱捲髮少女毫不猶豫地說道。兩人的說法都有道理，讓奧利佛難以抉擇該如何行動——此時，原本抬頭看著上方的東方少女突然開口：

「看來不需要煩惱了。」

聽見這句話，其他四人也跟著看向相同的方向，然後發出驚呼——因為捲髮少女正在他們剛才站立的地面徘徊。過不久，臺上的校長揮了一下魔杖，接著少女的身體就浮了起來。

「咦，哇——啊哇哇？」

捲髮少女直線落向奧利佛等人的所在地，被東方少女用雙手接住。東方少女穩穩地接住縮起身子僵住的捲髮少女，對她笑了一下。

「她本人已經到了。」

「對、對不起！我馬上下來！」

滿臉通紅的捲髮少女被放到地面後，高個子少年有些猶豫地問道：

「喂，妳還好吧？我聽說妳的傷已經治好了，但該怎麼說才好，那個……」

「啊——嗯。醫務室的老師叫我來參加派對，說這樣心情會比較舒暢。」

說完後，她勉強露出微笑。在被看穿是逞強之前，她急忙開口道謝。

「還有——謝謝你們救了我。我無論如何都想趁今天向你們道謝。」

「聽見了嗎？特別努力的兩位，你們怎麼想？」

高個子少年笑著轉頭說道。奧利佛苦笑地搖頭，東方少女得意地將雙手抱在胸前，兩人以各自的方式回應捲髮少女。

「無須道謝，因為在下是武士。」

「剛開學就遇到這種事，運氣真是不好……但幸好妳平安無事。這讓我鬆了一口氣呢。」

奧利佛摸著胸口說道。他看起來是真的很擔心捲髮少女，所以後者連忙又道了一次歉。少年苦笑地說這不是她的錯。

縱捲髮少女察覺兩人的對話已經告一段落，於是重新開啟話題。

「既然大家都到齊了，差不多該來互相認識一下。從我先開始好嗎？」

其他五人點頭表示同意。縱捲髮少女見狀，便得意地挺起胸膛。

「那麼——我叫米雪拉．麥法蘭，是大英魔法國南部一個歷史悠久的名門，麥法蘭家的長女。親近的人都叫我雪拉。我們以後應該也會變得很親密，所以你們就直接這樣叫我吧。」

「雖然我看到妳的髮型時就知道了，但妳果然是麥法蘭家的人。我一直很想問，你們的族人是不是因為受到詛咒才每個人都留縱捲髮？」

「說詛咒真是太失禮了！這優美又大膽的髮型，正是我們家族的證明！如果是第一次看見，就應該要因為覺得過於華麗而昏倒，這樣才符合禮儀吧！」

雪拉轉動上半身，炫耀自己引以為傲的髮型。捲髮少女被她的氣勢壓倒，但在發現眾人的視線都集中在自己身上後，連忙開口：

「呃，那個——我叫卡蒂。卡蒂．奧托。雖然已經被發現了，但我是來自聯合國家北部的湖水國的留學生。與其說我喜歡魔法生物……不如說只要是動物我都喜歡。我想跟大家好好相處，希望大家能直接叫我卡蒂。」

說完後，卡蒂露出柔和的微笑。過了一會兒，高個子少年接在她後面說道：

「喔，輪到我啦。我叫凱．格林伍德。雖然我家完全稱不上什麼名門，但也算是有點歷史的魔法農家。我從小就在泥土裡打滾，所以對與植物相關的知識頗有自信。如果想吃美味的蔬菜，就來找我吧，我會直接去田裡摘給你。」

凱拍著胸脯說道。接著輪到站在他旁邊的眼鏡少年。

「……我也要介紹啊……我叫皮特．雷斯頓。父母都不是魔法師，也沒什麼家世可言。因為半年前參加考試，並在兩個月前收到錄取通知，所以才決定入學。」

「這表示你是透過普通人管道入學吧。既然能夠通過那道窄門，可見你是個非常努力的人呢。」

「拙劣的客套話就免了。反正我沒打算和你們混在一起。」

「哎呀，怎麼突然表現得這麼冷淡。」

「我是來這裡學習魔法。你們這些吵鬧的傢伙只會害我沒辦法專心。我姑且會記住你們的名字，但別跟我裝熟。」

皮特警告似的說完後，就將視線移開，但在注意到奧利佛緊盯著自己後，就有些警戒地往後退。

「……你、你幹嘛盯著我看？」

「呃，我只是覺得你看的書不錯。那是艾弗烈．維爾納專門為非魔法家庭出身者寫的魔道入門書吧？」

奧利佛指著皮特夾在腋下的書說道。被人意外指出這點，讓皮特驚訝地睜大眼睛。

「——你、你知道這本書嗎？」

「豈止是知道，我也反覆讀了那本名著好幾次。非魔法家庭出身的魔法師，容易在一些只能靠感覺理解的難關上遭遇挫折，但他會以獨特的比喻巧妙加以說明。不僅內容非常具有實踐性，穿插在章節之間的小故事也既詼諧又有趣。」

「沒錯，就是這樣！尤其是第三章後面那段與魔法法官的對話更是傑作——」

皮特說到這裡才察覺周圍的視線，連忙掩飾道：

「……現、現在還在自我介紹！不要轉移話題，輪到你了！」

他急忙催促對方，奧利佛也坦率地接在他後面開口：

「嗯，那麼——我叫奧利佛‧霍恩。雖然我出生的家庭從兩代前就是魔法家庭，但因為一些緣故，我從小就是由親戚舍伍德家照顧。因為大哥和大姊都是高年級的學生，所以我從以前就聽說過許多金伯利的事情。再來就是……對了。雖然我不會什麼了不起的咒語，但還滿擅長改編和活用各種魔法。」

少年以略帶羞澀的笑容，說出自己擅長的領域後，雪拉點頭表示贊同。

「的確，我還是第一次看見有人運用警笛咒語模仿出龍的咆哮呢。集束魔法原本就很難控制，能對初次見面的對象使用真的是很不簡單。再加上你面對緊急狀況時隨機應變的能力，奧利佛，我對你的評價很高喔。」

「妳使用的咒語威力才讓人吃驚呢。坦白講，我沒想到四個人就能營造出那麼有魄力的結果。

不愧是麥法蘭家的寵兒。」

「……當時我嚇到心臟差點從嘴巴裡跳出來……還稍微有點尿褲子……」

「嗯？卡蒂，妳剛才說什麼？」

「沒什麼啦！你給我閉嘴！」

凱疑惑地問道，但卡蒂紅著臉阻止他繼續說下去。發現大家已經打成一片，讓雪拉感到非常開心，接著她像是突然想起什麼般，向奧利佛問道：

「奧利佛，你剛才自我介紹時，為什麼沒有提到魔法喜劇？我可是看得出來你鑽研得非常深喔？」

「唔……！……呃，那根本就稱不上什麼特技。而且我第一次表演就冷場了，請妳當作什麼都沒看見吧。」

奧利佛一想起幾個小時前的失敗，就沮喪地垂下肩膀。雪拉見狀便輕輕笑了一下，然後看向最後一個人。

「我、卡蒂、凱、皮特和奧利佛都自我介紹過了——最後當然就輪到妳了。」

這句話讓所有人的注意力，都集中在現場最為特殊的少女身上。東方少女像是久候多時般，開口說道：

「——嗯！在下出身日之國東陸永泉的武士家族，名叫響谷奈奈緒！用這裡的說法，就是奈奈緒．響谷！在下半年前於某場敗戰負責斷後，當時正好在場的魔法師麥法蘭大人，救了差點被處死

的在下，並推薦在下來金伯利就讀！」

雪拉聽到這裡就突然僵住。她的嘴角依然掛著優雅的笑容，但語氣有些生硬地問道：

「請等一下，妳剛才是不是提到麥法蘭？」

「是的，那人的姓氏正巧與雪拉大人一樣——嗯？這麼說來，就連髮型都很像呢！」

發現兩人有許多共通點後，奈奈緒開始仔細觀察雪拉。後者將手抵在額頭上，嘆了口氣。

「……這並非偶然，那個人大概是我父親……我知道他利用臨時講師的立場到處遊蕩，但沒想到他居然跑到遙遠的東方招攬人才……」

少女傻眼地嘟囔。雖然隱約能察覺這對親子之間應該有什麼問題，但沒有人想觸及這方面的話題。雪拉陷入沉思時，皮特接著向奈奈緒問道：

「妳的父母……應該都不是魔法師吧。這表示妳跟我一樣參加了考試嗎？」

「嗯？不，在下並沒有接受學識方面的測驗。在下這幾個月，都忙著在跟麥法蘭大人指派的家庭教師學習語言。」

「……這表示妳沒參加考試就直接入學了？」

「是特別推薦名額吧。金伯利的每位教師，都有一到兩個這種名額，我父親應該是用在奈奈緒身上了。」

雪拉重新打起精神，幫忙說明。正常參加考試的皮特聽了後，就不悅地皺起眉頭。察覺氣氛開始變微妙的卡蒂，連忙轉移話題。

「呃……妳是因為制服來不及做好，才穿那件衣服嗎？」

「嗯。因為麥法蘭大人昨晚有說：『糟糕忘記了！』所以在下就穿從故鄉帶來的正式服裝參加典禮了。在下很喜歡這件參加成年禮時新做的衣服。」

奈奈緒得意地說道。捲髮少女好奇地湊了過去。

「我第一次看見這種設計，這布染得真漂亮……可以借我摸一下嗎？」

「當然沒問題。那麼，在下也想摸摸看卡蒂的頭髮。在下一直對這蓬鬆的髮質感到非常在意，到底要吃什麼才能長出這種頭髮？」

兩人興奮地互相稱讚彼此的衣服和頭髮。一旁的雪拉得意地晃動引以為傲的縱捲髮。

「呵呵，如果真的那麼在意，也可以摸摸看我的頭髮喔？」

「等在下有戴厚手套時再說吧。」

「喔、喔，這樣啊……不對，就算直接摸也不會被刺到喔？」

三人立刻開始進行文化交流。此時，凱扠著腰說道：

「這樣大家就記得彼此的長相和姓名了吧——那麼，我們就來享受派對吧。桌上那些料理真的好香，我的肚子從剛才開始就餓得受不了。」

「這麼說來，在下剛才也覺得肚子很餓……這是在下的份嗎？」

「——？等等，奈奈緒！為什麼妳會覺得那是妳的份，那可是二十人份的烤牛肉耶！」

「咦？這是在開玩笑吧，在下一個人就吃得完喔？」

奈奈緒困惑地看向眼前那個大到足以讓人環抱的肉塊。第一次覺得這麼頭痛的奧利佛，直接走向少女。

「妳的這句話，讓我確信妳完全不了解這裡的用餐方式！總之妳先坐下！拿好刀叉，放好餐巾，並且只能吃眼前盤子裡的東西！在妳習慣之前，我會負責幫妳拿料理！」

奧利佛硬逼少女入座，讓她握好刀叉後，就開始忙碌地動了起來。他將肉、蔬菜和水果均衡地夾到盤子上，再一盤一盤地放到奈奈緒面前，讓少女眼神一亮。

「喔喔，不用開口，料理就會自己送上來。在下簡直就像個公主。」

少女感慨了一會兒後，就合掌說了聲「在下開動了」。她笨拙地用還不習慣的刀叉用餐，十分高興地將食物塞個滿嘴，坐在旁邊的卡蒂凝視著少女說道：

「好開心的樣子……奧利佛，也幫我拿點什麼吧！」

「喂～奧利佛，又多了一位公主囉！」

「卡蒂？為什麼，虧我還相信妳會一起幫忙教育奈奈緒！」

在桌子之間忙個不停的奧利佛嘆道。之後奈奈緒以驚人的速度吃光料理，還嚷嚷著：「好吃！再來一盤！」害少年必須像個熟練的服務生般，一隻手端三個盤子。

皮特冷眼看著奧利佛奮戰，然後也跟著開始用餐。

「吵死人了……就不能吃得安靜一點嗎？」

「派、油炸物和布丁，馬芬蛋糕剛才已經拿過了——嗯？皮特，你的盤子怎麼都是肉。這年紀就偏食不太好喔。你應該多吃點綠色蔬菜，拿去。」

「啊？喂、喂！你別擅自……！」

正好從皮特座位後面經過的奧利佛，不斷替他補充蔬菜。就在皮特打算轉頭抱怨時，又換凱坐到他旁邊。

「看來有人不曉得蔬菜的好。你就一面吃蔬菜，一面跟我暢談農業吧。」

「啊？」

「氣氛開始熱鬧起來了呢。那麼，奈奈緒，妳看好了！就由我來教妳完美的餐桌禮儀吧！」

雪拉高聲說完後，就開始示範怎麼使用刀叉。肉和蔬菜當然不用說，她甚至還能靈巧地用刀叉替橘子和西洋梨剝皮，讓奈奈緒與卡蒂都佩服地看得目不轉睛。

另一方面，皮特和凱則是開始討論對農作物使用魔法藥是否妥當——等奈奈緒的食慾告一段落後，奧利佛才總算一起加入熱鬧的餐桌。

第二章

Sword Arts
魔法劍

魔宮金伯利——光是要說明這座巨大又極其古怪的魔法建築「究竟是什麼樣的存在」，就已經夠困難了。連校內的專門研究生，都偶爾會意見分歧，甚至還有個獨立的學術領域就叫做「金伯利構造學」。

金伯利的外觀與其說是校舍，更像是要塞，且因為擁有裝飾華麗的外牆和高聳的尖塔，目前的主流意見是認為金伯利採用了八世紀時流行的西岡風格。校內的大房間至少有二十個以上，此外還有超過三百個小房間，房間的數量不僅會每天增減，有時候甚至還會「發現」新房間。外觀的大小和內部的容積明顯不一致——不過跟這座魔宮包含的無數怪事相比，這點程度根本就不值一提。

另一方面，學生住的學生宿舍則是離校舍有一段距離。

男生宿舍總共有五層樓，住１０６號室的奧利佛，在上一位房客，以及上上一位房客應該也用過的老舊床鋪上醒來。

「……嗯？」

他一睜開眼睛就露出困惑的表情。睡前放在邊桌上的時鐘，顯示現在是上午九點二十七分。

如果這時間沒錯，那奧利佛不僅第一天上學就睡過頭，還嚴重遲到了。然而，奧利佛體內的生理時鐘明確地表示並非如此，因此他冷靜地拿起時鐘觀察。

奧利佛在一片陰暗下凝視時鐘的文字盤，發現有些「小生物」緊抓著時針和分針。那些生物呈半透明，細長的身體上還長著一對像翅膀或魚鰭的東西。少年恍然大悟般的點頭。

「啊——太大意了。明明之前就聽說過這裡有騙時妖精(clock knock)出沒。」

說完後，他輕輕吹了口氣，光是這樣，就讓原本緊抓著指針的妖精們被無力地吹散——這是一種被俗稱為騙時妖精的下等妖精。他們會擅自轉動時鐘的指針，經常出現在某種魔素特別豐富的土地。

少年在心裡想著得找時間替時鐘裝玻璃罩，同時走下床開始準備出門。奧利佛穿上襯衫，環視周圍。隔著窗簾照進來的陽光，讓房間內勉強還有一絲光亮，同寢室的皮特靜靜地在隔壁的床上熟睡。

「哈哈……皮特，小心別感冒了。」

或許是睡相有點差，皮特蓋在身上的毛毯已經掉到肚子附近。奧利佛穿上制服並插好杖劍後，小心在不吵醒室友的情況下替他重新蓋好毛毯——少年想和這位難應付的室友好好相處。雖然皮特昨天知道兩人被分到同一個房間時，毫不掩飾地露出微妙的表情……

「那麼，出門吧。」

奧利佛打起精神，離開這間二人房。雖然還不到起床時間，但在校內的自由空間散步，應該不會被人怪罪。金伯利的校風就是如此自由——相對地，行動時也必須替自己的人身安全負責。

少年就這樣在宿舍的走廊漫步。周圍十分安靜，感覺不到其他學生的氣息——昨天大家都累了，所以大部分的一年級生應該都還在睡吧。或許還會有人著了騙時妖精的道，又繼續睡回籠覺也不一定。等到了起床時間，是不是該一一去叫醒他們？

「你起得真早。」

奧利佛來到位於走廊盡頭的後門時，門把突然像是理所當然般說話了。為了掌握學生的進出，門把被賦予了模擬人格。因為之前曾聽大哥這麼說過，奧利佛沒有被嚇到，直接跟門把打招呼。

「我是一年級的奧利佛．霍恩。我想去宿舍周圍走走。」

「這樣啊。隨你高興，但不能靠近女生宿舍喔。」

門把稍微提醒少年後，就將鎖打開。奧利佛朝門行了一禮，走出宿舍——雖說校風是採取自由主義，但當然還是有這些基本限制。

走出室外後，奧利佛看向東方的天空，太陽果然才剛升起。現在大概是凌晨五點多。空氣還有一點冷，天空則是跟昨天一樣晴朗。

「……呼……」

或許是這裡的魔素比之前住的地方還要濃，奧利佛做了個深呼吸後，就感到有些興奮。他像是為了讓身體適應這裡的空氣般，不斷反覆呼吸，同時開始繞著宿舍建築物走。

兩棟大樓裡住著從一年級到五年級，總計上千名的男生，所以不管哪一棟都非常大。女生宿舍的規模也幾乎一樣。其他地方還有專為六年級生和七年級生準備的宿舍。一旦到了這個年級，有些學生已經踏入研究者的領域。無論是居住或研究的環境，都需要特別安排。

大致掌握了建築物的外觀後，奧利佛走向男生宿舍與女生宿舍中間的庭園。雖說是庭園，但那裡並沒有種東西，取而代之的是在中央建了一座大噴水池，並在其周圍另外建了幾座小噴水池，水池附近都設有供人暢談的長椅。有些學生會超越年級的藩籬在這裡互相交流，也有情侶把這裡當成碰面場所。

「這裡比想像中大呢……嗯？」

奧利佛抵達中央的噴水池後，開始環視周圍的其他六座小噴水池，並在其中一座噴水池發現人影。他好奇地看向那裡，然後立刻大吃一驚。

「——呼！真是好水，既冰涼又乾淨呢！」

從那裡傳來水噴濺的聲音。東方少女用盆子從噴水池裡汲水，反覆淋在自己頭上——她將上衣褪到腰間，上半身一絲不掛。

「……嗯？那不是奧利佛嗎？你也很早起呢！」

奈奈緒一發現奧利佛，就朝他揮手。奧利佛立刻全力衝到少女身邊，然後轉過身舉起杖劍，朝男生宿舍詠唱咒語。

「**掩藏遮蔽**（科威爾）！」

眼前的空間突然逐漸被染成黑色，像布幕般藏起兩人的身影。近距離目睹魔法，讓奈奈緒驚訝地喊道：

「喔，只念一句咒語就做出黑色的牆壁……你果然也是魔法師呢。」

「比起這個！」

即使正感到動搖，奧利佛仍維持著遮蔽魔法，朝背後的對象大喊。

「妳到底在幹什麼啊！這裡是男生也能使用的公共場所喔？像這樣赤身裸體，要是被別人看見怎麼辦！」

「就算被別人看見，也沒什麼好羞愧的吧？」

「即使妳不在乎，看的人還是會覺得羞愧啦！……雖然我不願意這麼想，但這在東方是常態嗎？你們那裡的年輕女孩，都會這樣大剌剌地在別人面前淋浴嗎？」

「不，我國大部分的女孩子，都會避免被別人看見自己的肌膚——但在下不僅是個女孩，更是個武士。」

奈奈緒若無其事地說完後，又再次朝自己潑水，然後繼續對一臉無法理解的奧利佛說道：

「這不是淋浴，是名叫水垢離的淨身儀式。在下認為在面對新的戰鬥前，應該先好好沖洗掉在之前的戰鬥中染上的汙穢血液才符合禮儀。你要一起來嗎？可以摒除雜念，讓腦袋變清醒喔。」

「……換句話說，是一種沐浴儀式嗎？即使如此，也不該用噴水池的水——啊，喂！別亂動啦！」

明明能用魔法遮蔽的範圍並不大，奈奈緒卻毫不在意地動來動去。奧利佛連忙往後看了一眼——然後像被凍住般倒抽了一口氣。

他看見少女被陽光照得閃閃發亮的肌膚。

她的全身上下，都布滿了數不盡的傷痕。

「——妳那些傷。」

「嗯？啊，是在之前的戰鬥中受的傷。不好意思，讓你見笑了。」

「……不，那個……」

少年的腦中接連浮現出許多疑問，但他一個都問不出口。她說的戰鬥到底是什麼？與自己年齡相仿的少女，到底是經歷了什麼事才會受這麼多傷。在來到這裡之前，她的故鄉到底發生了什麼

——他們之間還沒熟到能問這些問題。

即使如此，少年仍無法移開視線。在布滿傷痕的肌膚底下活動的筋骨、透過毫不懈怠的修行鍛鍊出來的強韌又柔軟的肉體，以及持續在內側循環的清廉魔力。奧利佛在這幾秒鐘內，隱約窺見了構成這些的背景——亦即少女那率直又誠實的人格。

——諾爾，像這種時候，你可以直接看得入迷喔。

少年過去也曾見過這種極致。

他不小心將眼前這個極度美麗的身影，與過去的影像重疊在一起。

「────唔！」

回過神後，少年勉強將視線移開。他轉身背對少女努力恢復冷靜，在做了好幾個深呼吸後才總算開口：

「……妳的那個淨身儀式，僅限於這一次我可以等妳做完，但拜託妳動作快一點。」

「在下明白了。那麼就再沖一次。」

奈奈緒完全沒注意到少年的動搖，再次用水淋自己的頭，濺出許多水花。本來以為等她將盆子放到池邊就結束了──但她突然停止動作。

「……唔，糟了。在下把擦身體的布忘在房間──」

「用這個吧！」

奧利佛注意到後，不等少女說完就將長袍丟給她。奈奈緒收下後，困惑地問道：

「奧利佛，就算你叫在下用這個擦，但這是你的外套吧。」

「妳就拿去用吧！雖然我也很想用起風咒語替妳吹乾，但這樣就無法維持遮蔽魔法了！」

為了掩飾自己的動搖，少年刻意加強語氣回答。東方少女笑著點頭。

「奧利佛，你真是個怪人。既然你都這麼說了，那在下就不客氣了……不過你有替換的外套嗎？」

奧利佛保持沉默，沒有回答。奈奈緒見狀，便笑著說「看來欠了個很大的人情呢」。

除了假日以外，金伯利的學生每天都是在校舍內用餐。雖然校內有三個大餐廳，而且規則上是說學生可以自由挑選，但仍有不成文的規定，一年級到三年級的學生，通常是去樓層比較低的「友誼廳」。

「早安，凱、皮特、奧利佛，你們昨天睡得好嗎？」

來吃早餐的學生，將友誼廳擠得好不熱鬧。三人一來到這裡，雪拉就代表早一步抵達的女生組向三人搭話，於是男生們也跟著在同一張桌子坐下。

「我睡得好飽。不如說睡過頭了。真是的……老師們怎麼都沒提醒我們這裡有騙時妖精。」

凱睡眼惺忪地揉著眼睛說道。他剛才差點就要繼續睡回籠覺，幸好奧利佛有來叫他。察覺事情原委的雪拉，微笑地說道：

「你最好早點捨棄這種天真的想法。這裡是魔法學校，所以日常生活中當然會有各種大大小小的怪事。如果想知道怎麼應付，就去問老師或同學吧。」

「是這樣沒錯……但別一大早就跟我講道理啦。」

被戳到痛處的凱低聲抱怨。正在用刀子切荷包蛋的卡蒂驚訝地說道：

「騙時妖精啊，我們的房間沒有出現呢。雖然奈奈緒很早就醒了。」

「雖然不曉得騙時妖精是什麼東西，但在下已經養成早上六點就會自然醒的習慣。為了避免技術退步，在下每天早上都會進行訓練。」

奈奈緒不停吃著在盤子上堆成小山的香腸和派，同時開口說道。奧利佛見狀，稍微鬆了口氣——儘管奈奈緒用刀叉的動作有點危險，但看來她懂得最低限度的餐桌禮儀。

除此之外，奧利佛從一開始就注意到奈奈緒的變化，但坐在他旁邊的凱晚一步才察覺，並因此發出驚嘆。

「奈奈緒，妳今天有好好穿制服呢。」

「嗯！昨晚回宿舍房間時，制服就已經送到了。不僅下半身的服裝被改造成褶裙，尺寸也剛剛好呢。」

「也教我怎麼穿吧。奈奈緒從武士變成魔法師了呢。妳穿起來很好看喔。」

卡蒂暫停用餐，稱讚奈奈緒的服裝。從這句話察覺某項事實的奧利佛，開口問道：

「我和皮特被分到一間寢室……該不會你們也一樣吧？」

「嗯，對啊，奈奈緒和我同一個房間。我也很高興呢！」

卡蒂興奮地牽起奈奈緒的手。奧利佛也跟著露出微笑。兩人昨晚在派對結束時就已經變得親密，一起度過一晚後，感情似乎又變得更加融洽了。

凱看著那樣的兩人，雙手抱胸陷入沉思。

「這……應該不是偶然吧。我聽說老師會在派對期間，重新調整新生的房間要如何分配。」

「兩人都是從國外來的學生，彼此又已經認識。為了避免其中一方被孤立，這樣的安排還算妥當吧。」

「喔～真是體貼的安排呢。」

凱盯著兩位少女看了一會兒後，突然看向旁邊的少年。

「……話說回來，奧利佛，你的長袍怎麼感覺有點溼啊？」

「這一定是你的錯覺。」

奧利佛乾脆地否定，讓高個子少年露出困惑的表情。

然後，第一堂課總算要開始了。包含奧利佛等人在內，超過五十名新生聚集在一個連桌椅都沒有的大房間內，他們的第一個老師，披著白色的披風現身。

「嗯，看來人都到齊了。那我們開始吧——歡迎大家來上魔法劍的課程。」

這位看起來年約三十出頭的男老師，外表長得十分俊美。雖然有些女孩子開心地歡呼，奈奈緒卻因為不同的理由發出驚嘆。奧利佛能夠明白她的心情。如果自己也有一定程度的實力，那麼從步伐就能看出對方是否為高手。

「我是負責這門課的路德・嘉蘭德。從今天開始最短四年，最長七年，我將負責指導你們的魔法劍技術。你們可以直接叫我嘉蘭德老師，或是想叫我嘉蘭德師傅也行。我本人不太擅長繁文縟節，所以這堂課也不會嚴格要求各位遵守禮貌。」

或許是為了舒緩學生們的緊張，嘉蘭德以輕鬆的語氣做了這段開場白。確認這段話確實奏效後，他又接著說道：

「那麼請各位拔出杖劍——雖然我很想這麼說，但按照慣例，第一堂都要先上概論。儘管你們可能會覺得無聊，還是要請你們先複習一下魔法劍的由來。有人能幫忙說明這個領域的起源嗎？」

「嘉蘭德師傅，我可以！」

坐在奧利佛旁邊的皮特第一個舉手。嘉蘭德微笑地對他說道：

「這個回應很棒，Mr.雷斯頓。那就拜託你了。可以慢慢說沒關係。」

皮特獲得許可後，表情都亮了起來。他清了幾下嗓子，氣勢十足地開口。

「雖然我們現在腰間都插著杖劍與白杖，但以前的魔法師都只有拿『魔杖』——也就是我們所說的白杖。這是因為即使沒有刀刃，魔法師依然能夠施展魔法。當時劍被視為無法鑽研神祕的普通人的武器，所以甚至認為魔法師拿劍是一件丟臉的事情。」

「沒錯，繼續說下去。」

「好的。這樣的風潮一直到四百年前，也就是大曆一一三二年才產生改變。事件的開端，是當時的大魔道士維爾夫．巴塔威爾被普通人的劍士斬殺。雖然本來就偶爾會有魔法師被普通人殺掉，但這件事的特別之處，在於被殺的巴塔威爾是外號『達姆沃爾的疾風』的高手，以及——那個，以及——」

皮特開始變得吞吞吐吐，大概是講得太快，所以一時想不起接下來的內容。一旁的奧利佛悄聲對慌張的皮特說道：

「……不是暗殺。」

「——！沒、沒錯。以及那並不是趁人不備的暗殺，是在確認過彼此的戰意後，堂堂正正進行的決鬥。」

「了不起，居然連巴塔威爾的外號都記得。繼續說吧。」

「好的——在這起事件之前，人們普遍認為魔法師輸給普通人都是因為大意。畢竟詠唱基礎的單節咒語只需要一瞬間，而那樣就足以制伏普通人。

然而，那些見證巴塔威爾戰敗死亡的魔法師察覺一項事實——那樣或許太慢了。」

奧利佛在心裡點頭——經過鍛鍊的劍術，比念咒語的速度還要快。

「在那之後認真分析敗因的魔法師們，沒多久就得出一個嚴峻的結論。那就是——『在一定的距離內，無論是多優秀的魔法師，都會在詠唱完咒語前，先被對手的劍砍到』這項現實。以詠唱咒語速度極快聞名的巴塔威爾，就是敗在這點。這跟有沒有大意無關，他的失敗是必然的法則。」

因為說明到此告一段落，嘉蘭德熱烈地鼓掌。

「Mr.雷斯頓，你表現得很好。你是最近幾年將概論說明得最淺顯易懂的人。雖然我想拜託你繼續說下去，但這樣我就沒機會說話了，你先休息一下吧。」

「好、好的！失禮了！」

老師的稱讚，讓皮特瞬間臉紅。雖然奧利佛為他感到高興，但同時也發現周圍有幾個學生在竊竊私語——有些人似乎對此感到不快。那些出身魔法家庭「教育良好」的學生，並不樂見非魔法家

庭出身的學生表現得太好。

「雖然感覺好像是在利用別人的說明——但總而言之，這就是我們魔法師開始佩劍的理由。為了應付來自極近距離、讓人沒有時間詠唱咒語的攻擊，我們也必須攜帶武器。這都是為了避免踏上和巴塔威爾相同的末路。」

說到這裡，嘉蘭德將手搭在腰間的杖劍上。

「不過，接下來才是正題。光是佩劍，只是讓雙方的條件變得對等。你們當然也會感到不安。在沒有時間詠唱咒語的極近距離，即使自己是魔法師又有什麼意義？

——各位可以放心。如果真的沒有意義，這堂課從一開始就沒辦法開。」

說完後，嘉蘭德拔出杖劍，舉到所有學生都能看清楚的高度。接著，刀身瞬間噴出火焰。嘉蘭德晃動著熊熊燃燒的杖劍，開口說道：

「如各位所見——即使咒語被封住，我們依然能施展『未達咒語的魔法』。我們能夠在不出聲的情況下生火、起風或召喚雷電。」

火焰一消失，刀身前端就迸出藍白色的電光。學生們齊聲發出驚嘆。

「當然，這點程度的威力，遠遠比不上利用咒語施展的魔法。光靠這些，幾乎不可能制伏對手。不僅難以控制，即使練成也派不上什麼用場，所以在巴塔威爾之前的魔法師，都不重視這塊領域。

不過——各位應該已經知道了。『如果將這些招式跟劍結合在一起呢』？」

學生們直覺地明白。沒錯——即使單獨使用時缺乏殺傷力，但不管是拿來當障眼法或假動作，魔法的用途可說是包羅萬象。一旦與劍術結合，就能增加許多攻防手段，甚至足以創立一個新的技術體系。

嘉蘭德停止施展魔法，側站著擺出從正面用杖劍砍向對手的動作。

「只要往前踏一步就能用杖劍殺死對手的距離，亦即一步一杖的距離。在這個侷限的世界中競爭，由劍與魔法組成的技術理論——被稱作『魔法劍』。」

說明完概論後，嘉蘭德掃視學生們的表情。確認大家都聽懂後，他繼續補充道：

「聽到這裡，有些人可能會有疑問。如果是出自特別重視傳統魔法價值觀的家庭，或許還會覺得反感。簡單來講——就是認為根本不需要學魔法劍這種邪門歪道，身為一個魔法師，本來就應該在拿劍的敵人靠近之前解決對方。

或許確實是這樣沒錯，但我希望擁有這種想法的人，能先知道幾項事實。首先，魔法劍在性質上非常接近防身術。既然以後不可能完全不讓別人靠近，學會能夠預防別人突襲的技術並沒有損失。現在的世道也沒有安全到不需要防範這些事情——即使只是在金伯利這裡也一樣。

第二，隨著魔法劍這個領域逐漸普及，這門技術已經不僅是用來防範普通人，不如說反而透過魔法師之間的戰鬥，變得愈來愈深奧。再加上——雙方魔法戰鬥的實力愈是接近，就愈傾向在近距離分出勝負。即使只考慮這點，學習魔法劍還是有很大的優勢。」

嘉蘭德在納入反方意見的情況下，仔細說明這門學問的優點，這讓奧利佛私下對他產生了好感

——這位老師非常重視教學的順序，他選擇在第一天上課的時候，先讓學生們「接受學習魔法劍」這件事，將指導技術的部分排在後面。

「雖然話題變得有點冗長，但你們當中應該有很多人已經在家裡學過魔法劍了……所以，雖然這也是每年的慣例，但第一天上課時為了炒熱氣氛，我都會請有經驗的人出來比試一下。」

學生們一聽見這句話就興奮了起來。這個如同往年的反應，讓嘉蘭德苦笑地開始環視學生們的臉。

「這只是個小活動。如果沒有人自願就會省略——但有沒有人想試試看啊？」

現場的氣氛變得十分緊張。對自己實力的自信、不想在眾目睽睽之下揮劍的心情、對周圍學生的虛榮和警戒——這些要素全部混合在一起，讓眾人變得猶豫不決。

「請務必讓在下試試看！」

結果最先舉手的，是與虛榮和警戒無緣的東方少女。嘉蘭德困擾地雙手抱胸。

「Ｍｓ．響谷。我非常欣賞妳的幹勁，但妳真的有這方面的經驗嗎？」

「嘉蘭德老師，也請務必讓我嘗試。」

此時，又有一個學生舉手了。是一個站在奧利佛斜後方的長髮男子。對方的舉止和遣辭用句都和雪拉有點像，可見應該也是出身名門。然而——他嘴角浮現的微笑，看起來有點不懷好心。

「聽說她在入學典禮那天，只靠一把刀就打倒了巨魔。如果這件事是真的，希望能藉這個機會讓她展現一下東方的劍術。」

說完後，男子以不帶任何善意的眼神看向奈奈緒。他周圍的學生也跟著竊笑。看到這裡，奧利佛確信了——奈奈緒賭命打倒了巨魔，「這傢伙打算趁這個機會，將那些功勞全部占為己有」，而且還是利用奈奈緒是魔法劍初學者這點。

「……嗯。如果你們兩個都不介意——」

「我想和奈奈緒比試。」

等回過神時，奧利佛已經舉手這麼說了。室內開始騷動，被人從中阻撓的男學生，更是不悅地看向少年。

「喂，你給我節制一點。是我先舉手的吧？」

「你才該節制一點。我比你早認識奈奈緒，還曾經跟她一起和巨魔戰鬥過。」

奧利佛毫不退讓地回嘴，男學生的臉瞬間變紅，露出不悅的表情。奧利佛見狀，總算明白背後的緣由——事件當時，有許多學生選擇逃離巨魔，他應該也是其中一人。雖然奧利佛並不打算責備這點。

「你這傢伙……！」

被刺到痛處的男學生，將敵意集中在奧利佛身上，後者也毫不畏懼地瞪了回去，用眼神透露出「想跟我打也沒問題喔」的意思。

「Mr.安德魯斯，由我來當你的對手吧。」

就在奧利佛下定決心時，突然有道優雅的聲音插入對話。說話者是跟卡蒂一起坐在前排的雪

拉。被叫到姓氏的男學生，驚訝地將頭轉向她。

「………Ms．麥法蘭……」

「奈奈緒的劍術非常精湛，但她在魔法方面畢竟是個初學者。要缺乏經驗的她應付你在老家磨練過的魔法劍，實在太強人所難了。反正都是要打，不如擊敗我還比較有面子吧？」

雪拉的意見可說是合情合理，她看男學生無法反駁，又繼續補了一句：

「還是說你害怕在公開場合與我一戰呢。」

「——這怎麼可能！」

事關家門名譽，男學生沒有其他選擇，只能立刻如此回答。在一旁觀看兩人對話的奧利佛，於心裡深深向縱捲髮少女道謝——她幫奧利佛承擔了一半原本將由他背負的怨恨。

「……呃，你們討論好了嗎？第一組是Ms．奈奈緒對Mr．霍恩，第二組則是Mr．安德魯斯對Ms．麥法蘭，就這樣安排吧。還有其他人自願嗎？」

或許是不打算介入學生之間的因緣，嘉蘭德從頭到尾都沒有插話，在發現事情已經有結論後，他就直接按照這個結論安排。

「好，那就開始囉。所有人讓出房間中央的空間。沒錯，就是這樣。等大家都讓開了以後——Mr．霍恩，Ms．奈奈緒，請兩位站到中間。」

學生們遵照教師的指示退到一旁觀戰。在眾人的注視下，奧利佛和奈奈緒移動到房間中央，保持剛才說的一步一杖的距離互相對峙。

「敬禮，拔刀。」

兩人遵照吩咐，同時拔出腰間的杖劍。嘉蘭德立刻詠唱咒語。

「不斷不穿（賽庫爾斯）。」

奧利佛和奈奈緒的杖劍突然發出淡淡的白光。那道光芒只維持幾秒鐘，嘉蘭德向比試的雙方——特別是一臉驚訝的奈奈緒進行說明。

「我對雙方的杖劍施展了不殺的咒語。只要沒有解除，不管怎麼砍怎麼刺都不會受傷。雖然你們的杖劍原本就沒有刀刃，但這樣會更安全。」

奈奈緒聽了後，輕輕用手指觸摸刀尖，然後手就被一股不可思議的力量彈開。她像是覺得有趣般，又用更強的力道去摸，最後甚至還直接切自己的手——確認一滴血都沒流後，她一臉佩服地說道：

「……喔喔，真的耶。」

「原則上，學生之間的比試都必須在施加這種咒語的狀態下進行。如果違反規定，會被嚴厲處罰，所以要注意喔。等升上高年級後，為了習慣實戰的感覺，可以將效果減弱一點。」

提醒完學生後，嘉蘭德繼續說明比賽規則。

「雖然戰鬥時可能會拉開距離，但這次不能使用咒語。如果大家在上魔法劍課時立刻用咒語互相攻擊，那老師會很困擾。儘管沒有時間限制，但當其中一方受到足以致命的攻擊時，比賽就結束了。由我來當裁判——希望各位注意，如果頭、胸口和拿杖劍的手被打到，就算是受到致命傷。如

果是另一隻手被擊中，除非有用手甲擋住，否則接下來都不能用那隻手。」

大致說明完後，嘉蘭德留了一些時間給兩人消化。奧利佛直接點頭，奈奈緒稍微思索了一下後問道：

「嘉蘭德師傅，如果是『用雙手握武器』要怎麼辦？」

嘉蘭德驚訝地睜大眼睛。他看向奈奈緒的手，發現她確實是用雙手握刀。而剛才說明的規則是針對單手拿杖劍的狀況。

魔法劍老師雙手抱胸思考了一會兒，但最後放棄似的聳肩。

「……因為過去很少有這樣的例子，所以沒有明確的規定。今天就先規定不管哪隻手被擊中，都算致命傷吧。」

「了解。」

奈奈緒點頭回答。這段對話，讓奧利佛再次確認了一項在意許久的事實——雖然她與巨魔戰鬥時也是雙手握刀，但那把武器果然是雙手刀。

魔法師使用的杖劍通常是十三到二十二英吋的短劍。如果再長，揮起來會太慢，這樣不如直接詠唱單節咒語還比較快。所以用單手拿短劍，可說是必然的發展。

但奈奈緒的刀明顯超出二十二英吋，若連刀柄一起算進去，恐怕超過二十五英吋。儘管還是比一般人使用的長劍短，但當成杖劍使用實在不太方便。

「事前的說明就到這裡——兩位，請擺好架勢。」

嘉蘭德一聲令下，奧利佛就將右手與右腳往前伸，擺出側身的架勢——奈奈緒的武器的長度不適合當成魔杖使用，但這也是理所當然，因為奈奈緒過去沒有受過魔法師教育，當然不懂魔法劍的常識。

這從一開始就是老手和生手的對決。我方不能使用魔法，只要能開心地與異國劍術交流一下就好。太過在意勝負才是不解風情，只要適當交鋒幾次就能結束——奧利佛抱著這樣的想法面對對手。

「——呼——」

相對地，奈奈緒緩緩將刀高舉過頭。在少年學的流派裡，沒有這種用雙手握劍的上段架勢。

「——開始！」

嘉蘭德下達開始的指示。奧利佛依然維持原本的架勢不動，他打算按照原本的計畫，先採取守勢觀察狀況，等待對手出招。

——這樣真的好嗎？

他的背脊竄過一陣電流般的寒氣，彷彿是在嘲笑他的醜態。

——看過那副身軀後，你居然還有辦法說出這種蠢話？

早上那一幕——少女布滿傷痕的上半身鮮明地浮現在腦中。從胸口深處不斷湧出寒意，這正是本能對自己的警告。

「那麼，奧利佛，來一決勝負吧。」

就在少年因為這樣的預感做好認真應戰的準備時，東方少女已經化為一陣風。

「——唔？」

一退後就會死——這樣的直覺讓奧利佛立刻往前踏出一步。下一個瞬間，右手用來接招的杖劍，傳來一陣強烈的衝擊。兩把刀劍在與視線同高的位置激烈碰撞，迸出火花。少年心裡充滿戰慄——好快，而且好重！

「——喔……！」

壓力不斷透過劍身傳達過來。接下第一擊後才過一秒，奧利佛就覺得自己的手快撐不住了。他確信了一件事——現在已經沒有閒工夫觀察狀況了。這樣下去，會馬上被打倒！

就在他這麼想的時候，身體已經按照平常的修練動了起來。

「——唔？」

奈奈緒的姿勢稍微傾斜。這也是理所當然，因為她原本踏在地面的右腳居然開始往下沉——拉諾夫流魔法劍．下沉墓土（grave soil）。因為受到魔法干涉，變得像泥濘般柔軟的地面抓住了少女的腳。

「呼……！」

姿勢被破壞的奈奈緒立刻將對手的劍往旁邊卸，奧利佛趁機朝對手的背進行追擊。他腦袋裡已經完全沒有手下留情的想法。然而——在他的刀揮到一半時，對手已經將刀架在肩膀上。

「——唔？」

感覺到危險的奧利佛連忙往後跳。接著刀尖就出現在離他眼睛只差半吋的地方——對方在背對他的情況下直線刺出一擊。並非轉身後使出突刺，而是直接將轉身的動作轉換為突刺。

「呼——」

少女同時也趁機重新站穩。少年之前透過「下沉墓土」取得的位置優勢已經不復存在。少年在瞬間做出正確判斷，少女的頭髮因為寄宿魔力而被染成純白。雙方之間的距離，已經變得比一步一杖還要短——！

「——喝啊！」

下一次交鋒。奧利佛讓魔力在杖劍的劍身中迴轉，打算全力靠劍術一決勝負。兩人幾乎是同時踏出腳步，從上往下揮出直線的一擊。走在同一條直線上的兩把刀劍互相衝突——在「激烈交鋒後再次錯開」。

「唔！」「——嘖！」

兩人的刀鋒只有瞬間交會，之後就順勢互相穿過彼此身邊。再次拉開距離後，奧利佛立刻轉身擺出迎擊的架勢。

「……呼、呼……！」

即使已經拉開足夠的距離，他的全身依然戰慄不已。

這可不是在開玩笑——少女使用的是「用來殺人的劍術」。她至今絕對殺過不止一兩人，甚至可能還超過數十人。她的過去到底沾染了多少鮮血？那是經歷過這些後才能抵達的境界，貨真價實的武士之劍——！

「——終於——」

奈奈緒輕聲低喃。少年甚至沒有聽見這句話，只顧著集中精神進行分析。該繼續使用魔法迎擊，還是先發制人——唯一能確定的是，未經磨練的招式不可能對少女奏效。

為了替下一次攻防做準備，奧利佛打算從對方的視線尋找線索。就在他抱著這樣的想法，看向對手的臉時——

「——終於……找到了。」

——眼前的光景，讓少年頓時說不出話來。

如水晶般透明的水滴流過少女的臉頰。因歡喜而顫抖的嘴唇，斷斷續續地吐出話語。

等回過神時——少年才發現淚流不止的少女正筆直看向自己。

「————」

奧利佛的腦中變得一片空白——第一次看見少女哭的樣子，刺痛了他的內心。

無法理解。在短短兩次交鋒，不到十秒的戰鬥中，少女到底在自己身上看見了什麼？跟她認識不過兩天的少年，根本無法推測出她的心情。

「…………別哭。」

明明無法理解，明明什麼都不知道——即使如此，奧利佛心裡仍產生了一個想法。

不手下留情，也不保留任何實力，想要賭上自己的一切，「讓她停止哭泣」。

「——喂，別哭啊——」

少年在奈奈緒面前，緩緩改變架勢。

從拉諾夫流魔法劍中最泛用的中段架勢，改成和基礎三流派的所有架勢都不太一樣的下段架勢。這並非正規的架勢，現場也沒人能察覺背後的意義，不過——

「——感激不盡。」

只有東方少女看得出來——這是少年認真起來的樣子。

雙方的鬥志不斷提升並融合在一起。彷彿是在呼應雙方的鬥志——用來拘束兩人手中杖劍的不殺咒語爆出光芒。不僅如此，兩人還依序將除了彼此以外的存在，趕出自己的意識——如今兩人已經聽不見任何雜音。世界為了兩人封閉起來，只剩下一個極度純粹又清淨的空間。

然後，他們確信了一件事——這樣下去，雙方將戰到其中一方死去為止。

兩人心裡沒有任何猶豫，準備為下一次交鋒踏出腳步——

「到此為止！」

在進入第三次交鋒前，嘉蘭德用身體介入兩人之間，強硬地阻止他們相會。

「到此為止，Mr.霍恩，Ms.奈奈緒！兩個人都給我把劍收起來！」

兩人握著杖劍僵住。魔法劍老師以嚴厲的語氣對他們喊道：

「我一開始就說過了，這個活動只是用來炒熱氣氛。我可沒有要你們『戰到至死方休』。」

被人這麼指責後，奧利佛的表情逐漸變得蒼白——沒錯，這只是用來炒熱氣氛的模擬戰。然而——自己剛才到底打算做什麼？

「以第一天的示範來說，你們已經表現得夠多了。所以兩個人都把劍收起來，下去休息。直到心情恢復平靜為止，都禁止你們拔出杖劍。聽到了嗎？」

嘉蘭德再次勸告兩人。這句話讓兩人各自收起杖劍，奧利佛一臉尷尬，奈奈緒則是發自內心感到惋惜。

「……呃……剛才到底發生了什麼事……？」

跟其他觀眾一起觀看這場戰鬥的卡蒂，一臉困惑地問道。站在一旁的凱和皮特，以及其他的學生們，都同樣看得非常傻眼。

「看不懂也很正常……畢竟這場戰鬥的水準實在太高了。」

站得比較後面的雪拉如此說道。她開始向周圍的人說明。

「我照順序從一開始說明好了。首先，是奈奈緒的第一擊——雖然是從高舉過頭的位置揮下的一刀，但奧利佛光是能接下那一擊，就已經算非常厲害了。我可以斷言，在場應該有九成的學生擋不住那一擊。不僅拉近距離的速度快到脫離常軌，帶有魔力的斬擊也十分沉重——光是用劍抵擋，絕對招架不住。輸給壓力往後退也一樣，那樣只會立刻被追上，然後被砍倒。」

雪拉拔出自己的杖劍，開始站在奧利佛的立場重現戰況。她擺出和少年一開始相同的架勢，想像自己正在和東方少女對峙。

「想接住那一擊，必須自己主動往前，趁斬擊的力道還不夠時，壓制力量的源頭。這時候必須彎曲手臂，將手腕往內收，讓踏出去的腳與右手保持在同一條軸線，不然手腕在防禦的瞬間就會折斷。」

雪拉在說明的同時移動手腳，緩緩重現那一瞬間的攻防，熟練的解說讓學生們都聽得入迷，然後她繼續流暢地說道：

「接下來也是個難題。雖然按照剛才的作法就能擋下第一擊，但近距離的刀鋒相接，明顯是雙手握刀的人比較有利。如果繼續正面交鋒，一定很快就會落敗。為了擺脫這個困境，奧利佛施展了『下沉墓土』——這是拉諾夫流魔法劍的基本招式。他瞄準奈奈緒將重心放在前腳的瞬間，破壞了她的平衡。」

雪拉用杖劍前端指向腳底。此時，卡蒂腦中浮現一個疑問。

「雖然我大概看懂了……但奧利佛當時並沒有將魔杖指向地面吧？為什麼他有辦法利用魔法破壞奈奈緒的平衡？」

「這是名叫領域魔法的技術。魔法的效果基本上是出現在魔杖指示的方向，但僅限於極近距離，能夠無視魔杖的方向，在任意地點施放魔法。就像這樣。」

這句話說完的瞬間，雪拉旁邊，也就是卡蒂面前迸出一道雷光。少女嚇得往後退。明明施展了魔法，但雪拉的杖劍確實是對準腳邊。

「在修練尚淺時，視線總是會不自覺地飄向瞄準的地方……但奧利佛不僅沒有這個毛病，還能夠精準地施展魔法。這真的非常了不起。」

說完後，雪拉瞄了話題的當事人一眼。奧利佛跟奈奈緒也一起在附近愣愣聽著雪拉解說，看起來對內容沒什麼意見。

「那麼，我繼續說明吧。奧利佛當時立刻趁奈奈緒稍微失去平衡，並且背對自己時發動追擊——此時奈奈緒做出了非常厲害的對應。她瞬間將重心從陷入『下沉墓土』的右腳移到左腳，在轉身的同時朝正後方使出刺擊。預測到對方反擊的奧利佛立刻中斷攻擊後退一步，兩人再次拉開距離。」

這次雪拉在說明的時候，換從奈奈緒的立場重現那次攻防。在朝背後使出刺擊，想像察覺反擊的奧利佛後退一步後，她刻意抬高音量說道：

「接下來就是最精彩的部分。兩人馬上同時施展劍技。奧利佛用的是拉諾夫流魔法劍的高等技巧『遭遇之瞬(encounter)』。雖然其他流派也有類似的技巧，但因為他擺的是拉諾夫流的架勢，所以應該是這招沒錯。如果省略詳細的說明，可以將這招想成是在對手發動斬擊的同時『砍倒對方』的反擊技。

而奈奈緒這邊……我真的是打心底嚇了一跳。這是因為——雖然不曉得是什麼流派，但『她使用的技巧在性質上明顯和奧利佛一模一樣』。別說是修練的流派了，兩人就連出生的國家都不同，然而他們卻像是約好了般，使出相同的招式，正面比拚誰的招式完成度較高——結果雙方都沒將招式完全施展出來，就這樣打成平手。」

雙方短暫交鋒後，互相擦身而過。雪拉連這部分也完整重現後，就停止解說，收起杖劍。接著，她看向一個站在遠處的學生。

「──Mr.安德魯斯。面對奈奈緒的猛攻，你覺得自己可以撐到第幾招？」

「……………唔！」

被點名的人是剛才指名要和奈奈緒進行模擬戰的長髮少年。注意到對方無法回話的狼狽模樣後，雪拉輕輕嘆了口氣，重新轉向魔法劍老師說道：

「嘉蘭德師傅。恕我失禮，經歷過剛才那一戰後，即使我和Mr.安德魯斯按照預定交手，也只會顯得多餘。我想辭退這場比試，可以請您繼續上課嗎？」

「……嗯。如果你們不介意，就這麼辦吧。」

嘉蘭德像是鬆了口氣般點頭答應。他宣告要繼續上課後，學生們也從短暫的興奮中恢復，重新排好隊伍。

雖然發生意料之外的騷動，但魔法劍的課程就這樣結束了。奧利佛早其他學生一步衝出教室，獨自走在校舍內的走廊上不斷反省。

「…………」

即使重新回想，他還是無法理解為什麼自己會做出那種事——為什麼會在和她戰鬥時失去冷靜？

在與奈奈緒交鋒的時候，對方的實力確實讓他深受感動。原本只想小試身手，結果卻變成認真應戰。他對這件事並不後悔。不如說有機會將平常累積的修練發揮出來，對魔法師來說是件值得高興的事情。

所以——問題是在之後。在經歷過三次交鋒並重新拉開距離後，他稍微恢復冷靜重新面對少女——然後看見了她的淚水。

「…………唔。」

在那個瞬間，一切都瓦解了。理性與判斷力都消失得無影無蹤。心裡就只有「想要回應她」這個念頭。覺得少女有個只有自己能夠填補的空缺。在這個直覺的驅使下，他擺出了原本不想讓任何人看見的「認真架勢」。

「……我太輕率了。」

奧利佛握緊拳頭。不過——她一定也察覺到少年的認真。奧利佛還記得在那個沒有任何雜音的封閉世界中，兩人對彼此產生的共鳴——「戰到其中一方死去為止吧」。明明雙方都不期待這種事情發生，但在那個瞬間，他們確實用彼此的劍與性命締結了那樣的契約。

「——奧利佛！」

少年不斷重複思考這些事時，聽見了一個熟悉的聲音。他驚訝地轉頭一看，然後發現——奈奈緒正從走廊轉角跑向這裡。

「原來你在這裡啊！你一下課就不見人影，在下還在納悶你跑去哪裡了！」

東方少女在少年面前停下腳步，像隻親近人的小狗般露出天真無邪的表情。奧利佛一時不曉得該如何回應，但少女接著說道：

「剛才那一戰，很棒──真的是場很棒的比試。在下甚至可以斷言，那是打從在下第一次拿劍的那天到今天為止，最為充實的一段時光。」

少女的眼神像是在作夢般，沒有看向任何地方，只是不斷激動地說著──然而，她突然低下頭，用力握緊拳頭。

「唯一遺憾的是，那場比試在中途就被人打擾。在下好想看接下來的後續，被接下來的後續深深吸引。現在心裡也覺得既悲傷又痛苦──吶，你也這麼覺得吧。你的想法也和在下一樣吧。」

「……………」

奧利佛沒有回答，一直保持沉默。奈奈緒毫不懷疑地相信對方也是相同的心情，她抬起頭激動地說著，眼裡充滿了喜悅的光芒。

「所以──奧利佛，再跟在下交一次手吧。這次要用沒有被咒語限制的『真劍』，盡情地戰鬥。」

奈奈緒非常直率地向少年如此要求──「這次要好好戰到其中一方死去為止」。話題的內容與少女說這些話時天真無邪的表情，兩者之間的落差大到令人絕望，讓奧利佛忍不住打了一個寒顫。

「——我拒絕！」

等回過神時，奧利佛已經像是想甩開一切般如此回答。奈奈緒的表情瞬間變僵硬。

「——咦？」

「我說我拒絕……我不想再和妳戰鬥。特別是認真——或是用真劍決鬥。」

奧利佛再次對僵住的少女說道……實際說出口後，他發現這真的是理所當然的事情。他根本就沒有理由和同學賭上性命互砍。

「為——為什麼？」

然而，少女本人完全無法理解這個理所當然的道理。她發自內心感到動搖，以顫抖的聲音問道。奧利佛心裡無端產生一股罪惡感。在比試過程中看見的透明淚水，又再次鮮明地浮現在腦中，即使如此，他還是只能努力做出冷淡的回答。

「沒為什麼……單純只是我完全不想這麼做罷了。無論是斬殺妳，或是被妳斬殺。」

因為再繼續講下去也沒意義，少年中止談話，轉身離開。奈奈緒茫然地看著少年離開——一滴淚水沿著她的臉頰滑落。

「——為什麼…………？」

第二堂課是咒語學。一年級生們沿著長桌入座，一位年老的魔女，穿著由沉穩色系構成的長袍出現在他們面前。

「歡迎大家來上咒語學的課程。我是負責這門課的老師法蘭西絲．吉克里斯特——雖然每年都是如此，但我真的發自內心對你們這副德性感到失望。」

這位老教師一開始就表現得非常不悅。她繼續對驚訝的學生們說道：

「每個人的腰上都掛著難看的鐵塊……帶著那種東西，怎麼還有臉自稱是魔法師？實在令人難以理解。如果是可悲的普通人也就算了，我們這些追求神祕的人該拿的東西，就只有魔杖吧。」

老教師嘆了口氣後，從腰間拔出魔杖。對此感到無法釋懷的卡蒂，試著舉手發問。

「老、老師，請允許我發言。」

「我就聽聽看吧。妳叫什麼名字？」

老教師立刻看向捲髮少女。少女一報上名號，吉克里斯特就點頭催促她繼續說下去。

「很好。Ms.奧托，妳就把妳的意見說出來吧。」

「是、是的。雖然老師您說這是『難看的鐵塊』，但除了您以外，幾乎所有金伯利的老師都有佩帶杖劍。就連校長都是知名的魔法劍高手。即使如此，老師依然打算批評大家嗎？」

卡蒂提出一個帶有挑戰意味的問題。在騷動的教室當中，老教師毫不動搖地回答：

「真是個愚蠢的問題。我不僅對其他老師抱持敬意，更是完全沒有侮辱校長的意思。然而，即使如此——在這間學校裡，『沒有人身為魔法師的資歷比我還長』。」

這個出乎意料的回答，讓卡蒂驚訝地瞪大眼睛。吉克里斯特輕輕將手放在胸前說道：

「我知道舊時代的魔法師是什麼樣子，所以無論有多少人覺得我是個礙事的老人，我都會繼續保持這樣。」

金伯利最年長的教師看向卡蒂和其他學生，繼續說道：

「光這樣講，你們應該無法接受吧。就讓我來批評一下近年盛行的魔法劍吧……如各位所知，自從那個丟臉的巴塔威爾戰敗去世後，世間的魔法師開始接連佩帶杖劍。大家都用了一個方便的藉口，說是為了應付普通人的襲擊。然而，你們知道這造成了什麼後果嗎？」

提出這個問題後，吉克里斯特深深嘆了口氣。

「真是太可笑了。『儘管普通人造成的死傷變少，但魔法師之間的傷害事件卻因此暴增』。因為每個人與別人見面時，都有了佩劍的藉口。對那些想謀害礙事對象的傢伙來說，這實在是太方便了。」

學生們頓時陷入沉默。用來自衛的道具，同時也能成為傷害別人的武器，這是極為理所當然的結果。

「基於以上的事實，杖劍的普及對魔法界的治安維護一點貢獻也沒有，甚至可以說反而對治安造成危害。這是完全無法反駁的事實，所以只要各位從今天開始將劍換成魔杖，問題或許就解決了——但實際上事情並沒有這麼簡單。那位同學，你知道為什麼嗎？」

吉克里斯特向坐在教室角落的奧利佛問道。受到與奈奈緒那場比試的影響，他現在還無法專心上課，而這當然逃不過吉克里斯特的法眼。少年重新繃緊神經，起身回答：

「……因為杖劍已經變成必要之惡。打個比方來說——假設有個拿杖劍的魔法師犯了罪，那麼若負責取締犯人的那一方沒有杖劍，就會讓戰力變得不對等。這在自衛方面也是相同的情況，所以誰都不想放開杖劍。」

「正確答案。你叫什麼名字？」

「奧利佛．霍恩。」

「你回答得很好。以後也要繼續精進。」

對問題做出適當的回答後，奧利佛行了一禮，重新坐下。此時，他和座位離自己有段距離的皮特對上視線。奧利佛輕輕微笑，但對方立刻別過臉。奧利佛露出苦笑——看來兩人還要花一點時間才能打好關係。

「就像Mr.霍恩說的那樣，要顛覆已經根深柢固的惡習並非易事。話雖如此，也不能一直安於現狀。正因為所有人都已經習慣有杖劍的魔法社會，才更應該回想起沒有杖劍的那個時期的理想。」

凱盯著滔滔不絕的吉克里斯特，小聲向坐在旁邊的雪拉問道：

「……喂，這表示那個老師已經超過四百歲了嗎？」

「你不知道嗎？即使放眼整個魔法界，也沒有多少魔女親身經歷過『巴塔威爾之前的時代』，而她就是其中之一。」

聽了雪拉的回答，凱像是覺得難以置信般睜大眼睛。此時身為歷史活證人的魔女停頓了一下，重新轉向這些年紀比她的曾孫還小的學生。

「基於以上的內容，我只有一個簡單的主張——『既然是魔法師，就應該靠魔法解決問題』。我想說的就只有這些。」

這個結論，讓學生們忍不住皺起眉頭——就是因為知道很難做到，巴塔威爾之後的魔法師才會佩帶杖劍吧？

「大家一定都認為辦不到吧。這才是不成熟的表現——我就現場示範給大家看一下，當作參考吧。」

吉克里斯特對那些帶著反感注視她的學生們如此說道。她的周圍突然浮現出輪廓，「某些東西」解除隱形，展現出異形的身軀。那些臉部長著像彈珠的六隻眼睛，全身充滿球形關節的存在，雖然能做出精細到可怕的動作，但完全感覺不到生命的氣息。

「唔喔，是魔偶（marionette）……！」

「剛才說話的那位同學，你叫什麼名字？」

忍不住發出聲音的凱，立刻被老師點名。他連忙起身報上名號，吉克里斯特嚴厲地訂正他：

「Ｍｒ.格林伍德，你答錯了——正確答案是自動人偶（automaton）。即使不用一一操縱，它們也會自己判斷和行動，是魔法師親手打造的使魔。」

在她說明的期間，周圍的人偶迅速組成守護陣形。一絲不亂的統率，以及從中展現出來的優異性能，讓奧利佛嚥了一下口水。

「我想你們也看出來了。如果好歹是個魔法師，那極近距離的防衛只要交給這些東西處理就行了。不限於自動人偶，想利用魔獸也無所謂。無論如何，只要好好磨練技術，讓這些使魔侍奉自己，自然就不需要親自拿劍戰鬥。」

充滿自信地說完後，吉克里斯特向學生們招手。

「如果覺得讓人偶擔任護衛不夠可靠，你們大可試著攻擊它們看看。如果你們的劍能夠砍下它們的手臂，那或許我的理論還有一些能夠修正的空間。」

奧利佛驚訝地看向奈奈緒，擔心她又會像上魔法劍課時那樣，想要主動挑戰——但出乎意料的是，直到那堂課結束為止，那位東方少女都一直默默坐在卡蒂旁邊。

「……哎呀，真是太有特色了。雖然早就有所覺悟，但這些老師比想像中還要難搞啊。」

上午的課上完後，凱提議中午到外面吃午餐，於是六人各自拿著從餐廳外帶的食物，在校舍外的庭院找了張長椅坐下。

「像是咒語學，光第一天的概論就快讓我吃不消了。明明才剛上過魔法劍的課，下一堂課就說不需要那種東西，要我們丟掉。哪有這樣的啊。」

凱發完牢騷後，大口吃著上面放了大量萵苣與培根的開放式三明治。坐在他旁邊的皮特小口吃著相同的東西，輕聲說道：

「……那個人的意見有許多值得贊同的地方，但我也不認為那完全正確。」

「哎呀，真有意思。皮特，可以告訴我理由嗎？」

雪拉很有興趣地問道。少年調整了一下眼鏡的位置，開口回答：

「那些自動人偶，明顯擁有非常優異的性能。以我現在的實力，不管挑戰幾次都不是它們的對手吧。不過——同時讓那麼多使魔常駐在身邊，造成的負擔應該也非同小可。」

他的意見，讓原本準備吃開放式三明治的卡蒂抬起頭。

「……這麼說也有道理呢。我也能使喚小型使魔，但如果同時操縱好幾隻，馬上就會變得精疲力盡。雖然魔力容量會隨著成長與訓練增加，但每個人的極限都不太一樣。」

「即使有辦法負擔，魔力也會一直被使魔分走。如果因此沒有剩餘的魔力使用其他魔法，那就很難稱得上實用……因為只有魔力容量非比尋常的人，才能實踐那套理論。」

奧利佛接著提出結論。雪拉微笑點頭同意他的說法。

「沒錯。但我覺得那個老師是在清楚理解這些問題的情況下，揭示那樣的理想……身為一個魔法師，即使做不到相同的事情，也應該去尋找其他方法。不管活在什麼樣的時代，都不應該流於安逸，要持續磨練自己——她所說的『既然是魔法師，就應該靠魔法解決問題』，到頭來就是這個意思吧。」

縱捲髮少女的發言，讓卡蒂不禁雙手抱胸沉吟。

「……的確。雖然嚴厲，但她或許是個好老師。而且她還記住了我的名字。」

「誰會忘記第一天上課就來找碴的傢伙啊。話說妳是不是該改一下那個不管遇到誰，都要跟人家辯論的習慣啊？明明就不擅長應付別人的反駁。」

「吵、吵死了！我接下來會好好學習自己缺乏的知識啦！而且我才沒有不管遇到誰都跟人家辯論！你說的話一點事實根據都沒有！」

「法官大人，被告的言行讓人無法理解。」

「你這傢伙！」

凱開玩笑地說道，卡蒂則是不斷敲打他的肩膀。雪拉瞄了一下從早上開始就跟平常一樣有精神的兩人後，轉頭看向從頭到尾都沒加入對話的奈奈緒。

「奈奈緒，妳看起來沒什麼精神呢。是因為連續上不習慣的課程太累了嗎？」

「……………唔，雪拉大人，在下沒事。只是發呆了一下而已。」

奈奈緒無精打采地回答，甚至連拿在手上的餐點都還沒碰。雪拉表情沉穩地搖頭。

「妳不用逞強。等適應環境後，再發揮自己的實力也不遲。現在還是先讓自己習慣金伯利的氣氛吧。」

說著說著，雪拉也開始吃起了自己的開放式三明治。奈奈緒也跟著用餐——但從她身上完全看不到早上那個大胃王的影子。

短暫的休息時間結束後，他們移動到屋外的空間，下午的課是在那裡上。

「啊～各位新生，歡迎來上魔法生物學的課。我是負責教這門課的凡妮莎‧奧迪斯。要好好記住啊。」

穿得非常隨意的女老師，一開口就先自我介紹。她大致巡視了一下，確認每六個學生都有分到一張大作業臺後，再次開口：

「我要先確認一件事，這裡面有沒有人喜歡動物？有誰自己或父母非常關心亞人種的人權問題嗎？」

這個奇妙的問題讓學生們都面面相覷。過了一會兒，心裡有底的人開始一一舉手。確認約三分之一的學生舉手後，凡妮莎不屑地說道：

「這樣啊，還滿多的呢──雖然非常可憐，但你們趕緊將過去累積的常識給丟了吧。這是基於善意的忠告，不然可是撐不過這堂課喔。」

這項突如其來的宣告，讓學生們露出動搖的表情。坐在奧利佛旁邊的卡蒂用力抿緊嘴唇，接著凡妮莎又進一步補充道：

「我先跟大家說清楚一件事，這堂課是將魔法生物『當成資源』利用，所以絕對不會出現什麼和其他生物攜手共進，尋找共存的道路這種高尚的話題。除了人類和被認可有人權的亞人種以外，所有生物都只是利用的對象。」

順帶一提，在二十年前，半人馬也被包括在內。畢竟當時大法院還沒認可這個物種的人權，不管狩獵、解剖還是吃掉牠們都不違法，我個人也很喜歡吃生的半人馬肝。很遺憾現在已經吃不到了。」

「這、這、這……！」

已經聽不下去的卡蒂，不斷舉手表示抗議。然而凡妮莎只看了她一眼就不予理會，繼續若無其事地說道：

「雖然通常第一天上課，都是從概論開始教，但我是會先直接把不會游泳的人丟進水裡的類型。比起理論，應該先記住感覺。所以今天的課題是這個。」

說完後，凡妮莎拔出白杖揮了一下。接著原本放在作業臺上的木箱蓋子，就一齊被打開了。學生們好奇地看向裡面，發現裡面裝了許多白色生物。

「我想有些人應該知道，這是魔法蠶。這種經過反覆的品種改良，已經完全家畜化的蟲子，如果沒有魔法師提供魔力就無法自力生存。因此牠們極度親近人，甚至還有人將牠們當成寵物養。目前這階段還沒什麼危險，大家先摸摸看吧。」

學生們按照指示，戰戰兢兢地將手伸向魔法生物。魔法蠶身上有一層滑順的白毛，大小跟出生三個月的小貓差不多。雖然尺寸和一般人飼養的蠶完全不能比，但圓圓的外表和眼睛，並不會讓人產生對蟲子特有的厭惡感。學生們接連抱起靠近自己的魔法蠶。

「好、好可愛……！好多毛喔……！」

「牠們會自己主動靠過來耶……我家沒有養蠶，所以我也是第一次摸到。」

魔法蠶毫不警戒地主動去磨蹭學生們的手，學生們也開心地將牠們放在手上觀察。凡妮莎笑著觀看學生們的狀況，繼續說明：

「這些生物『作為資源』的價值，當然就是用來生產絲綢。這些傢伙為了化為成蟲所製作的繭，就是絲綢的原料。牠們跟普通的蠶不同的地方，除了尺寸和做出來的絲綢帶有魔法效果以外，就是『每一隻都能結好幾次繭』。」

「咦？不會化為成蟲嗎？」

「正確來講，是如果放著不管就會化為成蟲。不過只要在一定的時間點之前將繭剝掉，牠們就會再次變回幼蟲。只要持續供給牠們魔力，反覆進行這樣的過程，就能在牠們壽命耗盡之前盡情地取得蠶絲，簡直就像是為了服侍人類而生。

遺憾的是，牠們也不是沒有缺點。姑且不論管理溫度和整頓飼養環境的部分，這些傢伙的生態有點麻煩。我現在就來示範給大家看。」

說明完後，凡妮莎走向其中一個作業臺，她從木箱裡抓起一隻魔法蠶，放在能讓學生們看清楚的位置。

「今天準備的蠶全都是已經養到快要結繭的個體。接下來只要注入一點魔力，牠們就會開始結繭。就像這樣。」

說著說著，她將白杖湊向魔法蠶。下一個瞬間，被注入魔力的魔法蠶就立刻產生反應，開始吐絲結繭。柔軟的純白蠶絲一下就包住魔法蠶——十幾秒後，大到足以讓人環抱的新繭就完成了。學生們接連發出驚嘆。

「不過，在注入最後一次魔力時要非常小心。雖然這次很順利，但如果在這個階段注入太多魔力會很不妙。就像這樣。」

凡妮莎將新的魔法蠶放到作業臺上，再次將白杖湊過去。表面上看起來跟剛才沒什麼不同，但下一個瞬間——被注入魔力的魔法蠶開始激烈痙攣，吐出黑色的絲線。學生們屏息觀察被黑絲包覆的魔法蠶。

「黑、黑色的繭……？」

「站遠一點，馬上就要出來了。」

凡妮莎提醒學生們後退，過了幾秒後——黑繭裡傳出有東西在動的聲音，接著某樣東西穿破黑繭飛了出來。

「……咦？」「唔喔？」「哇啊！」

那東西擁有看似堅硬的黑色外殼——一隻像小貓那麼大的飛蟲高速拍動原本收在外殼底下的翅膀，在空中飛翔。不管是飛起來像蜜蜂，還是那像在威嚇的磨牙聲，都讓學生們害怕地往後退。

「好好好，**烈火燃燒**。」

確認完他們的反應後，凡妮莎揮了一下魔杖。一束橙色的火焰竄向黑色飛蟲——只見牠燒起來後掉落在地。

全身著火的飛蟲在地上不斷掙扎，學生們只能默默地在旁邊看。凡妮莎用鞋底踩死已經幾乎化

為灰燼的飛蟲，再次開口：

「那麼——如各位所見，被注入過多魔力的魔法蠶會變成凶暴的怪物。這是急速成長的副作用。雖然慢慢養育就不會變成這樣，但這樣生產蠶絲的速度就太慢了，所以即使多少有點損失也無可奈何。即使是熟練的養蠶人家，每三十隻也會有一隻失誤。」

說完後，凡妮莎聳了聳肩。從她的表情裡，只看得見「少取得一份蠶絲的遺憾」，學生們也因此被迫親身體驗到什麼叫做「將魔法生物當成資源看待」。

「我想你們應該也發現了，今天要你們做的就是注入最後一次魔力。一個人要完成十隻，只要有五隻成功就算及格。聽起來很好玩吧？」

凡妮莎開出的課題，讓學生們嚥了一下口水。女老師又繼續補充道：

「順帶一提，如果失敗了，就要自己收拾殘局。只要趁蟲子破繭而出前，用火焰咒語燒掉或用杖劍刺下去，就能輕鬆殺死牠們，所以不能讓別人幫忙。訣竅就是將魔杖想像成小湯匙，將魔力想像成水，注入三匙半。因為有個體差異，所以這只是大概的標準喔。」

這等於是在說魔法蠶的生殺大權，都掌握在學生手上。凡妮莎沒有給他們時間做心理準備，馬上開始拍手說道：

「透過剛才的說明，大家都知道作法了吧？快點鼓起幹勁，現在就開始吧！」

這確實就像將不會游泳的人直接踢進海裡。學生們各自拿起魔杖，大部分的人都是在動搖的情況下替魔法蠶注入魔力——然後如同往年，地獄般的光景在眼前展開了。

「唔哇！馬上就變黑了……！」

「笨蛋，快點燒掉！如果讓牠破繭而出，我們可是沒辦法處理！」

「三匙半大概是多少啊？我不擅長對魔力進行細微的調整……」

「安靜一點！別害我分心！」

這個課題只要稍微出一點差錯就會失敗，所以這些初出茅廬的魔法師都表現得非常拚命——只有雪拉一個人無視其他同學的騷動，露出掃興的表情。

「……這課題也太簡單了。一下子就能完成吧。」

說完後，她將十隻魔法蠶放在作業臺上排成一列，依序揮動魔杖。每一隻魔法蠶都在被注入魔力後開始吐絲，但只有一隻變成黑色的繭。

「十隻中有九隻正常結繭，一隻失敗。唉，這結果還算不錯。**烈火燃燒**。」

雪拉一完成課題，就立刻用火焰將黑繭燒掉。她的動作實在太乾脆，讓一旁的凱驚訝得合不攏嘴。

「妳、妳也太乾脆了吧……」

「？就算是高手也會有百分之三的機率失敗，只失敗一隻算很好了吧。能否完美完成這個課題，終究還是要看運氣。除非將來想當養蠶業者，不然也不需要太精通。」

雪拉似乎認為這是理所當然的道理，第一個完成課題的她，開始觀察周圍的同學。

「奧利佛，你應該也很擅長這種課題吧。我會幫忙照顧奈奈緒，你就去幫卡蒂和皮特吧。」

「妳、妳不幫我啊？」

「凱，你已經失敗五隻了。等你抓到感覺後，我再給你建議。」

「可惡，被妳看穿我很笨拙了！」

凱似乎非常不擅長這種精細作業，放棄似的舉起魔杖。奧利佛看向其他地方，雖然他也很擔心奈奈緒，但現在最令人擔心的不是她。

「……卡蒂，妳可以嗎？」

奧利佛輕聲向捲髮少女搭話，她正臉色蒼白地看著木箱內的魔法蠶。僵了幾秒後，卡蒂生硬地點頭。

「沒、沒問題。別看我這樣，我還算是擅長調整魔力……！」

少女像是在鼓勵自己般說道，用顫抖的手拔出魔杖。她的表情遠比其他學生嚴肅，讓奧利佛猶豫該不該繼續向她搭話。要是害她分心，只會造成反效果。

為了避免干擾到卡蒂，奧利佛遠離少女，改看向另一位同伴。

「皮特，你——」

「我不需要建議。別站在我後面，那樣會害我分心。」

皮特冷淡地回答，但這也在奧利佛的預料之內。他乖乖離開皮特身邊，確認雪拉正在指導奈奈緒後，就從木箱裡拿出魔法蠶。

「……先來完成自己的課題吧。」

奧利佛在作業臺上排好十隻魔法蠶，像雪拉剛才那樣一隻隻注入魔力。結果大致如同他的預測，九隻成功，一隻失敗變成黑繭。

「…………」

奧利佛稍微猶豫了一下，然後自然地調整自己的位置，讓卡蒂看不見黑繭。

「……**烈火燃燒**。」

少年詠唱咒語，不被期望誕生的生命，立刻就在他面前被燒成灰燼。

課題開始過了約二十分鐘後，幾乎都在旁觀的凡妮莎總算開口：

「好，時間差不多了。怎麼樣，你們的平均成功率有到三成嗎？」

她一臉壞心地在學生間巡視，發現他們的表現落差非常大。作業臺上到處都是燒焦的痕跡，凡妮莎像是在逛路邊攤賣的飾品般，開心地四處眺望。

「我看看……喔，今天的水準還算不錯。沒有人因為殺蠶失敗反被襲擊……嗯？」

凡妮莎來到第五個作業臺後，突然停止說話，在她的視線前方——一群學生都在緊張地觀望，原來是有個捲髮少女拿著魔杖，動也不動地盯著魔法蠶。

「喂，妳還沒好啊。明明只需要注入魔力，妳也花太多時間了吧。」

「我正在做！請安靜一下！」

卡蒂怒吼道，甚至沒注意到對方是老師。她將所有精神都集中在眼前的蠶身上，表現得非常緊張，看起來完全不允許自己失敗。

就在奧利佛擔心地看著少女時，雪拉從他的旁邊探出頭。

「雖然幾乎都失敗了，但奈奈緒總算也做完了……這邊狀況如何？」

「……除了卡蒂以外，所有人都做完了。也因為她非常慎重，所以前九隻都進行得很順利……」

「她表現得很好嘛。既然如此，最後一隻不需要那麼慎重吧？」

注意到雪拉疑惑的表情，奧利佛心情複雜地咬緊嘴唇……這不是性格或良心的問題。雪拉出生名門，在把這種事情當成理所當然的世界長大，所以她無論如何都無法體會眼前這位少女內心的掙扎。

「……只剩一隻……只剩一隻……！沒問題，我辦得到……！牠絕對會得救……！」

卡蒂像是在說給自己聽般不斷低喃，最後終於下定決心揮下魔杖。然而——此時吹起了一陣風。少女的脖子因為長時間集中精神而沾滿汗水，一被風吹到就產生一股涼意。

「唔——咦？」

受到干擾的集中力只有毫微之差，但造成的影響十分致命。被注入過多魔力的魔法蠶，立刻在她面前吐出黑色的絲。

「啊——啊、啊、啊……！」

自己剛才注入魔力的生物化為不祥的黑繭，這副光景讓卡蒂的眼睛染上絕望的色彩。她顫抖著肩膀，呆站在原地，奧利佛焦急地大喊：

「卡蒂，妳失敗了！快點燒掉！牠馬上要跑出來了！」

必須立刻燒掉黑繭。這是這個課題的鐵則，甚至比最後的結果還要重要。然而——少女沒有這麼做。她將魔杖丟到作業臺上，用雙手抓住黑繭。

「什麼，卡蒂？」

「還有希望！只要立刻將繭剝掉……！」

少女已經失去理智到無法理解這是多麼愚蠢的想法，像個撿拾自己小孩的屍塊，想要重新拼湊起來的母親般拚命挽救——但打破禁忌的代價馬上就降臨了。破繭而出的飛蟲，毫不留情地咬住她的右手。

「呃啊……？……啊、啊啊啊……！」

「喔～居然做出這種蠢事。我不是說過牠們很凶暴嗎？如果不快點殺掉，手指頭會被吃掉喔。」

凡妮莎傻眼地說道，即使情況變成這樣，她仍不打算出手相助。看不下去的奧利佛和雪拉拔出杖劍，分別同時從左右斬斷襲擊少女的飛蟲。

「…………啊……」

卡蒂茫然地看著被砍成三段的飛蟲掉落在地，她完全沒有意識到自己的右手已經被咬到見骨，

只顧著一直觀看自己未能拯救的生命最後的下場。

「卡蒂，妳沒事吧？妳太魯莽了，居然將手伸向失敗的繭……！」

「把手伸出來！我馬上替妳施展治癒咒語——」

雪拉和奧利佛分別從兩側替她治療，奈奈緒、凱和皮特也跟著跑了過來。然而——就連同伴的聲音，都無法傳入少女的耳中。

「……啊……啊……」

卡蒂像是忘了疼痛般，將沾滿鮮血的右手伸向飛蟲的屍體。奧利佛一臉悲痛。他從一開始就預料到事情會變成這樣，但依然無能為力。

另一方面，凡妮莎不屑地看著自己學生的慘狀。

「茫然自失啊。真是的，第一天就搞成這樣。出身良好的大小姐就是這麼麻煩。」

這位老師的話裡完全沒有任何體貼，讓奧利佛的肩膀顫動了一下。雪拉一看見他這時候的表情，就驚訝地睜大眼睛。

「……老師，卡蒂昨天才剛在遊行時遭遇意外。雖然手指的傷口不深，但考慮到她精神上受到的打擊，可以讓我帶她去醫務室嗎？」

奧利佛沒有轉頭看向對方，直接用不帶感情的聲音問道。凡妮莎草率地揮了揮手。

「好好好，就這麼辦吧～還有Mr.霍恩，Ms.麥法蘭，你們兩個也要扣分。我有說過不能幫別人收拾殘局吧，這是給你們的處罰。」

老師毫不留情地下達處罰。雪拉默默接受後，讓捲髮少女扶著自己的肩膀起身。

「我沒有意見……來，卡蒂，我們走吧。我扶妳去醫務室。」

「我也一起去吧——凱、皮特，奈奈緒，你們繼續上課吧。我們馬上回來。」

對同伴們這麼說完後，兩人就分別從兩側扶著卡蒂，離開戶外的實習區。直到遠離背後的氣息後，雪拉才低聲說道：

「奧利佛，你先深呼吸一下。」

「……咦？」

「你的眼神太可怕了……我還以為你剛才會就這樣直接衝去砍老師呢。」

雪拉害怕地說道。這句話讓奧利佛用力咬緊嘴唇，然後聽從少女的忠告反覆深呼吸……就像是勉強用氣得發抖的手，將拔出的劍重新收回劍鞘那樣。

他們三人暫時離開後，魔法生物學的課仍像是什麼事都沒發生般繼續進行下去。凱、皮特和奈奈緒一下課就回到校舍，和在那裡等待的奧利佛與雪拉會合。

「今天的課都上完了……要一起去探望卡蒂嗎？」

凱率先提議，但雪拉插嘴道：

「雖然這主意不錯，但我希望能先讓奧利佛一個人去。」

被點名的少年一臉驚訝地問道：

「……我一個人去嗎？為什麼？明明五個人都聚在一起了。」

「因為感覺在我們當中，你是最能體會卡蒂心情的人。」

說完理由後，雪拉難受地抓著自己的手臂。

「我無法理解她的心情……我知道她喜歡生物，也能推測出沒辦法讓那隻魔法蠶順利結繭，對她造成很大的打擊。不過……這終究只是推測。我沒辦法對她的心情產生共鳴。」

這句話讓奧利佛恍然大悟——這次的事件，讓雪拉發現自己和卡蒂對生物的感覺完全不同。少女害怕自己鼓勵朋友時，反而會傷到對方的心。

「凱應該也一樣。奈奈緒從中午開始就沒什麼精神，皮特也不擅長安慰別人……所以就只剩下你了。奧利佛，你應該能夠體會她的心情，也知道該如何慎選措辭鼓勵她吧。」

奧利佛聽了後，一臉嚴肅地將雙手抱在胸前。雪拉露出有些落寞的微笑。

「我也覺得自己很沒用，居然把責任都推給你。所以——如果你覺得有困難，就先回來吧。到時候我們再所有人一起去。」

「……我知道了，交給我吧。雖然沒什麼自信，但你們先在餐廳等吧。」

少年下定決心後，轉身離開。同伴們的不安與期待從背後傳了過來，讓他加快腳步前往醫務室。

奧利佛一說自己是來探望同學，校醫就乾脆地讓他去裡面的床位。少年隔著遮蔽用的床簾感覺到少女的氣息，有些緊張地開口：

「……我是奧利佛。卡蒂，方便讓我進去嗎？」

「啊——嗯，請進。」

馬上就聽到回答的奧利佛，推開床簾走了進去。他輕輕對坐在床上的捲髮少女笑道：

「不好意思，只有我一個人來。雖然大家一起來也沒什麼不好，但這樣會比較不方便說話。如果妳想跟其他人聊，希望妳可以直接告訴我……」

「不，我很高興你來探望我……對不起，又讓你們擔心了。快到晚餐時間了吧。放心，我馬上就回去——」

卡蒂快速說完後，試著從床上起身，但奧利佛伸手阻止了她。

「卡蒂，坐吧……拜託妳坐下。」

因為被人如此請求，少女再次坐下。少年拉了張給探病者用的椅子，面對著少女坐下，然後嘆了口氣。

「我知道只要有人來看妳，妳就會勉強自己裝出沒事的樣子……不過如果妳不介意，可以稍微陪我一下嗎？我這次來找妳，是想跟妳聊一些深入的話題。」

「啊……嗯、嗯。」

卡蒂感覺到對方認真的態度，在床上端正坐姿。確認對方準備好後，奧利佛再次開口：

「我們才認識沒多久，就算突然要妳對我敞開心胸也很困難。所以——妳可以先聽我講一段往事嗎？」

少女點頭。奧利佛稍微在心中斟酌詞彙，然後開始說道：

「——我七歲的時候，曾經養過寵物。

牠的名字叫達古，是一隻普通的比格犬。雖然牠不太聰明，但個性溫柔又親近人。因為我沒有兄弟，所以我們很快就變成了好朋友——我當時整天不管做什麼事情，都是和達古一起。」

少年放鬆表情，懷念地說道。喜歡動物的卡蒂，興致盎然地聽著少年的過去。

「達古有一天突然發燒，整天都躺著。牠幾乎不吃飼料，看起來十分痛苦，讓我感到非常擔心。我的父親告訴我，這時期本來就會有風把疾病帶來。只要讓牠休息一個星期，馬上就會恢復精神。」

詳細回想起愛犬臥病的樣子，讓奧利佛的表情變得苦澀。

「但我當時根本等不了一個星期，無法忍受一直看著達古受苦……所以我想自己做藥治好牠。我那時候已經在學如何調配基本的魔法藥，也曾被父母誇獎過有天分，所以有信心能做出簡單的藥。我瞞著父母偷看魔道書，蒐集材料，做藥給達古吃。」

少年說到這裡暫時停頓，握緊雙拳，深深地低下頭。

「效果非常強烈……幾十分鐘後，達古就吐血死掉了。」

「…………！」

卡蒂倒抽了一口氣。奧利佛繼續低垂視線，勉強擠出話語。

「我挑錯了材料。經過事後調查，我才發現自己採的藥草裡摻雜了毒草。雖然葉子的外觀很像，但根的形狀不同，只要具備正確的知識就能分辨，但當時學藝不精的我還做不到。我沒發現那是毒草，就直接磨碎拿去熬煮──我說這藥能治病，讓達古喝了下去。牠完全沒有懷疑我。」

「…………唔。」

「我沒打算拿這件事跟今天的魔法蠶比較……但我有點能夠體會妳的心情。我只是想告訴妳這點。」

奧利佛用這句話，替童年的痛苦回憶作結。兩人一起沉默了好一段時間。

「……我也一樣。我的老家有許多動物。」

過不久，少女開口。卡蒂在奧利佛面前娓娓道來：

「不只是狗、貓、鳥和爬蟲類，甚至還有巨大的魔法生物與亞人種。其中跟我感情最好的就是巨魔帕托。他從我小時候開始就負責保護我，總是對我非常溫柔。只要我一哭，他就會讓我坐在他的肩膀上帶著我走，晚上睡不著時，他也會在我身邊唱搖籃曲給我聽──你知道嗎？巨魔其實會唱歌，他們的聲音非常不可思議，就像用貝做成的笛子一樣。」

少女溫柔的聲音與柔和的表情，讓奧利佛瞇起眼睛。卡蒂注意到少年沉穩的視線，害羞地縮起身子笑道：

「看在外人，應該是個奇怪的家庭吧。就像凱說的那樣……我的父母有一段時期醉心於烏托邦主義。他們年輕時，曾認真研究有沒有辦法打造出能讓所有生物都不必互相傷害的世界。他們涉及了非常多領域，甚至還曾開發魔素，試圖打造營養豐富的素食……但自從媽媽懷了我後，他們就專心將心思放在保護亞人種的活動上。所以——雖然這樣講也很怪，但我在家也會正常吃肉。」

少女回想起這個事實後，痛苦地咬緊嘴唇。

「……沒錯，我也會吃肉和吃魚。那隻魔法蠶一定也沒什麼不同。我姑且還是明白這個道理。如果什麼事都因為『太可憐』被禁止，社會就無法發展。不管是魔法師或普通人，在這方面一定都一樣。」

「…………」

「但我的感情無法認同。對魔法師來說，除了人權獲得承認的存在以外，全都只是資源——我的內心跟不上這樣的想法，沒辦法接受這條界線。我不想認同金伯利（這裡）的常識……！」

卡蒂抱著自己的大腿，激動地搖頭。面對她的苦惱，奧利佛思索了一會兒——然後輕聲說道：

「……『假設一般人所說的天國真的存在。』」

「……咦？」

「這是引用我以前看過的一本書裡的話。後續是——『住在那裡的那些叫天使的傢伙，全都與飢渴無緣，既不會爭執也不會嫉妒。如果周圍都是這種同伴，那當然能輕易對人溫柔。』」

面對少女困惑的表情，少年繼續引用書裡的話。

「『就這方面來看，我們不僅會感到飢渴，也經常遇到麵包不夠分的狀況，不僅會和討厭的傢伙吵架，也會嫉妒比自己聰明的人。置身在這種難以對人溫柔的世界——我們到底要怎麼變成比現在更好的人。』」

卡蒂倒抽一口氣。引用完這段話後，奧利佛嘆了口氣。

「這是主角在故事的後半段，用來訴說自己內心長期糾結的臺詞……每次看見因為想對其他人事物溫柔而受苦的人，我總是會想起這節文章。」

「…………」

「溫柔在這個世界並不受到支持，因為這樣的行為本質上是在放棄自己的利益。不用說是溫柔對待亞人種了，光是將麵包分給別人，就會讓麵包減少，只要把衣服給別人，自己冷的時候就沒衣服穿。做這種事根本沒有好處——溫柔總是必須面對這樣的指責。」

卡蒂從床上凝視少年的臉，除了父母以外，從來沒有人這麼認真跟她說話。

「隨波逐流會輕鬆許多，也不會被任何人責備……但即使如此，還是有人持續反抗這種風氣。我一直都看在眼裡。即使這個世界對溫柔非常嚴厲，但還是有許多人想變溫柔。」

卡蒂突然覺得少年在說這些話時，似乎是在回憶某個人。

「妳的父母一定也是如此。所以——養育妳的家庭，或許跟天使住的地方非常接近。那裡充滿溫柔與體貼，有許多生物在不會互相傷害的情況下幸福地生活。

但妳來到凡間，接觸到這個世界的殘酷。所以……妳無法再繼續當個天使。」

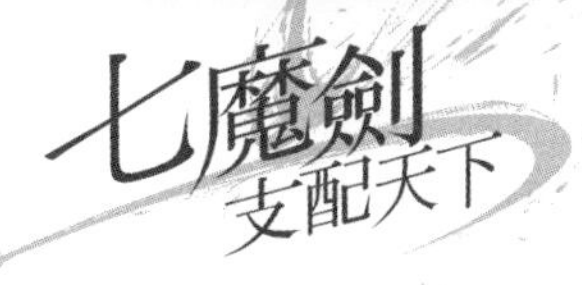

「……唔……」

「妳接下來必須決定是要接受這個現實，還是拒絕並加以對抗。不管選擇哪一邊都沒有錯，沒有人會責備妳的選擇……但如果妳在明白這些後，依然選擇繼續保持溫柔。」

奧利佛說到這裡時停頓了一下，筆直看向卡蒂。少女也跟著回望他的眼睛。

「我覺得那種生活方式……遠比天使還要值得尊敬。」

少年毫不修飾地說道——少女愣了一下後，瞬間羞紅了臉。

「……呃……那個……」

卡蒂低頭看向床，不知所措地搖晃肩膀。因此發現自己講得太過頭的奧利佛，連忙開口說道：

「總、總而言之……！我只是想說妳不是一個人！關於魔法界的生命倫理，現在也持續在檢討當中。所以才有像人權派那麼大的勢力。妳並不是孤立無援……不可以認為所有人都贊同那個老師的思想。」

少年提醒完少女後，再次看向她的眼睛。

「卡蒂，妳可以慢慢來。妳還只看見金伯利的一小部分，不需要急著失望或做出決定。妳一定能在校內找到同伴，我們也會支持妳。即使思想和價值觀不同……我們也已經是朋友了吧？」

在聽見這句話的瞬間，卡蒂覺得自己的心情變得豁然開朗。

「——的確，奧利佛說的沒錯。我真像個笨蛋。為什麼要擅自認為自己是在孤軍奮戰。」

轉換好心情後，覺得視野也跟著變開闊的少女，直接跳下床。

「謝謝你，奧利佛——我已經沒事了。我這次真的打起精神了。」

卡蒂的聲音非常堅定，話裡也充滿力量，讓少年像是覺得耀眼般瞇起眼睛。

在那之後過了一個小時。六人在友誼廳吃完晚餐後，感情融洽地走在校舍的走廊上。

「——啊，真好吃！吃得好飽！」

卡蒂精神抖擻地說道。走在一旁的雪拉見狀，也跟著露出微笑。

「幸好妳恢復精神了。如果你們兩個人都垂頭喪氣，我真的不敢讓你們回房間呢。」

雪拉說到一半，就看向另一位同伴。東方少女從中午開始就一直很少說話。已經振作起來的卡蒂，輕輕湊過去向她搭話。

「奈奈緒，妳還好吧？……畢竟妳是從那麼遠的地方來這裡上學，所以當然會想家。如果覺得難過要說喔，我會陪妳商量。」

「……嗯，卡蒂，謝謝妳的好意。」

奈奈緒以無力的笑容回應同伴的關心。奧利佛側眼偷看這個和昨天相比，明顯失去了活力的少女……少女消沉的原因，明顯與他有關。

「……啊。」

走出校舍時，皮特像是發現什麼般停下腳步。同伴們困惑地看了過去，皮特翻找了一下書包後，皺起眉頭說道：

「……我要回校舍一趟。你們先回去吧。」

「怎麼了。有東西忘了拿嗎？」

「我只是把書忘在教室了。我大概知道在哪裡，我一個人去就行了。」

少年說完後就準備轉身離開，但他左右兩邊立刻出現兩道人影。

「皮特，兩個人去也行喔。」

「皮特，三個人去會更放心喔。」

「你、你們幹什麼啊？」

被奧利佛和雪拉夾在中間的皮特，頓時慌了手腳。兩人異口同聲地接著說道：

「這裡可是金伯利，還是別認為能輕易找到失物比較好。」

「甚至還有可能被喜歡惡作劇的妖精撿回巢穴呢。你知道這種時候該怎麼辦嗎？」

眼鏡少年支吾地不曉得該如何反駁，另外兩人則是露出微笑。皮特和奈奈緒一樣還不習慣魔法師的生活，所以不能讓他在這個時間獨自返回校舍。

「放心吧，我可是很擅長尋找失物喔。只要有我和奧利佛在，我保證大部分的東西都找得到。」

「我們三個人去就夠了，所以奈奈緒和卡蒂早點回房間休息吧。還有，凱，你的室友在等你吧？」

「……是啊。雖然是個搞不懂腦袋裡在想什麼的傢伙，但我想跟他多聊聊培養感情。而且我也不擅長找東西，這次就交給你們啦。」

凱回答完後，就揮了揮手向其他人道別；卡蒂點頭走向奈奈緒；皮特不悅地哼了一聲；奧利佛朝校舍踏出腳步。

「就這麼決定了——好，出發吧。」

跟白天相比，夜晚的校舍靜得像是不同地方。三人一起走在走廊上，沒多久就抵達皮特忘了東西的場所。

「咒語學的教室啊。皮特，你的座位在那裡吧？」

「沒錯。除非有人動過，否則應該在桌子底下……」

皮特說完後，就小跑步地穿過桌子之間，跑到自己之前上課時坐的座位。他彎腰往桌子底下的置物空間一探，就摸到熟悉的皮革封面。少年看著自己的書鬆了口氣。

「……找到了！比想像中還快嘛！」

「哎呀，真是太好了。我還以為得追蹤妖精的足跡呢。」

「也有可能被幽靈拿走。皮特，你運氣真好。」

「你們是刻意嚇我的吧？通常會先想到被其他學生拿走吧！」

皮特對裝傻的兩人怒吼，同時慎重地將書放進書包。奧利佛與雪拉欣慰地看著少年。

「不過幸好馬上就找到了。我們早點回宿舍吧。」

「是啊。長時間待在晚上的校舍，對我們來說還太早了。」

兩人互相點頭，轉身準備離開。這段對話，讓皮特輕輕皺起眉頭。

「……這裡真的會出現……你們說的幽靈和妖精嗎？」

「？當然會啊。這裡可是金伯利呢。」

「因為侵蝕是從晚上開始，所以這段時間特別危險。姑且不論幽靈，甚至還可能遇見更惡質的東西。」

三人從教室移動到走廊，準備踏上歸途時，奧利佛繼續說明。

「金伯利又被稱作學園魔宮。其中最主要的理由，就是因為這棟校舍被當成封印的蓋子，建在巨大的迷宮上——」

「這我當然也知道。據說這間學校的創立者，就是最早探索迷宮的魔法師。」

「嗯，沒錯。不過，這樣就會產生一個問題。雖然校舍是被當成封印的蓋子——但這座魔宮一直都還活著。」

雪拉看著自己腳下說道。準備踏出下一步的皮特，差點因此跌倒。

「雖然白天很安分，但隨著晚上魔素變濃，魔宮的活動力也會跟著變強。這時候就會發生侵蝕。魔宮會朝這邊上升，與校舍的邊界也會變得模糊不清。」

「愈到深夜，侵蝕就愈激烈。現在這個時間還不怎麼危險，如果再晚一點，光是在校舍內走動就會被吸進去──」

奧利佛說到一半，三人就同時停下腳步。他們眼前有道從地板延伸到天花板的石牆，走廊到這裡就突然斷了。

「……是死路。我們走錯路了嗎？」

皮特狐疑地轉過身，發現另外兩人的表情瞬間變嚴肅。

「……沒有走錯，是路變了──雪拉！」

「我知道！」

奧利佛和雪拉大聲呼喊對方，兩人將皮特夾在中間，開始環視周圍。

「皮特，從現在開始不要亂動。情況變得有點棘手。」

「沒錯……太陽剛下山不久就出現足以扭曲走廊的侵蝕，這種事應該很少見。」

兩人的對話充滿了強烈的緊張感。跟不上狀況的皮特，露出困惑的表情。

「只、只要往回走就行了吧？還有其他路能通往出口……」

「那些路也不見得仍維持原狀。如同雪拉剛才所說，魔宮是活的。而且直到現在，也依然在侵蝕校舍。」

配合眼前的情況再次聽見這句話，讓眼鏡少年打了個寒顫。奧利佛背對死路，堅定地說道：

「來決定逃跑方針吧。基本上先靠自己的力量尋找出口，順便看看能不能在路上找到高年級生或老師如何？」

「我贊成。雖然也能使用求救咒語，但還是希望能當成最後手段。先不管面子問題，要是反而引來不好的東西就糟了。」

兩人一下子就決定好方針，無法插嘴的皮特陷入混亂。

「咦，唔，啊——」

「皮特，不用那麼慌張……雖然比預料的還要早很多，但這在金伯利並不是什麼稀奇事。為了預防新生遇難，老師和高年級生應該也會巡邏校舍。只是稍微迷路一下，不會怎樣——」

「——是啊。我也很高興能被人依賴呢。」

這個聲音性感又甜美。白皙的指尖，撥開籠罩迷宮的黑暗。

三人驚訝地看向聲音的來源——那裡站著一個面帶深沉笑容的魔女。

「有三隻迷路的小羊呢……真可愛。好想吃掉。」

魔女走向三人，直到現在才總算聽見她的腳步聲。奧利佛立刻往前踏出一步。

「……您好，學姊——這樣稱呼沒錯吧。」

「嗯。我叫奧菲莉亞・薩爾瓦多利。是四年級生喔。」

回答完後，魔女困惑地歪著頭，將手指抵在下巴沉思。

「……我應該，還是四年級生吧？太久沒去上課，不太能確定呢，但大概是四年級吧。嗯，一定是這樣。小羊們，請多指教囉。」

擁有妖豔美貌的魔女露出令人陶醉的微笑，讓雪拉倒抽了一口氣。

「……奧利佛……」

「嗯，我知道。」

少年也用力點頭。薩爾瓦多利——就兩人所知，這是絕對不能在金伯利，特別是在這個迷宮遇見的姓氏之一。少年稍微舔了一下嘴巴，光靠保持沉默，絕對無法突破這個狀況。

「我是一年級的奧利佛・霍恩。沒想到會以這樣的形式，在這裡遇見鼎鼎大名的薩爾瓦多利家的千金。」

「哎呀，你認識我嗎？」

「我久仰大名。您寫的〈論克拉肯與斯庫拉混血後產生的顯著性狀變異〉，我在入學前就認真拜讀過了。」

雪拉在內心讚嘆——奧利佛在恭維對方的同時，也一併表達自己知道對方的底細。如果對方是想靠言語來籠絡一無所知的新生，現在應該會覺得很棘手。

奧利佛試著用言語牽制對手，但不曉得有沒有注意到這點——奧菲莉亞稍微思索了一會兒後，

拍了一下手。

「……啊，是我三年級時隨便寫的論文吧。真難為情。內容應該很糟糕吧？」

「不，那突破性的想法與縝密的推論過程，實在不像是三年級生寫的論文……甚至讓人感到不寒而慄。」

緊張到覺得口乾的奧利佛，在最後又補充了一句。這句話正意味著「我非常清楚妳有多可怕」。魔女輕輕露出微笑，光是這樣的舉動，就讓少年察覺自己的意圖已經完全被對方看穿了。

「以一年級來說，真是個聰明的孩子呢……可以順便幫我介紹另外兩個人嗎？」

「這可能沒辦法。如果想跟他們聊天，請務必選在白天的校舍。」

奧利佛維持最低限度的禮節，乾脆地拒絕了高年級生的要求。

「呵呵，不用那麼害怕啦──對吧？那邊的那個孩子。」

魔女越過奧利佛，直接向後面的皮特搭話。眼鏡少年顫抖了一下。

「…………」

「唔？皮特？」

奧利佛抓住皮特的肩膀，變得兩眼無神的他，差點就走向了魔女。奧利佛此時才注意到周圍充滿了像麝香的神祕香味，趕緊大聲喊道：

「──是惹香（perfume）！雪拉，盡可能不要吸進去！塞住皮特的鼻子！」

「我知道了！」

幾乎在同一時間察覺香味真相的雪拉，用手遮住少年的口鼻。奧利佛立刻以責備的眼神瞪向對手。奧菲莉亞露出摻雜了遺憾與佩服的表情。

「對你沒有用呢。呵呵，你真會忍耐。」

「…………」

「別那麼生氣，我可沒有用魅惑的魔法藥喔。這是『個人體質』。我只要正常活著和呼吸——就會散發這種香味。」

魔女的語氣摻雜著些許自嘲，但並沒有持續多久，她笑著朝三人招手。

「所以——孩子們，你們站得太遠了。『要不要靠近一點』？」

周圍的香氣又變得更加濃厚。淫蕩的香味不斷刺激本能，動搖理智。奧利佛努力靠自制心與厭惡感抵抗誘惑，毅然回道：

「『我拒絕』——兩位，我們該走了！」

說完後，他立刻拉著還沒回過神的皮特與雪拉的手，一口氣衝過奧菲莉亞身邊。

然而——他們才跑了約十步，就再次被突然從前方竄出的白色柵欄擋住。

「……唔？」

「少年，別那麼慌張。那傢伙是個寂寞的女人，多陪她一會兒也不會怎樣吧？」

走廊響起一道低沉的男人聲音，但在辨認出聲音的主人之前，奧利佛已經先為眼前的光景感到戰慄——是「骨頭」。眼前那道柵欄，是由好許多生物的骨頭構成——！

「我是五年級的西拉．利弗莫爾。叫奧利佛的小子，你似乎是個勤學的人，有看過我的論文嗎？」

異形柵欄的對面飄散著讓人想吐的屍臭，一個魔人從那裡現身。他散發出宛如邪教神父的威嚴，以陰沉的眼神打量三人。面對那彷彿要舔遍別人全身的視線，就連仍深陷魅惑魔法的皮特，手腳都忍不住顫抖。

「唔，啊——」

「皮特，別拔劍！」

奧利佛以嚴厲的語氣，阻止反射性地將手伸向腰間杖劍的眼鏡少年。雪拉趁眼鏡少年的手僵住時，趕緊抓住他的手。

「沒錯，一拔劍就完了……這樣會給對方動手的藉口。」

自稱利弗莫爾的魔法師，愉快地看著警告同學的縱捲髮少女。

「另一個是麥法蘭的女兒啊。真是的，今年的一年級生怎麼都這麼敏銳。」

男子在骸骨柵欄的對面笑道。在奧利佛等人緊張地面對眼前威脅時，剛才的魔女從他們背後緩緩追了上來。

「哎呀，利弗莫爾學長，好久不見了。之前好像有在第四層附近看到你，今天的屍體已經挖完了嗎？」

「偶爾會想摸新鮮的肉，也是人之常情吧。妳也是馬上就追著年輕男人跑呢，看來妳還是一樣克制不了下半身的慾望啊，薩爾瓦多利的大淫婦。」

利弗莫爾如此稱呼對方。話裡帶著莫名的親暱，以及加倍的侮辱。魔女臉上的笑容瞬間消失。

「……既然用那個名字稱呼我，表示你已經做好覺悟了吧？」

「說什麼蠢話。妳忘了上次跟我起衝突時，被我挖掉了一半的內臟嗎？」

「我怎麼可能忘記，那次非常痛呢。所以我之後一直在想——要怎麼趁你還有氣時，玩弄你的內臟。」

在兩人對話的期間，氣氛變得愈來愈沉重。雙方的殺氣，就像兩個不合的巨大齒輪演奏出來的不協調音。對夾在兩人中間的人來說，這根本就是不斷磨耗感覺與精神的拷問。

「嗚、啊嗚、嗚啊啊啊……！」

「皮特，冷靜點！沒事，沒事的……！」

奧利佛單手抱緊皮特，拚命想讓陷入恐慌的他恢復冷靜。他光是承受這樣的壓力就快崩潰了。一旁同樣感同身受的雪拉，僵硬地輕聲說道：

「……再怎麼勉強都得逃跑。如果被捲入四年級生和五年級生的戰鬥，即使他們沒有刻意攻擊我們，還是會有生命危險。」

「嗯……我來找機會，等我一打暗號就立刻拚命逃跑。」

雪拉痛苦地點頭回應奧利佛的提議。雖然無法確定兩位高年級生願不願意放人，但他們也別無選擇。雙方的實力差距實在太大——一旦開始戰鬥，對他們來說就跟被捲入天災差不多。

「……好，就是現在——！」

奧利佛打算用杖劍破壞骸骨柵欄，穿過那裡逃跑。之後無論背後發生什麼事，都不能停下腳步。就在奧利佛下定決心，打算開始行動的瞬間——

「——這裡有戰鬥的味道。」

一道身影飄然出現。

熟悉的東方少女，就站在骸骨柵欄的另一頭。

「……奈奈、緒？」

「唔——喔喔，是奧利佛，雪拉大人和皮特也在。在下總算追上你們了。」

奈奈緒一看見同伴的身影，就毫無防備地跑了過來。她與僵在原地的奧利佛等人之間的距離逐漸縮短——然後，又出現好幾道新的骸骨柵欄，將他們團團包圍。

「唔？糟了——！」

「又多一塊肉啦——一年級的小鬼們，別跑出柵欄，不然可是會死喔。」

「來了好多客人，真是令人高興。小羊們，再忍耐一下。我馬上就去迎接你們。」

各自講出用來代替開戰信號的話後——魔女與魔人，同時拔出杖劍。

「——**誕生**（帕魯托斯）**吧**。」

奧菲莉亞的詠唱聲響起。她的下腹部發出淡紫色的光芒，從神祕的光輝內伸出一隻巨大的手臂。那隻比魔女的腰圍還粗的手臂，像是在確認陌生外界的觸感般搔抓著地板。

「——**集結成形吧**（空古雷岡德）。」

利弗莫爾唸出咒語。各種尺寸和形狀都不同的骸骨聚集在他面前，迅速形成一隻四腳獸。那彎曲著關節蓄勢待發的身影，既像失去血肉的大狼，又像在冥府徘徊的獅子。

「唉——妳這次又孕育更加不祥的怪物了呢。」

「你也一樣學不乖只會玩骨頭，真虧你都不會膩。」

雙方互相揶揄對方的魔法。面對兩人超出人類範疇的樣貌——特別是奧菲莉亞的異形姿態，稍微恢復正常的皮特顫抖著開口：

「……那、那是……召喚魔法嗎……？」

「……不，只靠單節詠唱，無法召喚那麼強悍的魔獸。」

雪拉以顫抖的聲音說道。在她的視線前方，奧菲莉亞又繼續詠唱咒語。

「——**誕生吧**（帕魯托斯）。」

暴露在外的巨大手臂抓著地板，將自己的全身從肚子裡拉出來。魔女露出摻雜著痛苦與恍惚的表情——全身沾滿紅黑色黏液的巨大合成獸（奇美拉）就此誕生。

「GOAAAAAAAAAAA！」

從合成獸的喉嚨裡爆發出彷彿在詛咒自己誕生的咆哮，撼動迷宮的大氣。空氣裡除了麝香的味道以外，還摻雜了血與羊水的腥臭味。對這些感到畏懼不已的奧利佛開口說道：

「她是在『生產』。這可不是什麼比喻……！」

奧菲莉亞的合成獸突然跳了出去。巨大的手臂一揮，骸骨獸就立刻粉碎。

「——**集結成形**（空古雷岡德），**變換形體**（迪佛爾馬堤歐）。」

然而，碎裂的骨頭呼應利弗莫爾的咒語，立刻重新構築。這邊的魔法原理比魔女更加離奇，甚至無法分辨他是在操控人偶、使喚魔獸，還是施展死靈法術——恐怕是同時混合了這一切。骸骨獸化為巨蛇纏住合成獸，用力勒緊，力氣大到讓人難以想像那副身軀沒有血肉。

「FUUUUUUUAAAAAAA！」

魔獸發出低沉的咆哮聲不斷掙扎。無法承受這股力道的骸骨蛇逐漸裂開。利弗莫爾不悅地咋舌。

「……連蛇龍（serpent）骨都能掙脫啊。妳那沒有節操的子宮，這次到底植入了什麼東西的種。」

「彼此彼此。我之前沒看過那根脊椎呢，你是從什麼屍體身上找來的？」

無法繼續束縛合成獸的骸骨蛇再次碎裂。利弗莫爾見狀，便繼續詠唱，從他背後又飛來了新的骨頭。

「……嗚、嗚嗚……！」

皮特緊抓著奧利佛的制服衣袖。這也難怪——這恐怕是他有生以來第一次目睹魔法師之間的戰鬥。為了避免他陷入恐慌，奧利佛只能用力握緊他顫抖的手。

「啊，這是——死地呢。真令人懷念。」

一旁的奈奈緒發表了不合時宜的感想。奧利佛驚訝地轉過頭，但下一個瞬間——她已經拔出腰間的刀，一口氣斬斷前後的骸骨柵欄。

「可以讓在下加入嗎？」

「……？」

三人開始懷疑自己的耳朵。就連正在戰鬥的奧菲莉亞與利弗莫爾，都對少女投以詫異的視線。

奈奈緒正面承受那些視線，向背後的三人說道：

「奧利佛、雪拉、皮特，要逃就趁現在。在下參戰後，勉強還是會變成三方混戰。正因為那兩人實力相當，所以無論哪一邊都無法輕易行動。」

奧利佛反射性地覺得奈奈緒在說蠢話，但同時也能明白背後的道理。目前的戰況對那兩人來說，只要稍微因為奈奈緒分心，就有可能被眼前的對手殺掉。她如果參戰，確實可能讓情況變成那樣。

「妳在說什麼──」

即使如此，奧利佛還是無法放任這種自殺行為，他將手伸向少女的肩膀──但從她背後散發的氣息，讓少年中途停下了手。

「無須掛心。在下打從第一次戰鬥開始，就一直負責殿後。」

奈奈緒拜託少年不要阻止自己。和面對巨魔時一樣，她的眼裡沒有一絲猶豫。

「只不過是沒死成的傢伙找到自己的葬身之地罷了──三位，快走吧！」

說出這句話的同時，奈奈緒舉起日本刀踏出骸骨柵欄。奧利佛來不及阻止那道背影──一旁的

縱捲髮少女猶豫了一會兒後，立刻跟上。

「奧利佛，你帶著皮特逃跑吧。」

「雪拉？」

她在離開柵欄的同時，也拔出了自己的杖劍。雪拉露出不符合這個狀況的微笑，向背後的同伴說道：

「一人保護一個朋友。這樣就行了吧？」

奧利佛頓時忘了呼吸。那道因為擔心朋友而主動投身險境的背影，讓他心痛不已。

「……唔……」

少年內心的理性大喊著「快轉身逃跑」——這才是正確的選擇。即使自己也留下，只會讓全員罹難的可能性變得更高。皮特的精神早已瀕臨崩潰。這或許是最後一次有希望逃離這裡的機會。

但奧利佛在心裡想著……到底要忍耐幾次才行。

用這種方法保住性命，卑劣地利用其他人的溫柔與獻身，對最想守護的事物見死不救，再痛苦地苟延殘喘——像這樣的狀況，以後到底還要再忍耐幾次才行？

「——可惡啊啊啊！」

奧利佛大吼完後停下腳步，拔出腰間的杖劍。雪拉驚訝地睜大眼睛，但諷刺的是，不論她心裡怎麼想，少年的舉動終究還是讓她感到安心。

方針已經決定了。即使沒有勝算，也要介入這兩個怪物的戰鬥，抓住現在還完全看不見的一線生機。身為一個魔法師，他們做好了這樣的覺悟——

「——燒除淨化（伊古尼斯）。」

「——嗯？」「唔喔……！」

兩個怪物突然被一陣烈焰吞沒。

「到此為止——用這種惡質的方式籠絡新生，應該是被嚴格禁止的吧？」

新的聲音響起。這次的聲音跟之前的兩人截然不同，蘊含著嚴厲與秩序。奧利佛等人看向走廊前方，發現那裡站了一個同樣穿著金伯利制服，毅然地舉起杖劍的魔法師。

「……木炭可不會回答喔。煉獄，你這種先放火再說話的毛病真的是一點都沒變。」

用展開的骨頭當盾牌，勉強躲過火焰的利弗莫爾開口抱怨。新出現的男子不悅地回應：

「別在新生面前用那個危險的外號叫我——站在那邊的四個一年級生，你們可以放心了。我不會再讓他們對你們出手。

賭上現任金伯利學生主席，艾爾文・戈弗雷的名譽。」

奧利佛等人默默聽著這個以嚴厲的聲音報出的名號。此時——被火炎包圍的走廊角落，又出現另一個人影。

「他說絕對不會讓你們出手喔。莉亞，請妳乖一點。」

「唔，卡洛斯……！」

奧菲莉亞躲在燒焦的魔獸後面伺機反擊，但某人從背後將刀子抵在她的脖子上。封住魔女的行動後，第四位高年級生輕鬆地說道：

「我叫卡洛斯．惠特羅。是擔任五年級監督生的帥氣前輩。可愛的小貓們，請多指教啦。」

在說話的同時，他還用空著的左手向奧利佛等人拋飛吻。即使骨架確實是男性，卡洛斯纖細的身材、中性的外表，以及獨特的說話方式——特別是那甚至足以讓人忘記現況、聽到入迷的美麗高音，還是讓奧利佛一時無法分辨他的性別。

「關於你們的處罰，之後會再另行通知——薩爾瓦多利、利弗莫爾，明白的話就快點回自己的工房吧。你們是深處的居民，原本就沒必要來這麼上層的地方吧。」

叫戈弗雷的高年級生嚴厲地說道。被責備的兩人同時咂嘴。

「……我可不想讓自己好不容易蒐集到的骨頭，因為這種餘興活動被燒成灰。淫魔（succubus），妳撿回了一條命呢。」

「撿屍體的（scavenger），那是我這邊的臺詞。下次見面前，你先好好洗乾淨自己腐爛的內臟吧。」

「呵呵——少說蠢話了。」

在最後丟下這些危險的話後，兩人的身影就融入黑暗當中。等兩人的氣息消失後，戈弗雷嘆著氣放下杖劍。

「總算走了……我大概知道是怎麼回事。你們也真倒楣，才剛入學就被那些傢伙纏上。」

男子同情地說完後，露出溫柔的笑容。

「首先要感謝你們撐到我們抵達。如果你們其中一個人被抓住，那事情就麻煩了。因為這樣就必須潛到深層去追他們。」

「他們平常不會在這麼淺的地方出沒，但入學典禮剛結束的這段期間，他們偶爾會像這樣露臉。不管升到幾年級，果然都還是會在意新生的長相呢。」

自稱惠特羅的高年級生受不了似的笑道。兩人輕鬆對話的身影，讓奧利佛他們總算實際感覺到自己已經獲救。

少年踏出仍在顫抖的腳，向拯救自己的高年級生道謝。

「……我是一年級的奧利佛．霍恩。感謝你們在危急的時候救了我和我的朋友……」

戈弗雷輕輕舉起手阻止少年繼續說下去。

「不用這麼客氣。我馬上帶你們離開校舍。雖然我也想趁這個機會稍微擺出學長的架子——但你們也消耗了不少。正式的交流就等下次，在白天的校舍進行吧。」

說完後，戈弗雷替奧利佛等人指示方向，惠特羅也繞到他們後面繼續說道：

「他都這麼說了。後面交給我來顧，你們就放心地跟著戈弗雷主席走吧。在金伯利內，再也沒有比他周圍五十公尺內更加安全的地方了。」

諷刺的是，在學長的引導下，奧利佛等人只花了幾分鐘就抵達迷宮出口。在穿過跟進來時一樣的正門，抵達校舍外的瞬間，在那裡等待的同伴們一齊大喊：

「奧——奧利佛！」「奈奈緒也在！太好了……！」

他們像是總算安心般跑了過來。卡蒂用雙手緊緊抓住奈奈緒的手。

「我一轉過頭，妳就突然不見了……真是的，害我好擔心妳！」

「對不起，卡蒂。」

奈奈緒無精打采地道歉。此時，奧利佛注意到有一位高年級生跟在兩人後面走了過來。那是一個看起來像研究者的魔女。雖然左眼被留長的前髮遮住，但右眼散發出溫柔的光輝。卡蒂像是突然想起什麼般說道：

「啊，我跟你們介紹一下，這位是四年級的密里根學姊。我和凱在校舍內迷路時遇見她，是她送我們來這裡的。」

「對高年級生來說，這已經是每年的慣例工作了。不用放在心上。話說回來——」

叫密里根的高年級生說到這裡，稍微嗅了一下。

「——麝香和屍臭。留在你們身上的味道還真是危險啊？」

「我們發現這四個人時，他們正好被薩爾瓦多利和利弗莫爾纏上。」

戈弗雷從奧利佛他們背後進行說明，密里根一臉同情地說：

「那真是太慘了。被三頭犬（Cerberus）和百頭蛇（hydra）包圍都還比較好。」

這比喻貼切到令人絕望的程度，讓奧利佛甚至感到有些頭暈。密里根笑著轉身。

「那麼，我來送他們回宿舍。戈弗雷學生主席，惠特羅學長，你們放心回校舍吧。」

「嗯，謝啦，密里根。校內應該還有幾個迷路的新生，我們先告辭了。」

戈弗雷說完後，就立刻和惠特羅一起趕回校舍。等卡蒂回過頭時，兩人的背影早已遠去。

「……他們已經走啦。我都還不知道他們的名字。」

「那兩人在這時期非常忙碌，下次再找機會跟他們打招呼吧。」

密里根溫柔地開導完卡蒂後，就領著六位學弟妹往前走。

「今晚已經冒險夠了嗎？那麼，我們回宿舍吧。」

將學弟妹們送回宿舍前的廣場後，密里根也沒特別說教，就輕鬆地離開。在寂靜的黑暗中，被留下的六人面面相覷。

「呃，已經很晚了。那麼，就各自解散——」

就在卡蒂準備這麼說的瞬間，奧利佛打斷她，揪住奈奈緒的衣領。

「——妳就那麼想死嗎？」

少年憤怒地說道。因為實在太突然，其他四人一時反應不過來。

「……咦？等等，奧利佛？」

卡蒂連忙上前制止，但奧利佛用單手擋住她，繼續堅定地說道。

「跟在我們後面，單獨闖入晚上的校舍——如果只是這樣倒還好。新生本來就無知又愛冒險，沒好好告訴妳那裡有多危險的我也有責任。」

奈奈緒面無表情，默默地承受奧利佛的逼問。少年緊盯著對方的眼睛，繼續說道：

「但後來那件事——介入高年級生之間的戰鬥可就不是這樣了。那既非無知的結果，也不是因為喜歡冒險。妳當時可是親口這麼說了——只不過是沒死成的傢伙找到自己的葬身之地罷了。」

「…………」

「妳明知那麼做就等於自殺，還是衝出去了。不對，不如說妳甚至期望那樣的結果！我說的沒錯吧！」

「奧利佛，你冷靜一點！」

看不下去的雪拉介入兩人之間。察覺自己做過頭的奧利佛，用力咬緊牙關。

「我懂你的心情。關於這一點，我本來也打算事後要好好確認……不過既然事已至此，還是趁現在跟大家講清楚吧。」

雪拉趁機重新整理狀況。她牽著奈奈緒的手，引導大家走向廣場角落。他們占據一座小噴水池，詠唱隔音咒語在周圍張設結界。

「這樣就不用擔心被竊聽了。奈奈緒……妳慢慢說就好，可以告訴我們是怎麼回事嗎？妳到底是基於什麼想法，做出那樣的行動。」

雪拉在噴水池旁邊找了張長椅，讓東方少女坐到她旁邊。卡蒂也跟著坐下，但奧利佛堅持繼續站著，凱跟皮特也陪他一起用站的。

在所有人的注目下，奈奈緒開始斷斷續續地說道：

「恐怕就像奧利佛說的那樣……在下長久以來，都對自己的生命沒什麼執著。」

說完後，她有點沒自信地握緊右手手指。

「應該說就連活著的實感都沒有——在下現在真的活著嗎？」

這個出乎意料的回答，讓五人都驚訝地睜大眼睛。奈奈緒仰望異國的夜空，開始回想過去。

所有人都已經停止計算，無論是打倒的敵人——還是死去的同伴。

理由很簡單，不管再怎麼砍，敵人都不會減少，所以數了也沒意義。同樣地——反正最後大家都會死光，中間再怎麼數，結果也不會改變。

「「「「「——喝啊啊啊啊！」」」」」

閃躲或架開刺向自己的刀槍，砍倒眼前的敵人。她從中午開始，就一直在持續重複這些行為。在擊退不曉得第幾波的敵人後——少女與倖存的同伴又多活了久一點。

「呼、呼、呼、呼……！」

這裡是通往山坡的狹窄山路。為了避免戰敗的主力部隊遭到追擊，他們已經持續在這裡防守了好幾個小時。即使人數遠遠落後於敵軍，他們仍頑強地堅守臨時建立的陣地，不讓對手通過這條山路。

這件事本身就是個奇蹟。面對數量多達五萬的敵軍，防守的那方只有僅僅兩百名士兵。這已經連戰術都失去了意義。而且至今的奮戰，已經讓他們的人數變成不到原本的一半。

即使如此，他們依然鬥志高昂。沒有人想轉身逃跑，就連所有的死者都是往前倒。原因別無其他——因為站在最前面奮戰的人，那個比所有人都嬌小和年輕的少女，一點都沒有示弱。

「——怎麼啦！桐生家的士兵們，你們害怕啦！」

「——可惡的死兵。」

在少女他們前方布陣的桐生家首席武將，相馬義久恨恨地說道。

男子想起自己幾年前寫在兵法書內的一段文字——戰場上最可怕的不是高手，是視死如歸的士兵……真是可笑。在實際面臨這個狀況後才想起這點，究竟有什麼意義？

「怎麼啦！我方人數還不到各位的百分之一！不用計策，也不需要猶豫！若桐生的男子漢真如傳聞中那麼了不起，就靠自身武藝跨越這條路吧！」

少女不斷從山上挑釁義久那些進攻失利的部下。她的聲音清爽又悅耳，所以更讓人覺得可恨。

那道聲音蓋過士兵們的怒吼，清澈地在戰場中迴響。

義久抬頭瞪向聲音的主人……一個站在山坡上，率領著殘存士兵的嬌小武人。她就是將自己阻擋在這裡的原因。激勵著滿身瘡痍的同伴，將他們化為戰到生命最後一刻的最強士兵──「死兵」的罪魁禍首。

「……驅散士兵內心的懦弱，以一己之力讓少數兵力得以與千軍萬馬匹敵。那個少女──是英雄嗎？」

這個令人難以接受的現實，讓義久皺起眉頭……從聲音可以得知對方非常年幼。義久一開始還以為對方是未成年的少年，並為此感到心痛──在發現對方並非少年而是少女時，更是差點暈過去。

不過，在被擋在這裡超過一小時後，義久的心境開始產生變化，如今已經超過三個小時，他清楚明白一開始的感慨根本毫無意義──說什麼少女。那傢伙才不是那麼可愛的東西。

「…………放箭吧。」

義久沉默良久後說出的這句話，讓站在旁邊的副將皺起眉頭。

「……父親，這樣好嗎？對方人那麼少……」

「不要緊。打從我們沒辦法讓那個少女閉嘴時開始，就已經丟盡了身為武人的臉……難道我們的工作是替他們死前的英勇事蹟錦上添花嗎？回答我啊，安綱！」

義久質問完後，大喊眼前那位武人的名字。叫安綱的副將像是要嚥下悔恨般垂下視線，糾結了一會兒才抬起頭。

「——前衛後退！弓箭隊向前！」

前排的士兵後退，換後排的弓兵往前。少女看見敵軍的動作後，明白這場漫長的戰鬥終於要迎向終結。

「——唔——」

「——看來對方不願意再奉陪我們了。」

她笑著低喃……他們連像樣的盾牌都沒有，不可能擋得住從遠距離射來的箭。敵人從一開始就明白這點。之所以拖到現在才這麼做，是因為他們自己無法接受「必須靠遠距離武器收拾區區兩百名殘存士兵的恥辱」。

這份堅持在剛才瓦解。他們捨棄名譽，選擇了實利。如果是雜牌軍就算了——但那些人都是桐生麾下赫赫有名的武人，由智勇雙全的名將相馬義久親自率領的軍隊。這對少女這方來說，無疑是個痛快的場面。

「那麼——上馬！」

然而，這場仗還沒結束。呼應少女的指示，他們背後開始出現騷動。在山頂的另一側，山坡下的敵軍看不見的位置。原本藏在那裡的上百匹馬被解開馬軛，一齊出現在山路上。

少女立刻跨上其中一匹馬。她看了背後的同伴們一眼，用清新的笑臉宣告：

「各位，我們上吧——這是最後的大場面了。」

「「「「「喔喔喔喔喔喔！」」」」」

回應她的士兵們，士氣一點都沒有衰退。然後——他們筆直衝向山下的死地。

「什麼——？」

「怎麼可能！他們居然還藏了馬——！」

桐生的士兵見狀，立刻變得臉色蒼白。他們當然有預料到敵人在看見弓箭後，會拚了命地衝過來，但以為是用步兵的速度。究竟有誰能夠預料到，這些在經過連番戰鬥後早已疲憊不堪的殘兵敗將，居然還保留了數量足以用來發動突擊的軍馬——！

「我們的目標是貴軍主將義久大人的首級！桐生的武士們，舉起劍回應我們吧——！」

少女一馬當先，高聲宣告。好不容易剛在狹窄的山路上整好隊的弓兵，根本來不及和後排的槍兵交換位置。他們還沒準備好迎擊，就遭到騎兵突襲。士兵們的慘叫、吶喊和骨頭碎裂的聲音，在戰場上迴響——

「喝啊！」

在這場混戰當中，少女踩著馬鞍高高跳起，她的身體在空中劃出平滑的拋物線，然後在被突襲擊潰的弓兵部隊另一側——一群帶著刀槍的武人面前翩然落地。

「唔……？」「居然一個人跳進來……！」

「小姑娘，別太囂張了！」

面對怒氣沖沖的士兵們的歡迎，少女也跟著拔出腰間的刀。她只帶著一把武器，而且還是長度只有長刀一半的短刀。不僅如此，她身上也只穿了最低限度的甲冑。

「呼——」

少女呼吸了一下，就開始奔馳。桐生的武士們一時無法接受刺出的長槍全數落空的事實。他們的眼睛完全跟不上少女的動作，只感覺到有氣息接近——

「唔喔——」「呃啊……！」

所有人都在想著「應該將長槍換成刀」的瞬間被砍倒，現場血花四濺。衝進一大群士兵當中後，少女一刻都沒停，持續切入長槍的死角發動攻擊。就像不斷四處流浪一樣，邊砍人邊移動。

「父親，請後退！」

勉強看得清楚少女動作的副將——安綱大聲要義父後退。令人難以置信的是，少女利用自己嬌小的身軀與脫離常軌的速度不斷衝進槍兵們的懷裡，讓後者就像木偶一樣完全無法抵抗。

為了保護將軍而擺出的密集陣形，反而造成了反效果。在這個狹窄到讓高大的鎧甲武士們不斷互相推擠的空間，只帶著一把短刀的嬌小少女，是最能活動自如的人。

「……可惡！」

護衛的存在已經失去意義。面對少女驚人的速度與魄力，安綱氣勢洶洶地拔出腰間的長刀。他不會像其他士兵那樣大意。手上的刀、靠修行累積的技術，以及經過鍛鍊的內心，安綱準備傾注自己的一切，迎擊少女。

「喝啊啊啊啊啊啊！」

附近的槍兵噴出鮮血，一道嬌小的身影幾乎是同時竄了出來。早已看穿少女動向的安綱，在做好充分準備的情況下斜斜砍向她的肩膀。像這樣正面衝突，雙方都沒辦法耍花招。讓桐生的武士們陷入混亂的嬌小身軀與敏捷的動作，在這時候都發揮不了效果。

「喝啊！」

正因為如此，在看見少女正面接下自己這一刀後，安綱的驚訝可說是筆墨難以形容。

「什麼……！」

不僅是驚訝，安綱之後甚至感到戰慄——他的刀被推了回來。無論是體格或臂力，都應該是安綱這邊占優勢，然而他卻被少女的劍壓逼得往後退。

「啊啊啊啊啊啊啊啊啊啊！」

而且那股壓力還在逐漸增加。安綱在任官時從義父那裡收到的刀，因為第一次承受這種負荷而發出哀嚎。安綱終於感到恐懼——這個擁有「少女外表的東西」到底是什麼！

「喔、喔喔、喔喔喔喔！」

安綱放棄與那股力量對抗，主動往後跳——別害怕，既然無法靠力量壓制對手，就靠技巧取勝。自己的退擊技（註：以後退為主的劍道技巧）應該也沒有少練。

然而，他來不及使出任何招式，內心的盤算也全都落空，「少女已經衝進他的懷裡」。

「——什麼——」

打從他筆直往後跳開始，就已經注定失敗。少女的腳步極快，桐生的士兵們連她的影子都碰不到。安綱這時候還沒想到將這個速度用在追擊上，會變成什麼樣子。

少女揮出的刀，像風一樣穿過驚訝地呆站在原地的武士身軀……嬌小又敏捷，大膽又果敢。安綱如此評斷敵人的威脅，但這樣的觀察還不夠全面，他遺漏了最重要的一點。

「——呃——」

這個少女實在「太強了」。自己的劍再怎麼掙扎，都遠遠不及對方。

在察覺自己的失誤，做出這個結論的同時——他的人生已經結束了。

「呼……！」

直到一刀砍倒對手的瞬間，少女的腳步才總算停下。並非她「想要停下」，而是腳「自己停下了」。

原因自不待言，不如說她能撐到現在才比較神奇。在連續防守了好幾個小時後，又這樣大打出手——這讓少女全身都疲憊到彷彿背著鉛塊般沉重。

「包圍她！」

義久趕緊大聲下令。少女全身都被殺氣包圍。她掃了周圍一眼——拿著長槍的士兵們已經將她團團圍住，不留一絲空隙。

「……居然為了在下一個人如此大費周章。」

少女從容地面對這些企圖擊潰自己的戰士。義久一臉苦澀地瞪向少女……她清澈的眼神裡，沒有一絲恐懼或膽怯，彷彿從一開始就不期待自己能夠長命百歲。少女跟她親自率領的餘黨一樣，也是一個死兵。

「以妳的年紀來說，這樣算是表現得很好了。小姑娘，要不要給妳一顆糖果當獎勵？」

身為軍隊的將領，即使想粗魯地辱罵對方，也不能暴露出醜態。義久壓抑自己的感情，語帶諷刺地稱讚對方，但少女搖頭輕笑。

「不敢當，身為一名武士，在下最後想要的並非糖果，而是一場堂堂正正的戰鬥。」

少女乾脆地說道。她居然還想再戰鬥下去，這讓義久用一種不曉得該說是傻眼還是敬畏的心境看向對手──

「聽說您的養子安綱大人，是桐生家家中數一數二的高手。若您真的賞識在下於這場戰鬥中的表現──請給在下一個機會，和您的公子一戰。」

義久一聽見少女純真的發言，就立刻失控。

「──妳連自己砍的人是誰都不知道嗎？」

他的語氣顫抖，表情充滿絕望。少女目睹義久的反應後，才總算發現。

「──難不成。」

正被長槍包圍的少女，立刻移動視線──在離她不遠的地面，躺著一具剛才被她砍倒的士兵屍體。即使已經喪命，那具屍體仍自豪地穿著刻有家紋的甲冑。

義久拚命忍耐不讓聲音顫抖，但還是無法完全壓抑感情，最後變成非常僵硬、半哭半笑的表情。

「嗯，他的武藝非常高超……但更是個風雅的兒子。」

然後，就連在酒席上都沒有稱讚過兒子的義久開始說道：

「他喜愛詩歌與花朵。對只懂得戰鬥的我來說，是非常耀眼的存在。

小姑娘，妳應該不懂吧。妳一定完全不懂這些東西。」

義久氣得咬牙。少女無言地呆站在原地。義久當著她的面用力吐了口氣，讓自己表面上恢復平靜後，他靜靜宣告：

「……小姑娘，不用擔心。我不會折磨妳。妳是在敗戰後負責殿後，一直奮戰到最後的勇者，而且還是個未成年的小孩子，那樣對妳實在太殘忍了。」

「————」

「但我連妳的名字都不會問。請妳當一個無名的陣亡士兵，在不被任何人傳頌的情況下死去吧……這是我所能做到的，最起碼的復仇。」

嚴肅地說完後，義久高高舉起右手，對包圍少女的士兵們下達指示。

「動手！」

他在開口的同時揮下手臂。士兵們顫動了一下，在短暫猶豫後刺出長槍。

「…………」

在這短暫的期間——少女緩緩閉上眼睛想著。

——在下終究還是沒有遇到「命運對決」。

實在太遺憾了。即使力戰到最後一刻，依然無法在死前實現悲願。這對即將前往另一個世界的人來說，實在難以放下。

即使如此，她也沒剩下多少時間悔恨。就在槍尖即將刺向少女毫無防備的胸口和後背時——

「——雖然我還不太熟悉這個國家的文化。」

一個完全沒聽過的男性聲音，打斷她臨終前的思考。

「希望有人能夠幫忙解說，為什麼不問名字算是一種復仇？這跟你們之前教我的武士道有什麼關係嗎？」

「……？」

陌生的聲音仍未停歇。不管再怎麼等，最後的那個瞬間還是沒有到來，讓少女不耐煩地睜開眼睛。

然後，她看見了——刺向自己的長槍，全都在離自己很接近的地方靜止不動。

「怎、怎麼了……」「長槍，還有手都動不了——」

士兵們發出像慘叫的聲音。某種力量讓他們無法動彈，只能一直維持將長槍刺出去一半的姿勢。

對部下的樣子感到困惑的義久，突然看向上方——然後在空中找到了原因。

「西方的法師……！」

義久發出恐懼與敬畏參半的聲音，少女茫然地看向相同的地方。

在半空中，有一個男人站在掃帚上。

「當然，我也有能夠理解的地方。我也喜歡詩歌和花朵。這個國家的風光景物全都很美。我本來打算貫徹不干涉，只在一旁觀看的方針。」

男子在說話的同時，輕輕揮動右手的短劍。那把劍的劍身，比少女之前拿的短刀還要短。除此之外，男子腰間還插著另一根長度相同的細棒。不過最引人注目的，還是那頭捲成螺旋狀的金髮。

「不過——如今在我眼前有個潛力無窮的孩子，即將死得非常不值。身為一個教師，我實在無法坐視不管。」

男子一臉認真地在空中自言自語，他維持站在掃帚上的姿勢，直接上下翻轉，將自己倒立的臉湊到少女面前。男子用充滿好奇心的清澈藍色眼眸，筆直注視少女。

「不知名的少女啊。如果妳不介意——要不要來我的國家當魔法師？」

男子提出了一個意義不明的邀請。

「——————」

少女在心裡確信——原來如此，這是死前作的夢。

然而，以臨終的夢境來說，這個開頭也太奇妙了。

「——那麼，就拜託你了。」

即使對方說的話少女連一成都聽不懂，她姑且還是先點頭了。她對男子說的話有點興趣。反正是遲早會如同泡沫般消失的夢境——所以目前只要這樣就夠了。

說完這個漫長的故事後，少女深深吐了口氣。朋友們都驚呆了。面對這個遠超出想像的驚人內容，除了啞口無言以外，他們也不知道該如何反應。

「——那是一場激烈的戰鬥。就連死裡逃生的機會都沒有。在下本來應該死在那裡。結果……因為麥法蘭大人出現在那裡，在下意外地撿回了一條命。」

奈奈緒看著自己的手掌，反覆握緊和鬆開，像是在擔心那是否真實存在。

「在下從那時候開始，就覺得像在作一場漫長的夢。該不會在下早就死在那個戰場，現在看見的都只是臨終前的幻覺？——不然也未免太荒唐無稽了。在即將被處死前出現了一個魔法師，對方不僅救了在下的性命——還把在下帶到位於大海另一側的學校。」

少女露出冷淡的笑容，接著突然散發出緊張的氣氛。

「因此在下非常焦急——必須趕在這場夢結束之前，完成在下的悲願。」

「……悲願？」

奧利佛跟著複誦一次。奈奈緒點點頭，靜靜說道：

「『勿喜於復仇之劍，應喜於相愛之劍。』」

「……這是什麼？」

「這是在下的流派傳承下來的思想。互相憎恨或為復仇而戰，非劍士的本願。與互相認同、尊敬的對手，在不留任何遺恨的情況下，堂堂正正地決鬥——這在劍道中被稱作『命運對決』。」

這個不熟悉的異國詞彙，讓卡蒂困惑地歪了一下頭。

「……命運對決？」

「用這個國家的語言來說就是幸福（happiness）……或是幸運（fortune）……非常抱歉，因為在下不夠用功，所以不曉得該怎麼說比較好。」

奈奈緒焦急地尋找其他說法。最先聽懂的奧利佛，忍不住打了個寒顫。

「和敬愛的對手互相殘殺——妳覺得那樣是幸福嗎？」

奧利佛用僵硬的聲音問道，讓東方少女露出非常落寞的微笑。

「嗯……在下當然也知道這很扭曲。

人與人之間的情誼，原本就不需要透過劍來交流。互相交談、觸摸，珍惜彼此，這才是原本的幸福——從人倫的觀點來看，這才是理所當然。」

少女說這些話時的表情，就像是在望著遙遠的星星，她低頭看向自己的大腿。

「不過，也曾經是透過戰鬥。在當時的時局下，人們並不是靠話語，而是靠刀劍連繫。既然如此——即使是扭曲的幸福，光是還能追求就算幸運了。」

其他人都無言以對。少女在說明完自己過去生活的世界有多麼殘酷後，輕輕抬起頭，用溼潤的眼睛筆直看著奧利佛的臉。

「因此，奧利佛。在與你交鋒時——在下深刻地感受到了那種感覺。」

「…………！」

少年像是胸口被人貫穿般僵住。東方少女繼續在他眼前說道：

「在那個瞬間，在下確實感到非常歡喜——覺得自己追求的命運對決就在這裡。所以在下才祈求那場戰鬥的後續，祈求能以真劍對決，祈求能在與你互相砍殺後抵達劍士的淨土。」

說完後，少女閉上眼睛，像是已經完全沉浸在其中般仰望天空——沉默良久後，她沮喪地垂下肩膀。

「當然，最後被你拒絕了。仔細想想，這也是理所當然——怎麼可以將這種毫無未來可言的願望，強加在才剛認識不久的其他人身上。

然而，在下就是愚蠢到連這種道理都想不通。在被你拒絕後，只覺得好傷心、好難過、好痛苦……不知不覺間，就開始自暴自棄地尋找自己的葬身之處。」

少女的聲音變得沙啞，放在腿上的拳頭也不斷被淚水打溼。卡蒂連忙將手放在她的肩膀上，但奧利佛只能呆站在原地。因為他領悟到是自己的行為，害眼前這個少女打算赴死。

「……對妳來說，與奧利佛的比試就這麼重要嗎？」

雪拉將自己的手疊在奈奈緒的拳頭上，如此問道。少女用手背拭去淚水，點頭回答：

「雪拉大人如果也跟他戰鬥過就會明白……並非只是單純非常巧妙。奧利佛的劍蘊含了深不可測的重量。持續累積至今的修練與鑽研，替他的劍奠立根基的種種經驗、感情和煩惱——透過劍戟窺見的這些東西，讓在下深深為他著迷。」

少女率直的告白，震撼少年的內心。卡蒂雙手抱胸陷入沉思：

「……呃，如果把奈奈緒說的這些話歸納起來……」

在默默思考了十幾秒後，捲髮少女豎起食指，嚴肅地說道：

「……就是因為被奧利佛甩了才自暴自棄嗎？」

「抱歉，卡蒂，妳可以稍微安靜一下嗎？」

「咦？」

奧利佛乾脆地否定了捲髮少女。奈奈緒的嘴角露出微笑。

「不，大致上就跟她說的一樣。不管是迷戀上人，還是迷戀上劍——既然用劍的是人，那雙方就沒什麼太大的差別。」

「奧利佛，好像是這樣喔。」「好像沒什麼太大的差別呢。」

凱與皮特異口同聲地說道。對此感到頭痛的奧利佛，扶著自己的額頭。雪拉輕笑地插嘴道：

「真的是劍士特有的思想呢……不過，我也不是不能理解。在自己鑽研的領域和看重的對手互相競爭──不管是在哪個領域，那個瞬間的喜悅都是無可替代的。」

雪拉在表示理解後，換回嚴肅的表情看向奈奈緒。

「但如果是賭上性命互相砍殺，我就不能視而不見了──單純比賽不行嗎？大家都是同學，以後多的是機會切磋吧？」

即使已經大概知道答案，雪拉仍如此問道。奈奈緒沉默了一會兒後，搖頭回答：

「如果目的是切磋琢磨，那比賽也可以……但在下修練的劍，本質上是用來殺人的劍。如果不賭上性命，那場決鬥就會失去靈魂。」

「意思是不互相殘殺就無法認真嗎？真是難搞……」

皮特皺起眉頭嘟囔。雪拉仔細審視至今的對話，點頭回答：

「原來如此……我明白了。雖然是非常深刻的問題，但還是要感謝妳願意告訴我們。」

說完後，雪拉將手放在奈奈緒的肩膀上，筆直看著她的眼睛。

「在這樣的前提下，請讓我以朋友的身分說句話──奈奈緒，是時候改變妳的生活方式了。」

「──雪拉大人。」

東方少女抬起頭看向好友。為了讓這句話能傳到對方的內心深處，雪拉加強語氣說道：

「妳眼前的我們，以及我們念的學校，都絕對不是夢境或幻想。即使不用那麼焦急，也不會突然消失。妳毫無疑問地正活在這裡。不僅如此——妳要在這裡展開新的人生。」

抓著東方少女肩膀的手指開始用力，像是在宣示自己與對方確實存在於此處。

「別再去尋找葬身之地了。這種東西在金伯利要多少有多少，根本就不用特別去找……只要還想在這裡鑽研魔道，身邊就會隨時充滿死亡的氣息。所以，我們需要能夠堅強地抵抗死亡的意志。」

雪拉訴說的心態，讓凱、皮特和卡蒂都不自覺地挺直背脊。縱捲髮少女正在教導他們如果想在這個魔境活下來，最需要的是什麼。

「奈奈緒，妳剛才自己也說過。不管是迷戀上人，還是迷戀上劍——都沒什麼太大的差別。」

「……嗯。在下確實說過。」

「那就好好觀察人吧。即使不用透過劍，也能見到奧利佛。只要妳如此期望，而他也願意——那不管是互相交談或觸摸，都能夠實現。」

雪拉說到這裡就停了一下，用非常溫柔的表情交互看向眼前的兩人。

「這麼一來，妳一定能夠感受到喜悅……畢竟光是短暫交手就讓妳如此欽佩，如果能以朋友的身分一起親密來往，一定能度過更加特別的時光。

而且不只是奧利佛，卡蒂、凱、皮特，當然還包括我——妳眼前的這些人，都想跟妳一起度過接下來的時光。所以，我希望妳不要輕易放棄自己的生命。」

雪拉說完後，看向周圍的其他人。奈奈緒跟著看過去後，才總算發現——那些擔心自己的朋友們，眼睛裡各自帶著不安、擔心與焦躁。

「……是啊。難得用這麼特別的方式認識彼此，若一下子就死掉也太無趣了。奈奈緒，過得開心一點吧。我們還要一起玩和一起做傻事呢。」

凱直言不諱地說完後，稍微停頓了一下，然後有些難為情地笑了。

「而且——其實我有點期待呢。說不定妳會像打倒巨魔時那樣，繼續在這裡搞出什麼大事。」

少年坦率地說出心裡的想法。接著輪到捲髮少女——卡蒂握緊奈奈緒的手。

「如果奈奈緒遇到危險，下次就輪到我幫妳了——我絕對不會讓妳死。因為，我們已經是朋友了……我不希望只有我單方面接受幫助。」

說完後，少女像是要向自己宣誓般閉上眼睛。在一旁觀看的皮特，也跟著開口：

「本來就不用急著死吧……我才剛入學，在這裡也沒什麼朋友。考慮到之後的生活，認識的人還是多一點比較好。」

皮特一如往常地臭著臉說道。對總是表現冷漠的眼鏡少年來說，這樣的激勵已經是他的全力了。聽完三人的發言後，雪拉看向剩下的那個人。

「——奧利佛，你又是怎麼想？」

所有人的視線都集中在少年身上——這次的沉默比之前都還要久。在認真思考過東方少女和自己的事情後，奧利佛嚴肅地開口：

「……如果想在金伯利活下去，就不能跟想死的傢伙一起行動，因為他們會把周圍的人也拖下

水。實際上，剛才就差點變成那樣。」

少年發表了至今最為嚴厲的意見。卡蒂的身體瞬間往前想替奈奈緒說話——但奧利佛舉起手阻止她，繼續說道：

「所以，我必須先確認一件事——奈奈緒，妳可以答應我嗎？無論之後發生什麼事，妳都不能急著送死……無論何時，都要在能保全自己性命的前提下揮劍。」

他該問的就只有這個。如果想一起在這個魔境活下去，這是絕對不能退讓的界線。

其他四人嚥了一下口水，動也不動地觀望兩人，奈奈緒凝視奧利佛的眼睛一段時間後——突然將雙手移向左右兩側。

「喝啊！」

然後極為用力地拍了一下自己的臉頰。

「……非常抱歉。在下實在太沒出息了。」

她的雙手一離開臉頰，就露出底下的紅色手印，然而——以這份疼痛為代價，少女的雙眼恢復了精神。那和剛才的空洞眼神不同，充滿了活下去的意志。

「不畏懼死亡，與被死亡控制似是而非——在下居然迷失自我到連這個道理都忘了。」

奈奈緒低聲說完後，從長椅上起身，她凜然地挺直背脊，向同伴們深深行了一禮：

「奧利佛、雪拉大人、卡蒂、凱、皮特——在下真的非常對不起各位……在下在此發誓，絕對不會再做出那種捨棄生命的舉動。今後與各位在一起時，絕對不會看輕自己的生命。」

少女堅定地承諾，然後重新抬起頭。她同時看向所有朋友，露出天真無邪的笑容。

「所以——可以的話，請各位教在下如何在這裡生活……畢竟在下是除了劍以外什麼都不懂的凡庸之輩。坦白講，今天上的每一堂課，在下都沒有信心能夠跟得上。」

說完後，少女難為情地搔了一下頭。聽完她的決心後，朋友們都露出鬆了口氣的表情。

「這部分我們會好好照顧妳……皮特也是從現在才開始學魔法，妳這樣也不算太晚。」

「是啊。我也會幫忙，所以不用擔心沒人教妳。目前看來，至少能確定妳的資質不會比凱差。」

「居然在這種時候損我？等等，雪拉，我的資質真的有這麼差嗎？」

「就算資質不好，只要嚴格矯正一下就行了。放心吧，我已經想好之後要出什麼課題給你了。」

「我怎麼只有不好的預感！還有妳的笑臉好恐怖！皮特，從明天開始一起加油吧！」

「別若無其事地把我也捲進來！」

凱率先炒熱氣氛，六人之間的氣氛再次恢復和樂。雖然他們就這樣繼續閒聊了一會兒，但沒過多久，雪拉就從長椅上起身，為這段對話劃下句點。

「……再不回去的話，就要過宿舍的門禁時間了。雖然有點捨不得，但今天就先解散吧。」

「咦——哇，已經這麼晚了！奈奈緒，我們回房間吧！得為明天做準備才行！」

卡蒂連忙牽著奈奈緒的手起身。兩人就這樣趕回女生宿舍，凱和皮特也一起走向男生宿舍。四人離開後，只剩下雪拉和奧利佛兩人留在夜晚的噴水池前。

「……不好意思，雪拉。又麻煩妳照顧了。」

「這不算什麼啦。畢竟關係到朋友的性命。」

少女以溫柔的笑容回應。間隔了一會兒後，她輕聲補充道：

「而且，我能理解你為什麼無法保持冷靜……你覺得自己有責任吧？」

奧利佛一聽，表情就變得僵硬。縱捲髮少女像是看透了少年的內心般，繼續說道：

「關於奈奈緒對那場決鬥抱持的感情──那絕對不是她個人的一廂情願。因為在那個瞬間，你也回應了她。」

「……唔！」

彷彿被人射穿胸口般的衝擊，讓奧利佛頓時啞口無言──明明自己根本就沒有資格否定少女。因為自己在那場比試中也一樣失去理智，期望能看見那場交鋒的結果。至少在那個瞬間，自己懷抱著和奈奈緒完全一樣的心情──

「明明曾經獲得回應，後來卻遭到拒絕。所以奈奈緒才會感到特別悲傷……當然，我並不是在責備你。不如說我很慶幸你恢復冷靜。我絕對不想看見──朋友們互相對砍到死的樣子。」

沉重的沉默籠罩著兩人，過不久，雪拉表情複雜地補充道：

「不過，聽說在魔法劍的世界，本來就偶爾會發生這種事情──在交鋒的瞬間，就察覺對方是自己命中注定的對手。或許你和奈奈緒就是被這種緣分連在一起。若真是如此，那我在感到害怕的同時，也覺得有點羨慕。」

雪拉突然停止說話，摸著自己的胸口……像是拚命想要壓抑隱藏在底下的熱情。那股從兩人那裡延燒到自己身上的激昂感情。

「失禮了。看來我也有點受到影響——你們的劍實在太耀眼了。耀眼到讓人無法忍受只在一旁觀看。」

抱著羨慕的心情說完後，雪拉靜靜轉身離開。那個高尚的背影，逐漸消失在黑暗當中。

在雪拉返回女生宿舍後，奧利佛仍繼續站在原地好一段時間，直到騷動的內心恢復平靜為止。

在跨越已經遠遠超過騷動程度的困境後，隔天早上，六人按照昨晚說好的那樣，在上學前於宿舍前面的廣場集合。

「早安，奧利佛！」

奈奈緒一看見少年，就精神抖擻地向他打招呼。這份和昨天完全不同的氣勢與活力，讓奧利佛大吃一驚。

「喔——嗯，早安。」「妳今天看起來很有精神呢。狀態恢復了嗎？」

凱笑著問道。奈奈緒也以滿面的笑容代替回答。

「凱，皮特，早安！昨天讓你們擔心了！」

少女說完後，低頭行了一禮，皮特不悅地將臉轉到旁邊。

「我才沒有在擔心妳……不過，現在這樣確實比較像妳。」

眼鏡少年小聲說道。奧利佛和凱互望彼此一眼，露出苦笑。

「這樣就全員到齊了。那麼——我們去上學吧！」

精力充沛的奈奈緒，率先踏出腳步——但她很快就放慢步調，走在奧利佛旁邊。面對少女天真無邪的笑容，少年困惑地問道：

「……奈奈緒，為什麼要走在我旁邊？」

「當然是為了仔細看奧利佛。畢竟在下才剛被雪拉大人開導過，要學著不透過劍看人。」

「我覺得她的意思應該不是要妳在近距離凝視別人……」

「你討厭這樣嗎？」

少女突然變得不安，如此問道。考慮到昨天的狀況，奧利佛實在無法捨棄她，因此放棄似的嘆了口氣。

「我並不覺得討厭……想待在哪裡都是妳的自由，隨妳高興吧。」

獲得本人的允許後，奈奈緒走路時大動作地揮動手腳表達自己的喜悅。一旁的凱和皮特，仔細觀察讓奈奈緒黏著自己的奧利佛的表情。

「……他好像不討厭呢。」「他似乎不討厭呢。」

「凱！皮特！」

兩人裝出講悄悄話的樣子大聲開奧利佛的玩笑，讓後者像是在責備小孩子惡作劇般大喊。走在後面的卡蒂見狀，便拉住奈奈緒另一邊的袖子。

「咳……奈、奈奈緒？如果貼得太近，那個，會顯得有點不成體統。妳想想看，奧利佛畢竟是男孩子吧？」

卡蒂在說話的同時，稍微加重拉奈奈緒的力道。凱和皮特再次將臉湊在一起。

「……她心裡好像不太平靜呢。」「……她心裡似乎不太平靜呢。」

「你們兩個！」

捲髮少女憤怒地大聲斥責後，兩人就一哄而散地逃跑。雪拉看著卡蒂追逐兩人的樣子，輕輕笑道：

「一大早就這麼熱鬧真好呢——奈奈緒，像這樣也不錯吧？」

「嗯——確實不錯。」

東方少女毫不猶豫地點頭。奧利佛側眼看著那充滿生氣與活力的身影，稍微鬆了口氣——他實際體會到少女的生存之道，已經不再只有劍了。

今天的前兩堂課都非常順利。上完魔法史的課程走出教室後，凱和奈奈緒都因為一口氣被塞了太多知識，用相同的動作抱著頭。

「唔喔，真難受……魔法史要記的東西果然很多……」

「腦袋裡有一堆單字旋轉……」

兩人異口同聲地呻吟，讓皮特傻眼地嘆了口氣。

「真沒用。這樣就算上普通的學校也會吊車尾吧。」

「不用勉強一次記住，先從基礎知識開始，慢慢將資訊系統化吧。不然如果馬上就忘掉也沒意義。」

奧利佛試著教他們念書的訣竅後，看見一個熟悉的女學生從走廊前方跑了過來。那是剛才和卡蒂一起在其他教室上課的雪拉。

「奧利佛，你可以來一下嗎？」

「雪拉？怎麼了！」

「卡蒂衝出去了！她聽說襲擊自己的巨魔將被處理掉，就跑去阻止了……！」

奧利佛驚訝地睜大眼睛。他們二話不說地跟在雪拉後面，一起跑了出去。

基於安全管理與保護生長環境等理由，即使同樣位於金伯利校內，魔法生物的住處還是離學生上課的校舍有段距離。

雖然光是被柵欄圍住的地上部分就已經夠遼闊了，但實際上就連這些都只是冰山一角，大部分的設施已經深入地下迷宮。因為會配合生物的增減進行調整，所以已經無法得知確切的規模。不過──據老資歷的高年級生所說，「有人在迷宮深處養了非常危險的生物」。

其中巨魔這個亞人種的飼養空間，是位於地面上。任何人都能隔著柵欄自由參觀那裡，就算想直接接觸牠們也並非難事。即使這種生物每年都會在普通人的世界造成數千名的死者，但對金伯利的魔法師來說，根本就不算「危險」。

「──我有幾件難以忍受的事情。」

在那個空間的角落。一個穿著黑色長袍的男子，嚴肅地站在用來隔離生病的魔法生物的大籠子前面。男子充滿壓迫感的外貌，讓籠子裡的一隻巨魔──在前陣子的遊行中失控的個體，因為面臨死亡的恐懼而顫抖。

「其中之一，就是對同一個人說兩次相同的話。被愚蠢的人浪費了我貴重的時間，再也沒有什麼比這更令人生氣了。就連說這段話的時間，原本都能拿來進行有意義的思索。」

一位少女背對著鐵籠，阻擋在男子與巨魔之間。

那雙從正面筆直回視男子的眼睛，無疑是屬於卡蒂·奧托。

「說兩次就已經夠讓人難以忍受了。如果說到第三次，那自然會覺得眼前的人只是擁有人類外表的猴子──一年級生，妳想變成猴子嗎？」

男子冷淡地問道。卡蒂腹部用力，喚起自己的鬥志回答：

「請別擅自轉移話題。我是在拜託你不要殺掉這個孩子！」

少女竭盡全力表達自己的意願。對此，男子只是稍微活動一下脖子。

「不要殺牠啊——我姑且問一下，妳是基於什麼立場提出這樣的請求？」

「被這孩子襲擊並受傷的人是我！所以我應該有立場發表意見！」

卡蒂說出這項事實，將這當成自己唯一的籌碼。然而，與她的期待相反，男子聽完後依然不改態度：

「妳也誤解得太嚴重了。只要是危害過人類的家畜，都當然要處死。這也是為了維護你們這些學生的安全。」

這與其說是對話，不如說是教師單方面做出的宣告。男子以冰冷的視線，瞪向畏縮在少女背後的亞人種。

「假設現在讓那隻巨魔活著。對於因此產生的風險，妳要怎麼負責？要試著重新調教牠嗎？用妳那具比犬人還要柔弱的身體？」

卡蒂緊張到無法呼吸。面對這個如同預期的反應，男子深深嘆了口氣。

「因為可憐所以不要殺牠們——不管哪個時代，都有這種不負責任的人。那些人自己完全不打算動手，只想獲得拯救性命的膚淺滿足感，假裝不知道他們保護的對象之後會殺死多少人——一年級生，妳叫什麼名字？」

「……卡蒂・奧托。」

少女以僵硬的聲音報上名號。男子突然露出理解的表情。

「奧托——喔，是『那個』奧托啊。這樣就能理解了。即使是在由一群蠢貨組成的人權派裡面，那對奧托夫婦也算是特別誇張——真是令人同情。『妳生錯地方了』。」

就在男子說完這句話的時候，奧利佛等人也趕到了現場。男子瞄了他們一眼，但並沒有說什麼。在思考該如何介入的朋友們面前，出生的家庭被人貶低的卡蒂，憤怒地咬緊牙關。

「你對我父母的侮辱，我這次可以當作沒聽見——請你取消這孩子的處刑。我不會空口說白話。我之後會好好說服他，要他別再襲擊別人。」

卡蒂拚命壓抑自己的感情如此主張，但男子完全無視她的心境，忍俊不住似的笑了出來。

「……說服！居然說要說服！妳打算和巨魔對話嗎？聽起來真不錯呢！乾脆找個下午，和牠一起在露天陽臺同桌喝茶吧！」

「——不准笑！」

一道激烈的吶喊蓋過了男子的笑聲——卡蒂已經無法繼續克制自己。她忘了對方是老師，狠狠瞪向男子。

「即使無法對話，或是種族不同……還是有能夠互相傳達的東西……！」

少女以祈禱般的聲音如此主張。面對這份固執，男子臉上的笑容瞬間消失。

「……原來如此。嚴重到這種程度，確實是讓人笑不出來。」

男子在低喃的同時，以極其自然的動作從腰間拔出白杖。

「——**哀嚎痛苦**（多羅爾）**吧**。」

他將白杖指向卡蒂，毫不猶豫地詠唱咒語——一接觸到那股波動，少女的全身就感受到一股從未體驗過的劇痛。

「呃……？咿、啊、啊啊啊啊啊……！」

「卡蒂！」

少女倒在地上痛苦掙扎。看不下去的奧利佛等人，立刻選擇介入。雪拉挺身保護痛苦掙扎的朋友，以責備的視線瞪向男子。

「居然對一年級生使用劇痛咒語……？即使是老師，這麼做也太過火了！」

「太過火？沒這回事。學習本來就伴隨著痛楚。」

男子像是在揮舞鞭子般揮動白杖，以毫不動搖的聲音繼續說道：

「無論再怎麼高深洗鍊的說教，都無法傳入愚者的耳裡，但所有人都會感到疼痛。愚者和賢者唯一相同的感受，就只有痛苦。所以如果少了這個，就沒辦法進行教育。」

男子以平淡的語氣，說出這個自己發自內心信奉的思想。奧利佛的背後竄過一陣寒意。男子在挺身保護朋友的五人面前，冷漠地宣告：

「我正在努力將那隻猴子提升到人的境界。如果你們打算妨礙——就必須連你們一起指導了。」

男子散發的壓迫感，讓五人反射性地將手伸向杖劍，但與此相反的是——在場的所有人都知道這是無意義的抵抗。

「………唔。」

如今只剩下低頭請求對方原諒這條路。奧利佛獨自下定決心，將手從杖劍上移開……不難想像這個老師的「指導」一定和拷問沒什麼兩樣。與其讓同伴承受這種折磨，他不惜忍受任何屈辱——

「請等一下。雖然我對您的信念感到敬佩——但只有鞭子的教育還是不太妥當。」

就在奧利佛下定決心要開口前，一道熟悉的聲音介入了這個緊張的狀況。少年驚訝的視線前方，站著一個其中一隻眼睛被留長的前髮蓋住的女學生。這不是他們初次見面。她是在奧利佛等人於校舍內被捲入「侵蝕」的那個夜晚，送他們回宿舍的高年級生。

或許是她的發言有足夠的分量。這次男子無法忽視，將注意力轉移到女學生身上。

「妳是四年級的密里根吧——有什麼事？」

「是的，其實關於那隻巨魔的處分，出現了歧見。我是來傳達這件事——提出意見的本人也馬上會趕來這裡。」

密里根才剛說完，一個披著白色斗蓬的人就出現在她背後。皮特開心地發出驚嘆。嘉蘭德師傅宛如照進黑暗中的一線光明般來到這裡。

「到此為止了，達瑞斯……透過劇痛咒語進行的指導，在五年前應該就被禁止了。」

「……是嘉蘭德啊。我沒打算扭曲自己的教育方針。比起這個，關於這隻巨魔的處分，你有什麼意見？」

叫達瑞斯的老師驚訝地反問。嘉蘭德依序看向倒在地上的卡蒂和籠子裡的巨魔，以嚴肅的表情回答：

「關於那隻巨魔在遊行中的失控，還沒詳細調查過原因。所以我提議將牠當成證物，暫時留牠一條命，校長也允許了。」

他所說的這段話，是能夠阻止對方行動的確實根據。對方在最後搬出校長的名字，讓達瑞斯不悅地咂嘴。

「太寬容了……你也要加入人權派那些蠢貨的陣營嗎？」

「不，關於亞人種的問題，我跟以前一樣是消極的保守派……但被你認為是蠢貨的人權派魔法師，勢力也絕對不算小。在調查不完全的情況下處死那隻巨魔，只會留下給他們指責的把柄吧？」

嘉蘭德始終保持冷靜，以平穩的語氣指出對方的缺失。經歷一段沉重的沉默後，達瑞斯先轉身了。

「隨你們高興吧……反正就算讓牠活著，也只會害那隻猴子被踩扁而已。」

男子丟下這句話後準備離開，但一道出乎意料的聲音叫住了他。

「……我，才不是猴子……也不會那麼輕易，就被踩扁……！」

在同伴們愣住的期間，卡蒂忍著痛苦抬起上半身，斷斷續續地說道。就連男子本人，都驚訝地轉過頭。

「……這還真是令人吃驚。雖說有手下留情，但妳已經能說話啦。看來最近的猴子不只是思考，就連痛覺也很遲鈍呢。」

達瑞斯在最後又補了一句「真是沒意義的進化」後，就從奧利佛等人的面前離開。捲髮少女像是還沒說夠般，試圖追上去。

「啊……唔……！」

「卡蒂，不要勉強站起來！」「我現在就幫妳減輕疼痛……！」

奧利佛和雪拉連忙上前照顧在發出呻吟後蹲下的朋友。然而，在兩人做出具體的處置之前，和嘉蘭德一起走過來的高年級生已經先流暢地拔出白杖。

「——沒事吧？妳真是太亂來了。」

密里根以溫柔的聲音說完後，就揮動魔杖替卡蒂施展舒緩痛苦的咒語。因痛苦與悔恨而變模糊的意識稍微恢復後，少女凝視眼前的人影。

「好久沒看到沒向那個老師的『指導』屈服的學生了。妳真有骨氣。」

魔女笑著稱讚學妹的奮鬥。在身體逐漸變輕鬆後，卡蒂也總算恢復了思考能力。她認出眼前的人物，呼喚對方的名字。

「啊……密里根學姊……？」

「真高興妳還記得我。我也沒忘記妳的名字喔，卡蒂．奧托。」

密里根說完後伸出手，讓捲髮少女戰戰兢兢地握住。協助卡蒂起身後，單眼魔女看向在籠內顫抖的巨魔。

「我也很在意這隻巨魔的處分。作為一個喜愛亞人種的同志，我應該能幫得上不少忙。如果有什麼想法，儘管來找我商量吧。」

「啊——好、好的！」

從內心湧出的喜悅，讓卡蒂表情一亮。自從來到這間學校，第一次有志同道合的高年級生替她打氣。對現在的她來說，再也沒什麼比這更可靠了。

在那之後又過了幾十分鐘。雖然奧利佛和雪拉都勸卡蒂去醫務室，但她婉拒兩人的提議，和其他學生一起上魔法劍的課。

「喝啊！嘿！呀！」

捲髮少女一反常態地表現得氣勢十足，反覆練習突刺。在一旁握著杖劍的凱，吹了聲口哨。

「妳還真有幹勁。身體已經沒事了嗎？」

「是啊！我已經不會再為這種小事沮喪了！」

卡蒂像是要連劇痛咒語的記憶都吹跑般，鬥志昂揚地說完後，就專心進行基礎的空揮練習。嘉蘭德欣慰地看著她和其他學生練習的樣子，大聲喊道：

「很好，初學者就繼續進行基礎練習。有經驗的人就跟別人交換對手，繼續練習對打。還有，Ms.響谷——妳過來這裡。」

奈奈緒聽見後，就中斷練習回過頭，她將刀收回刀鞘，走向老師。奧利佛繼續自己的練習，同時側眼關心奈奈緒的狀況。

「坦白講，我有點煩惱該怎麼教妳。妳的劍術與我指導的技術差異實在太大。首先得思考我到底能教妳什麼，又要怎麼教才行。」

奈奈緒聽了之後似乎想說什麼，但嘉蘭德搶先打斷她。

「話雖如此，妳完全不需要放在心上。因為這其實也是為了我自己。我以前曾經將與其他流派的比試，當成自己生存的意義。所以非常歡迎技術理論完全不同的流派帶來的刺激。」

嘉蘭德的嘴角露出愉悅的笑容，看起來就像個頑童。奈奈緒由此看出這是他的真心話，因此也懷著坦率的謝意看向他。與少女面對面的魔法劍老師，突然露出嚴肅的表情。

「在這樣的前提下，我得先確認一件事——妳之後也打算繼續用那把雙手刀充當杖劍吧？」

奈奈緒望向腰間的刀，看起來也沒特別煩惱就直接點頭。

「——沒錯。除非一隻手臂被人砍斷，否則在下不打算單手持刀。」

在附近練習的奧利佛也聽見了她的回答，而這個內容，也讓他不曉得第幾次感到戰慄——少女是在沒有治癒魔法的普通人的世界長大，這樣的她居然將「手臂被人砍斷」這種事說得如此理所當然。這實在是太殘酷了。

「很好，我就是想聽見這樣的回答。如果妳打算換成劍，從基礎三流派中挑一個從頭學習，那我這個老師也不能拒絕——但麥法蘭老師有事先跟我說過，指導妳時要注重妳個人的特性。更重要的是，我本人也想這麼做。」

嘉蘭德的眼神裡充滿了對未來的期待，但他馬上就露出有些愧疚的表情。

「關於接下來的指導，首先得從了解妳的劍開始……但金伯利的魔法劍老師這個頭銜實在太沉重了。無論妳再怎麼前途無量，我都不能這麼快就與一年級新生交手。這樣會顯得有失體統。」

「唔，真是遺憾。」

本來已經躍躍欲試的奈奈緒，像是發自內心感到遺憾般低喃，但下一個瞬間，嘉蘭德再次恢復頑童的笑容。

「不過，重點只要別被人發現就好——妳會用這個嗎？」

嘉蘭德在說話的同時，拉開一步一杖的距離，站在奈奈緒的正對面。他並沒有將手伸向杖劍——但少女已經從投向自己的視線察覺對方的意圖，再次點頭回答：

「原來如此，想像訓練啊——那麼，在下願意奉陪。」

老師與學生取得共識後，開始面對彼此。奧利佛也自然地察覺接下來將發生什麼事。這是在拉諾夫流中被稱作「對影」的技法——也就是兩者之間的假想戰鬥（image training）。

「——呼——」

奈奈緒先行對已經做好準備的嘉蘭德發送「念」。即使看在旁人眼裡，兩人都沒有在動，但對手已經能看見少女持刀砍過來的幻影，男子也發送自己的「念」回應。這種互動就叫「對影」——而且雙方愈是熟練，重現度就愈接近實際以刀劍互搏。

「……唔……唔……唔……！」

「——」

才剛開始沒多久，奈奈緒的臉上就冒出大顆汗水。相較之下，嘉蘭德依然跟一開始一樣若無其事地站著。奧利佛倒抽了一口氣。雖然不知道兩人在意識上進行了什麼樣的戰鬥——但即使看不見也不難想像。

兩人對峙還不到兩分鐘，但不出奧利佛所料，奈奈緒已經單膝跪下。

「……厲害。在下的頭被砍下了十二次。」

「哎呀，妳比我預期的還要強呢。年紀輕輕就有如此實力——日之國的劍術真是不得了。」

嘉蘭德露出真心佩服的表情，評斷少女的劍術。他接著對依然氣喘吁吁的奈奈緒說道：

「分析完剛才的比試後，我就會開始擬定指導方針。雖然不好意思可能要讓妳等一下，但妳今天就先專心看其他學生練習吧。」

「了解……坦白講，在下接下來的幾分鐘應該也動不了。」

少女拚命調整呼吸，點頭回答。之後她總算順利起身，向嘉蘭德行了一禮，踏著蹣跚的腳步去找其他學生。少女立刻與奧利佛對上視線，朝他露出笑容。

「完全找不到破綻就結束了。奧利佛，世界真大呢。」

「……嗯，是啊。」

少女的表情中，有三成是對自己實力不足的悔恨，七成是邂逅新強者的喜悅。在對少女爽快的態度感到羨慕的同時，奧利佛突然有些在意地問道：

「若想在魔法劍的世界追求強敵，那無論實力或名聲，嘉蘭德師傅都算是頂級的人物。我想妳現在應該也明白，我目前的實力根本就比不上他……」

「嗯？」

「……作為一個劍士，妳難道沒被他吸引嗎？」

少年有些猶豫地問道。面對這個問題，奈奈緒思考了一下後回答：

「——假設有個對奧利佛來說獨一無二，讓你醉心不已的女性。」

「？」

「然後在你面前，又出現了另一個擁有絕世美貌的女性。這時候，你的心意會改變嗎？」

奈奈緒反過來如此問道。即使被這個出乎意料的問題嚇了一跳，奧利佛還是半反射地想像了那個狀況——

「……應該不會改變吧。還是會和那個美女出現前完全一樣。」

他毫不猶豫地說出自己的回答……無論出現的是什麼樣的絕世美女，都不需要煩惱。因為自己長期憧憬的事物，一直纏繞在自己心裡的事物——打從一開始就不是美麗的外貌。

「在下也一樣。」

奈奈緒笑道，她像是發自內心感到高興般凝視少年。害羞的心情彷彿間歇泉般在奧利佛心中爆發，讓他連忙警戒周圍有沒有人在偷聽……雖然少年原本只是隨口問問，但剛才那段對話或許非常不適合被別人聽見？

「好，休息三分鐘。有人有問題嗎？」

嘉蘭德無視少年的動搖，拍著手對學生們喊道。其中一個學生趁這個機會舉起手。

「嘉蘭德老師，我有問題！」

「說吧，你想問什麼？」

「是的！我一直很在意，請問老師會使用『魔劍』嗎？」

這個問題宛如丟進平靜水面的小石子般，在學生間掀起了一陣騷動。嘉蘭德忍不住露出苦笑。

「……果然是這個問題。因為每年都有人問，所以我也覺得差不多是時候了。」

學生們的眼裡充滿了好奇。魔法劍老師懷念地看著他們開口：

「答案是『無可奉告』。這也跟往年一樣。問的人應該也很清楚吧？」

大部分的學生都發出不滿的聲音，嘉蘭德看著在這段期間一臉困惑的學生，繼續說道：

「有些人可能覺得很疑惑。好吧，我就趁這個機會說明一下。

在魔法劍的世界，有被稱作『魔劍』的技術理論。其定義非常簡單——若在一步一杖的距離內施展，則必定能夠砍倒對手的招式。對手絕對無法做出任何抵抗。」

老師道出的知識，讓不知情的人感到非常難以置信。奈奈緒的眼裡充滿了驚訝與好奇。

「當然，這對使用的魔法師來說是相當於奧義的東西。不僅不會公開背後的原理，也很少讓人知道使用者的身分。雖然也有人懷疑其是否真的存在——但還是有許多像你們這樣的人想知道真相。我以前也是這樣。」

嘉蘭德那開玩笑般的語氣，就像是想起了自己的年輕時光，並因此感到有些難為情，至少奧利佛是這麼覺得。然而——那股氣息立刻消失。嘉蘭德朝學生們張開右手的五根手指，並在旁邊加上左手的食指。

「現存的『魔劍』總共有六種……雖然從魔法劍的黎明期開始，這個數量就頻繁地增減，但最近兩百年都沒有變化。有人一直努力想開發出新的魔劍，也有人分析現存的魔劍試圖加以破解——即使這兩種人都多如繁星，但六這個數字依然長期保持不變。」

學生們倒抽了一口氣。從老師口中道出的歷史，讓他們確信魔劍確實存在。

「當然對你們這些剛學魔法劍的人來說，魔劍根本就是另一個世界的故事。不過——我不覺得現在對你們說這些話沒有意義……因為，這已經激起了你們心裡的某些東西了吧？」

嘉蘭德笑著說道。在那之後，興奮的學生們一齊舉手。

「老師！至少給我一點關於招式的提示！」「其他老師也會用嗎？校長呢？」「如果魔劍之間互相衝突，會發生什麼事？」

學生們接連提出疑問。面對這個完全如同預期的反應，嘉蘭德只是聳聳肩，他去年在這個時期也做過完全相同的動作。

「……唉，如各位所見，這是個一擊就能讓課上不下去的話題。真的每年都會這樣呢。」

奧利佛露出苦笑。他果然無法討厭這個老師。

「發問時間結束了。大家快回去練習。已經過三分鐘囉！」

嘉蘭德持續拍手，宣告這個話題已經結束。奧利佛立刻將注意力拉回練習，然後發現奈奈緒正雙手抱胸嘟囔著：

「唔唔唔，真是讓人感興趣的話題。奧利佛之前就知道了嗎？」

「嗯，我知道的跟剛才的說明差不多。畢竟這是新生之間最熱門的話題。」

即使對自己來說是理所當然的常識，但對初次耳聞的她來說，應該是個刺激的話題吧。少年在這麼想的同時，也開始預測奈奈緒接下來會繼續提出哪些問題。

「居然還在聊天不練習。Mr.霍恩，Ms.響谷，你們真是從容啊。」

打斷兩人的聲音充滿敵意。兩人轉頭一看，就發現一名握著杖劍的長髮少年——安德魯斯的身影。

「我們只是講了一些關於魔劍的話題。大家現在的水準都差不多，應該談不上什麼從容吧。」

「差不多？……這句話也包括我在內嗎？」

安德魯斯用比剛才更強的敵意瞪向奧利佛。雖然奧利佛已經盡力選擇不會刺激對方的詞彙，但對方似乎不這麼解釋。少年覺得這樣不太妙，趕緊補充說明：

「我沒有要挑釁你的意思。Mr.安德魯斯，你太敏感了。」

「原來如此——所以你想說是我自己太焦急了嗎？」

對方的反應愈來愈激動，這讓奧利佛領悟到不管說什麼都沒用了。原本在一旁練習和觀察狀況的雪拉，也看不下去似的插嘴：

「Mr.安德魯斯，你該適可而止了。再這樣繼續找碴下去，只會讓人懷疑你的品行。」

「Ms.麥法蘭，妳給我閉嘴。我是在和這傢伙說話。」

這次就連雪拉也無法阻止。因為安德魯斯一直咄咄逼人，讓奧利佛也很難溫和地處理這件事情。

「……要怎麼樣你才會滿意？」

「這還用說嗎？你握在手上的杖劍是裝飾品嗎？」

安德魯斯說完後，瞪向對方的右手。少年用杖劍指向奧利佛。

「這次是能使用咒語的綜合戰。這樣我就不可能會輸給像你們這樣的雜草！」

少年同時進行宣戰。對手毫不掩飾戰意，讓奧利佛在心裡嘆了口氣。

「我知道了，我奉陪……就當作是練習賽好嗎？」

「用什麼名義都行，Mr.霍恩，跟我決鬥吧。你之前對我的無禮，我要十倍奉還。」

用險惡的語氣說完後，安德魯斯粗魯地轉身離開，大概是去請嘉蘭德師傅允許他們進行練習賽吧。話雖如此，老師會讓他們在這個階段就進行綜合戰嗎——奧利佛一面這麼想，一面漠不關心地跟在安德魯斯後面。

「——奧利佛，不可以這樣。」

奈奈緒從後面抓住奧利佛的長袍，將他攔下。

「……奈奈緒？」

「你的背影缺乏霸氣。你打算故意輸吧。」

奈奈緒的話深深刺進奧利佛的心。少女以溼潤的眼睛看著他，繼續說道：

「在下討厭那樣。非常討厭……在下不想看見自己命中注定的對手，以那麼空虛的形式落敗。那實在——實在太令人悲傷，太令人難受了。」

奈奈緒以含淚的雙眼，對著少年的背影祈求。

「這不是勝負的問題——既然要戰鬥，就請你全力以赴。」

「——呃，我……」

比起眼前的勝負，更應該考慮未來的人際關係。

就在奧利佛想用這種取巧的理論說服奈奈緒時，他突然察覺自己的失態，慌張地將視線移回前方——安德魯斯緊盯著這裡的雙眼，在在象徵著少年的失敗。

「你就這麼——這麼看不起我嗎？認為我根本不值得你認真。」

「等等，Mr.安德魯斯！我不是這個意思——」

在開口解釋的同時，奧利佛自己也知道已經太遲了——應該要立刻否定才對。如果真的打算故意輸掉賣對手一個面子，那直到最後都應該要裝出認真的樣子。

「你、你……你這傢伙！」

自尊受到傷害者的吶喊響徹教室……打從奧利佛用缺乏幹勁的聲音回應奈奈緒時起，就等於是在告訴對手自己完全沒有戰意。這比任何的辱罵都要嚴重，並在最後傷害了安德魯斯這個少年的自尊——

「你們在聊什麼天啊！認真一點！罰你們多練一百次對打！」

安德魯斯原本還要繼續發脾氣，但被老師的斥責打斷了。雪拉趁機介入雙方之間，大聲喊道：

「既然老師都這麼說了，我們只能遵從。兩位，練習賽的事情就等之後再找機會——這樣可以吧？」

雪拉輪流看向兩人，用比平常還要強硬的語氣進行仲裁。安德魯斯憤怒地咬牙——他瞥了奧利佛最後一眼後，就怒氣沖沖地轉身離開。

「……這下麻煩了……」

下課後，奧利佛和雪拉讓奈奈緒等四人先走，兩人一起靠在沒有其他人影的走廊牆壁上。

「我知道你沒有惡意，但結果總是朝壞的方向發展……事到如今，你們的關係已經沒那麼容易改善了。」

縱捲髮少女嘆了口氣。奧利佛用單手扶住頭，苦悶地說道：

「我對應的方式也有問題，這我有在反省，但即使連這些都考慮進去，Mr.安德魯斯也表現太執著了。他為什麼這麼想誇示自己的力量？這已經不是用性格就能說明的問題了。」

最令人無法理解的就是這點。面對他的疑問，雪拉的臉上浮現出苦澀的後悔之色。

「他以前不是那個樣子……關於這點，恐怕我也要負一點責任。」

奧利佛驚訝地睜大眼睛。雖然他隱約從之前的對話察覺兩人是舊識，但沒想到他們的關係如此親密。

「雪拉？這是什麼意思……」

「我們是青梅竹馬。我們兩人的家庭，從很久以前就有在來往。」

「因為我們同年，所以他在成長過程中經常被拿來和我比較……為了他的名譽，我不方便說太多，但他應該經常覺得自己的容身之處受到威脅。」

雪拉的話裡充滿糾結與苦惱，讓少年大致能夠想像兩人成長的環境——雙方都出自歷史悠久的家族，如果周圍的人經常比較兩人的才能，動輒就強迫他們競爭，那到底會承受多大的壓力。

「也因為這些因素，我們現在都互相跟對方保持距離。如果要我選邊站，我會選擇現在的朋友，也就是你。不過——我也不希望你們像今天這樣爭執。如果能夠正常來往，就會發現他還是有許多優點。」

奧利佛咬緊牙關——就連雪拉的這份體貼，看在安德魯斯本人的眼裡都只是居高臨下的侮辱吧。看著青梅竹馬的個性逐漸扭曲，雪拉一定也試過各種方法挽救。她有時嚴厲斥責，有時溫柔勸導——但在知道這一切都只會造成反效果後，才終於變得只能跟他保持距離吧。

奧利佛深深嘆了口氣……這下難辦了。既然已經想像過事情是如何發展成現在這樣，他也沒辦法只把那位少年當成是個「討厭的傢伙」。

「既然妳都這麼說了，那我也不能不賣妳面子——」

說出這句話的瞬間，少年心裡幾乎已經訂好了方針——這是朋友殷切的請求。而且在第一次上魔法劍課時，他就欠了雪拉一次人情。

「從下次開始，我會一點一點地努力改善和他的關係。如果有必要，就算要我道歉也行。我至少還懂得這點程度的事理。」

奧利佛聳肩答應雪拉的請求，讓後者露出複雜的微笑。

「真高興聽你這麼說……不過既然你沒有錯，就不應該道歉。更何況——Mr.安德魯斯現在可能已經沒有能夠接納道歉的度量了。」

雪拉停頓了一下後，以非常悲傷的表情說道：

「還有，我也跟你一樣，不想讓奈奈緒失望。」

「……要同時達成這兩個目標還真是困難。」

奧利佛如此嘆道。東方少女剛才那個快要哭出來的表情，再次浮現在他的腦海裡。這下他真的不曉得該怎麼辦了。

兩人一起沉默了幾十秒後，縱捲髮少女像是為了打破僵局般說道：

「一直煩惱下去也不是辦法，換個話題吧——關於卡蒂的事情。」

奧利佛的肩膀震了一下。一聽見朋友的名字，他就將注意力轉移到那邊。

「這是我們目前面臨的另一個大問題……上午那件事真的讓我嚇了一大跳。沒想到她居然不惜

面對老師的魔杖，也要保護巨魔。」

「嗯，她的內在比我們想的還要堅強……在承受劇痛咒語後居然還能說出那種話，真是太了不起了。她一定還會再繼續成長。」

「我也這麼認為……前提是不能在那之前就不小心死掉。」

「這就是問題所在——你明白我的意思吧？」

說完後，雪拉從懷裡掏出一張紙片。紙片表面用紅色墨水畫了一個魔法陣，內側則是摻雜了某種生物的體毛。觀察了一會兒後，奧利佛說出自己的推測。

「……是魔法的觸媒嗎？看起來是設置型，而且還是某種陷阱。」

「真不愧是你——這是我今天早上在卡蒂房間前面找到的。」

雪拉語氣僵硬地說道。少年的表情瞬間變嚴肅。

「……有人盯上了卡蒂？」

「看起來只有這個可能。雖然不是足以致命的陷阱，但也超過惡作劇的程度……你應該還記得在入學典禮時的遊行發生的那件事吧？那起事件的犯人至今仍未落網。雖然學校應該有在調查了。」

雪拉拿著某人留下的惡意，繼續以沉重的語氣補充道：

「再加上卡蒂的父母——雖然我不會在本人面前說，但他們在人權派中也算是小有名氣。身為女兒的她，也有可能受到政治方面的波及。」

「……令人擔心的要素非常多呢。」

實際感受到事情的嚴重狀況後，奧利佛托著下巴思索……雖然有許多不確定要素，但只有一件事能夠確定。無論盯上卡蒂的人是誰，有什麼目的——光是默默等待，狀況絕對不會好轉。

「——那麼，我們也自己進行搜查吧。首先——妳可以幫忙查出是誰設置了那個陷阱嗎？幾乎可以確定是女生宿舍的人。」

「嗯，這我當然沒問題。雖然最理想的情況是在對方下次來設陷阱時，當場抓住對方——但這樣太倚賴對方的失誤了。」

冷靜地說完後，雪拉將手上的觸媒收回懷裡。奧利佛也跟著點頭。

「不該被動地等待，我們需要更積極地行動……除了陷阱的事情以外，還有辦法找出對遊行動手腳的犯人嗎？」

「應該很難吧。雖然只要蒐集當天的目擊證言，或許就能知道些什麼，但讓別人知道我們在調查這件事並非上策。」

「真是兩難。要是當時除了學生和老師以外，還有其他人在場就好了——」

此時，少年突然停頓了一下。他想到了某個可能性，抬起視線說道：

「不對，確實是有——只不過並非人類。」

「——哎呀，你們好！」「又見面了呢！」「入學派對好玩嗎？」「應該沒有人尿床吧。」

「啊哈哈哈哈哈！」

在奧利佛提出某個提案後，又過了三天的同一週週末。

現在——六人正一同以微妙的表情，站在吵雜的婦花叢前面。

「……我說奧利佛，我知道我們為什麼要來這裡，但是……」

「凱，別說了。我自己也不喜歡這個方法。」

奧利佛打斷凱後，看著開心地隨莖晃動的妖花們繼續說道：

「不過，今天的狀況比較特別——這裡的驕傲植物從遊行開始前就一直看著這裡。既然這裡有這麼多『眼睛』在，就算目擊了行動可疑的人也不奇怪。」

這就是他們在貴重的假日一起造訪這裡的目的……儘管位於校門外，但盛開之路原本就是金伯利的所有地。只要跟老師說一聲，就能輕易獲得來這裡的許可。雖然必須留意不能超過規定的返校時間，否則就得面臨可怕的處罰……

「原來如此，真是個好主意——不過這樣好嗎？那起事件是在我們穿過校門後才發生。這裡已經離大門很遠了吧。」

「沒問題。生長在同一塊土地的驕傲植物，能夠共享所有個體的記憶。考慮到從校舍看不見這裡。不如說離校門遠一點還比較好。」

校門內側也有驕傲植物的花壇，那些個體也共有相同的記憶。即使如此，奧利佛還是刻意帶大家來到盛開之路——這背後除了剛才提到的理由以外，「還有另一個深刻的原因」。

「這我能夠理解。不過——還剩下一個最大的問題吧。就算我們真的問了，你覺得這些傢伙會好好回答嗎？」

對此絲毫不抱持期待的凱，皺起眉頭說道。聽見他們的對話後，婦花們一齊伸長自己的莖。

「哎呀，什麼？你們是來問問題的嗎？」「別客氣，儘管問吧！」「只要能滿足一個條件！」

婦花們的聲音充滿期待。這個反應，讓奧利佛嘆了口氣。

「它們也這麼說呢……凱，還是有一個方法吧。」

奧利佛低聲說道，高個子少年的表情逐漸扭曲。

「你該不會——真的要做吧。在這裡舉辦地獄的才藝表演大會。」

「沒有其他辦法。我已經做好覺悟了。」

凱倒抽了一口氣。因為其餘四人都還搞不太清楚狀況，奧利佛最後再提醒他們一次。

「每年的入學典禮，驕傲植物的開花狀況都會不太一樣。而結果的好壞除了取決於園藝技術之外，還有在那之前舉辦的活動。六年級生會大舉造訪這裡，毫不吝惜地為在場的植物提供娛樂。換句話說——就是用才藝逗它們笑。」

少年表示這些魔性之花喜歡某樣東西勝過所有肥料——那就是人類這種生物表現出來的滑稽趣味。

「如果想從它們那裡問出正確的情報，就只能履行這項契約——各位，就像我事前說的那樣，你們都想好橋段了吧？」

奧利佛非常嚴肅地用視線依序掃過每個人。卡蒂噗嗤一笑。

「你太誇張了啦！這又不是什麼嚴重的事情。簡單來講，只要做有趣的事情逗它們笑就行了吧？」

捲髮少女自信滿滿地走出來。她站在妖花們面前，意氣風發地說道：

「從我開始吧……快點把事情辦完，跟它們打探情報，然後去教訓盯上我的傢伙吧！」

少女幹勁十足的樣子，讓婦花們充滿期待。

「由妳開場嗎？」「妳要表演什麼？」「真令人期待。」

「呵呵呵，小心別笑過頭，害自己的花瓣都掉光了。做好心理準備了嗎？」

少女無畏地說著，從懷裡掏出一塊摺起來的白布。白布攤開後，面積大到足以輕易蓋住少女嬌小的身軀。她自信滿滿地將布披在頭上——

「那麼，我要上囉！——蕪菁！」

少女在宣告的同時，用布包著自己蹲在地上。

她將手腳縮在肚子底下，將背拱起來，盡可能讓表面變得平滑，像這樣將全身用布蓋起來後，確實是有點像白色的蕪菁(radish)。

「……」「……」「……」「…………？」

但這哪裡好笑了？

因為觀眾完全沒有反應，布底下的少女開始感到焦急。

「……咦、咦？……洋蔥！」

她大喊著轉身，身體跟剛才一樣彎著，但雙手合在一起往上伸直。這個只有一部分突出來的白色球體，確實是有點像剝完皮的洋蔥。

但果然還是不怎麼好笑。

隨著沉默逐漸加深，披著布的卡蒂賭上最後的希望，一口氣伸長手腳站起來。

「——曼、曼德拉草！」

特徵是擁有人形地下莖的魔法植物，曼德拉草。身為人類的卡蒂露出自己的頭部與四肢，強調被白布蓋住的部分是蔬菜，這麼一來確實是有點像。既然前面已經表演了蕪菁和洋蔥，那麼只要冷靜分析，便能明白第三場表演就是所謂「最後的笑點」。

「……」「……」「……」「…………」

但還是得不厭其煩地再說一次，這到底哪裡好笑了。

「嗯，不用再演了。」「妳可以過來一下嗎？」「不如說馬上給我滾過來。」

婦花們停止鑑賞，將卡蒂叫過去了。她戰戰兢兢地走向花壇後，幾十朵婦花便將她團團包圍，一齊開始批評。

「剛才那是什麼？小孩子的遊戲活動嗎？」「到底哪裡值得看？到底哪裡好笑？」「『做好心理準備了嗎』是什麼意思？是要我們準備什麼？」「這樣花瓣當然會掉光。不如說冬天還沒到就枯萎了。」「喂，妳是不是在瞧不起搞笑啊？」「不如說是在瞧不起人生吧？」

少女站著承受婦花們的辱罵。經歷了超過三分鐘的言語暴力後，卡蒂顫抖地轉身，哭著衝進朋友懷裡。

「嗚……嗚哇啊啊！奈奈緒！」

「乖喔，卡蒂。好乖好乖喔。」

奈奈緒抱住哭著跑回來的卡蒂，溫柔地摸著她的頭。捲髮少女接受同齡朋友的安慰，哭著喊道：

「這明明是我的招牌表演！爸爸和媽媽明明每次都會大笑！」

「這樣啊……看來妳的父母都非常溫柔呢……」

察覺朋友成長的家庭是多麼溫暖，一旁的雪拉悄然落淚。在第一個人壯烈犧牲後，奧利佛一臉苦澀地開口：

「……我想這樣大家應該都明白了，驕傲植物的評審非常嚴厲。這個活動真正可怕的地方就在這裡。如果表演得不夠好，最後就會像那樣被包圍，從表演內容到人格都會被徹底否定。就算因為打擊太大而連躺了好幾天，也是常有的事。」

「雖然我有聽說過，但真的比想像中還要悽慘呢……」

「我……我可不幹喔！哪有人明知道會被圍剿，還自己去送死啊！」

皮特激動地搖著頭往後退。奧利佛側眼看向迷惘的朋友們，在責任感的驅使下主動站出來。

「當初提議的人是我——下一棒就交給我吧。」

少年正面面對可怕的觀眾，並立刻吸引了妖花們的目光。

「接下來輪到你嗎？」「剛才那個應該是出了什麼差錯吧。」「你的眼神充滿覺悟，我很期待喔。」

花朵們施壓完後，就安靜下來。在緊張的沉默當中，少年先在腳底埋了一顆種子，然後用魔杖對準那裡詠唱促進成長的咒語。冒出的新芽一下就變成樹苗，然後複雜地糾纏在一起形成一張小桌子。大概是事先對種子進行加工，讓它能成長為這個樣子吧。

奧利佛從懷裡掏出一本書和一組茶盤，放在桌上。皮特瞇起眼睛。從封面上的標題來看，那是一本給初學者看的魔法入門書。

準備好後，奧利佛做了個深呼吸，緩緩開口：

「雖然不才，但我接下來要表演〈菜鳥魔法師的失敗〉。」

在後面觀看的雪拉，一聽見這句話就驚訝地睜大眼睛。

「要演那個劇目……？奧利佛，你是認真的嗎？」

「咦？妳、妳知道那是什麼嗎？」

「怎麼可能不知道！那被稱作魔法喜劇界的純文學，是非常經典的劇目。因為內容深奧又需要高超的技術，所以近年來已經很少有人表演……」

感覺到前後都在關注這裡後，奧利佛開始表演。他先翻開桌上的書閱讀前面幾頁，裝模作樣地

點了幾下頭後，便闔起書本。接著少年充滿自信地拔出白杖，對準眼前的空間——

「**烈火燃燒**（普普朗馬）**！**」

在詠唱咒語後發出火焰。然而——火焰並不是出現在魔杖前端，而是從背後憑空出現燒向他的屁股。

「Oh！Ouch！」

被自己的魔法燒到屁股的奧利佛整個人跳了起來。等火焰消失後，他一臉無法釋懷地交互看向書本與魔杖，露出困惑的表情。就在卡蒂等人看呆的時候，一旁的雪拉趁機加以解說：

「一開始先小試身手。是本來想發出火焰咒語，結果卻沒有從魔杖前端出現，而是從背後燒向屁股的橋段呢。發音也不是弗朗馬，而是帶點口音的普普朗馬。真是個穩健的開場。」

縱捲髮少女頻頻點頭。在他們的觀望下，奧利佛闔起書本放到桌上，再次將魔杖對準空中。

「**烈火燃燒！**」

火焰再次出現。然而——這次也不是在魔杖前端，而是在斜後方的茶杯附近。

「……？**烈火燃燒！烈火燃燒！**」

少年沒發現火焰只是沒出現在他指定的地方，持續詠唱咒語。因為好幾次都沒出現期待的結果，他憤怒地轉頭去拿桌上的書。

「？？？？？？？……Ouch！」

奧利佛確認著入門書的內容，同時將手伸向茶杯打算喝點飲料——但立刻發出慘叫弄掉杯子。

看著他對手指吹氣的動作，雪拉微笑地開口：

「接下來是第二階段。火焰咒語又沒有出現在魔杖前方，還加熱了放在旁邊的茶杯。本來打算喝茶休息一下，結果卻被茶杯握把燙到發出慘叫。奧利佛將這段表演得自然又流暢，看來他練習了很久。」

「呃……那是故意的嗎？」

「那當然。這段表演的重點，就是如何善用難以控制的領域魔法，演出幽默的失敗。接下來就是考驗獨創性的部分了。」

少女看起來充滿期待。在她的視線前方——或許是失敗兩次後終於學乖了，少年開始看入門書的其他頁面，從口袋裡掏出兩顆種子埋在腳邊的土裡，開始嘗試剛才進行事前準備時也施展過的成長咒語。

「**茂密繁盛**（普羅哥羅席歐）！」

這次他也一樣用有點奇怪的發音詠唱。奧利佛注視著腳邊的土壤，但等了一會兒後，依然什麼事也沒發生。

「**茂密繁盛**！**茂密繁盛**！」

認為是效果不夠強的少年，反覆詠唱相同的咒語。此時發生了奇怪的事情。種子明明是種在他前面，芽卻從他背後的土裡冒了出來。

「咦咦咦……？奧利佛，後面！後面！」

植物開始在少年背後成長，讓卡蒂驚慌地大喊。即使如此，奧利佛演的「菜鳥魔法師」還是完全沒聽見，植物就這樣在他沒注意到的地方持續成長。

「？？？……Ｗｏｗ！」

就在少年打算回頭看書的時候，他與盛開的向日葵在近距離「對上」。少年嚇得跌坐在地。他仰望黃色花朵愣了幾秒，但馬上就重振精神站了起來，試著對眼前的向日葵施展咒語。

「……**茂密繁盛！茂密繁盛！**」

少年奮力詠唱，但眼前的向日葵毫無變化。取而代之的是，他後面的地面又開始隆起，新的莖衝破地面，不斷成長。

「？？？？——Ｏｈｈｈｈｈｈｈ！」

覺得不對勁的少年一轉過身，就看見已經長到跟他差不多高的第二朵向日葵。發現自己被兩朵巨大的花前後包夾，少年像是快昏倒般發出哀嚎。雪拉開心地繼續說道：

「漂亮……！不僅以領域魔法發動繁茂咒語，還同時調整了植物的生長狀況，這需要非常精湛的技術！而且居然完全沒看背後，就讓花朵長到剛好跟自己的臉一樣高，實在太令人敬佩了！兩朵花的曲線互相對稱這部分也很美！」

縱捲髮少女興奮地說個不停。一旁的皮特和卡蒂被她激動的情緒嚇到，開始竊竊私語。

「……喂，那好像是很厲害的表演。妳看得懂嗎？」「不……但我發現雪拉在講解自己喜歡的領域時，會變得很不妙。」

兩人沒有像雪拉那樣的魔法鑑賞力，所以完全不懂奧利佛的表演厲害在哪裡。就在他們繼續努力觀賞時，少年已經逃離向日葵的夾擊，開始看入門書的其他頁面，他終於要表演最後的關鍵橋段了。

「**入我掌中（杜凱雷）！**」

奧利佛在詠唱的同時揮動魔杖，對附近地上的小石子施展吸引咒語。雖然這次他的發音沒問題，但等了幾秒後，石頭依然一動也不動。少年露出困惑的表情。

「**入我掌中！入我掌中！入我掌中！入我掌中！**」

他像是想要以量取勝般，依序對周圍的小石子施展咒語，但詠唱了五次依然沒有出現變化。少年氣急敗壞地跺腳。

「嗯……？這次什麼事都沒發生呢。」

「噓！接下來才是重頭戲！」

雪拉激動地要求大家靜觀其變。在他們視線的前方，連續失敗了好幾次的菜鳥魔法師像是已經厭倦，拿起書和茶杯準備停止練習。

然而就在他轉身準備離開的瞬間——原本動也不動的五顆小石子一齊飛向少年的背。

「——Ｏｈｈ？」

背部同時被五顆石頭擊中的奧利佛，就這樣趴倒在地。這個用來收尾的場景，讓雪拉激動地鼓掌。

「……實在是太精彩了……！居然利用延遲（delay）發動調整時間，讓五顆石頭同時擊中背部！明明每個施法目標的尺寸、重量和距離都不同，卻還是漂亮地讓它們同時命中！奧利佛，我已經不曉得該如何稱讚你了！」

少女感動地不斷鼓掌。奧利佛也起身拍掉長袍上的塵土，恭敬地朝觀眾行了一禮。他開始等待評分，驕傲植物們沉默了幾秒後做出審議：

「……嗯～三十分。」

「什麼……？」

最後的結論，讓少年像是被雷打到般大驚失色。婦花們繼續說道：

「呃，確實是很厲害啦？」「嗯嗯。」「令人佩服，居然能練習到這種程度。」

它們興趣缺缺地做出一些評論後，毫不留情地切入核心。

「不過……說有趣好像也不太對。」

「…………！」

「你剛才表演的時候，有人笑嗎？」「沒有人笑吧？大家只覺得佩服。」「雖然也有人大力稱讚你，但幾乎都是針對魔法技術吧。」

雪拉驚訝地看向其他四人。那些困擾又愧疚的表情，殘酷地證明了妖花們的言論。

「你的表演氣氛太緊繃了。」「就像過於正式的傳統技藝，讓觀眾也必須嚴肅地觀賞。」「我們想看的是更單純的搞笑。」

這些話深深刺入奧利佛的內心。過去花在表演上面的心血被人徹底否定，讓他承受極大的打擊，搖搖晃晃地跪倒在地。卡蒂連忙趕到他身邊。

「奧、奧利佛……！」

「……我知道。嗯，我早就知道了……！我的表演十分膚淺！無論技巧再怎麼好，我的表演都讓人感覺不到靈魂，這點我自己最清楚！不過——不過，到底該怎麼做才能讓表演變得有靈魂！努力學習前人的理論，反覆鑽研提升自己的技術——如果這樣還是沒有靈魂，到底要怎麼做才能進步……？」

少年抓著地面苦悶地說道。周圍的同伴連忙設法替他說話。

「怎、怎麼辦，凱，你知道該如何安慰他嗎？」「我也不知道啊！皮特，快說點什麼！」「別因為自己不知道就勉強別人啦！呃，那個……你、你要吃糖果嗎？」

三人的關心完全沒有發揮效果。雪拉見狀，一臉嚴肅地將雙手交叉在胸前。

「……這下麻煩了。我平常就有在看魔法喜劇，所以知道自己無法做出更好的表演。如果奧利佛也不行，那就束手無策了。」

就在情況突然陷入僵局時，東方少女自信滿滿地站出來。

「各位感到棘手了嗎？呵呵呵——那麼，就輪到壓軸登場了。」

「奈奈緒？妳對這個領域也有研究嗎？」

「那當然。每次故鄉舉辦宴席時，主角都是在下呢。」

得意地說完後，奈奈緒脫下長袍交給雪拉，自信滿滿地站到婦花們面前。

「那麼，妖花們，請欣賞在下必殺的肚皮舞——」

少女在宣言的同時，緩緩將雙手伸向襯衫下襬，讓腹部的肌膚隱約從衣服的空隙露了出來——

雪拉和卡蒂火速衝到她身邊，從兩側按住她的手。

「……咦？你們為什麼要抓著在下的手？」

奈奈緒困惑地看向兩位好友。縱捲髮少女一臉嚴肅地搖頭。

「奈奈緒，很遺憾。這個國家的倫理觀，不允許少女在光天化日之下裸露肌膚——卡蒂！請妳就這樣繼續抓著她！」

「那當然！真、真是好險……！」

卡蒂也拚命點頭，兩人合力將奈奈緒拉了回去。東方少女自始至終都一臉困惑，不曉得自己為何被阻止。

看見第三人的挑戰還沒開始就結束，凱嘆了口氣搔著後腦杓說道：

「……真沒辦法。那我就不抱希望地試試看吧。」

少年說完後，就走向妖花。雪拉驚訝地喊道：

「凱，你是認真的嗎？如果做出不入流的表演，可是會被它們圍剿喔？」

「我想也是。不過，我才不會對婦花說的話認真。」

凱聳肩回應後，開始哼起輕快的旋律。

「嘟嘟嚕嘟嘟♪嘟嘟嚕嘟嘟♪」

少年配合旋律舞動手腳，接著緩緩將手伸進披風。

「青椒♪青椒♪」

凱拿出一看就知道很新鮮的綠色蔬菜，然後直接生吃了一口。現場響起清脆的咀嚼聲——少年在將嘴裡的東西全部吞下後，笑著豎起大拇指。

「讚啦（delicious）。」

他以裝模作樣的聲音說完後，再次哼起了相同的旋律，繼續跳舞。少年逗趣的動作，很快就讓卡蒂笑了出來。

「胡蘿蔔♪胡蘿蔔♪」

凱接著從披風裡掏出顏色鮮豔的紅色胡蘿蔔。他用雙手拿著胡蘿蔔，將前端放在嘴巴前面——然後刻意露出前齒，像松鼠般以驚人的速度小口啃了起來。因為他突然露出誇張的表情，讓差點噴笑的雪拉連忙摀住自己的嘴巴。

「讚啦。」

凱將整根胡蘿蔔吃得一乾二淨後，再次豎起拇指，像之前那樣裝模作樣地說道。然後，他開始配合旋律跳第三次舞，這次他從披風裡掏出一顆洋蔥。

「洋蔥♪洋蔥♪」

他邊唱歌邊剝皮。在一旁觀看的朋友們露出緊張的表情。就在他們心裡想著「該不會接下來要

吃這個時」，凱已經剝好皮，並果不其然地吃起了洋蔥。他像是在啃蘋果般迅速吃完後，將嘴裡的洋蔥嚥了下去——然後因為從舌頭直衝腦門的辛辣味，單手扶著頭看向地面。

「…………讚啦。」

即使如此，他仍含淚露出笑容，勉強豎起了大拇指。少年拚命做出的表演，讓皮特開始憋笑。從一口氣吃下一顆生洋蔥的衝擊恢復後，凱學不乖地繼續唱歌。

「櫛瓜♪櫛瓜♪」

他拿出的第四樣蔬菜，讓卡蒂等人驚訝地睜大眼睛——那確實是櫛瓜，還是條全長將近三十公分的大櫛瓜。因為就連尺寸都和少年的手臂差不多粗，怎麼看都沒辦法像剛才那樣一口氣吃完。

凱無視朋友們的不安，轉身背對他們。在好奇接下來會發生什麼事的觀眾面前——響起有什麼東西剛好嵌進去的聲音。等其他人注意到時，凱的臉已經不正常地朝左右兩邊突出。少年緩緩轉頭看向僵住的朋友們——

「讚啦。」

整條櫛瓜都被他塞進了嘴巴裡。他若無其事地用那張變得像青蛙一樣寬的嘴巴，說出和剛才一樣的臺詞——現場瞬間變得一片靜寂，宛如暴風雨前的寧靜。

「「「「「啊哈哈哈哈哈哈哈哈哈哈哈哈哈哈哈哈哈！」」」」」

接著，從驕傲植物之間爆出極度沒品的笑聲。另一方面，卡蒂、雪拉、奈奈緒和皮特，也各自按著肚子或嘴巴痛苦地忍笑。

「……唔……唔……唔……！」「哇哈哈哈哈哈！居然！居然！」「喂，等一下……！我真的不行了，肚子好痛……！」

四人忙著應付尚未消退的衝擊。確認表演成功後，凱啃著從嘴巴裡拿出來的櫛瓜，回到同伴身邊。

「喔，大受好評呢。還好有試試看。」

「呼、呼……凱，剛才那到底是……？」

雪拉調整呼吸，擦著眼角的淚水問道。皮特先一步回答：

「……那、那原本是非魔法師的喜劇演員的表演……我以前也有看過。一個紳士會接連從懷裡掏出蔬菜，在瞬間吃完後露出帥氣表情……就只是這樣的……」

眼鏡少年忍著不讓自己因為回想笑出來。凱得意地拍著他的肩膀笑道：

「最後那個（櫛瓜）是我原創的表演喔。為了讓臉頰能夠伸長，我事先施展了軟化咒語——我從以前就很喜歡普通人的喜劇表演，所以偶爾會瞞著父母偷偷去看。這是我特別喜歡的橋段。據說能夠幫小孩子改掉挑食的壞習慣喔？」

「……凱……」

高個子少年得意地說道。此時一道宛如幽魂般的人影，突然出現在他背後。

「唔喔！奧、奧利佛？」

一道低沉的聲音，讓高個子少年驚訝地轉過頭。奧利佛強硬地抓住凱的肩膀，痛苦地說道：

「……你……你這傢伙……！為什麼辦得到！你就像在呼吸一樣，若無其事地做出了我無論怎麼努力都辦不到的事情……！」

「奧、奧利佛，你冷靜一點！你的表情變得好恐怖？」

「……我懂你的心情。哭吧，奧利佛。沒有人會責備你的眼淚。」

雪拉溫柔摸著少年的背，哀傷地說道。等他們的對話告一段落後，婦花們也總算停止大笑。

「啊哈哈哈！嗯～真令人吃驚！」「好久沒看見這麼受歡迎的表演。」「前兩個人降低了我們的期待，所以又更好笑了。」「今年的一年級生真不可小看，雖然水準落差很大。」

妖花們接連發表評論。看著它們的反應，卡蒂像是突然想起什麼般問道：

「啊——那你們願意回答我們的問題了嗎？」

「嗯，這麼說來，我們原本就是為了這個目的而來。」「我看有些人中途就忘了。」

奈奈緒拍了一下手。皮特受不了似的嘆了口氣。婦花們大動作地搖晃花朵的部分。

「嗯，當然沒問題。」「讓我們笑得這麼開心，不回禮也說不過去。」「儘管問吧。你們想知道什麼？」

「呃，其實——」

卡蒂趁機說明狀況。妖花們聽完後，只思索了幾秒就立刻回應。跟奧利佛他們剛才付出的辛勞相比，落差實在太大了。

「喔，遊行的事情啊——有喔，那時候在你們後面，確實有個孩子做出了可疑的舉動。」

隔天的午休時間。奧利佛等人趁目標對象一個人的時候展開行動。

「不好意思，Ms.麥可蕾，可以跟妳借一點時間嗎？我們有事想問妳。」

奧利佛說完後，就在走廊上堵住一位女學生的去路，後者皺起眉頭說道：

「……你、你是誰啊？給我讓開。」

「Ms.麥可蕾，妳得先回答我們的問題。」

雪拉從女學生背後的轉角現身。叫麥可蕾的女學生一露出焦急的表情，雪拉旁邊的捲髮少女就立刻走向她。

「……唔！」

「我不擅長拐彎抹角，所以就直接問了——入學典禮那天對我施展咒語的人，就是妳嗎？」

卡蒂直接看著對方的眼睛問道。麥可蕾承受不了那股壓力，將視線移到旁邊。

「我聽不懂妳在說——」

「看來沒錯。」「就是她了。」

麥可蕾還來不及否認，就被奧利佛和雪拉打斷。兩人當著僵住的女學生的面，陳述各自的見解。

「視線與表情的變化，紊亂的魔力，僵硬的喉嚨。除了說的話以外，全都藏不住呢。」

問。

「我也這麼覺得。Ｍｓ．麥可蕾，如果想騙我，妳的功力還不夠呢。」

「……唔！」

在兩人的瞪視下，麥可蕾的表情開始浮現出膽怯。確信這是遭人拆穿的反應後，卡蒂生氣地逼問。

「妳就是犯人啊……為什麼！為什麼要做那種事？」

「我、我就說我不知道了——」

「Ｍｓ．麥可蕾，我們有目擊證言，就算妳裝傻也沒用。如果我們跟老師報告這件事，他們應該會對妳用自白咒語。」

奧利佛淡淡地向還想辯解的女學生施壓。麥可蕾一聽見自白咒語這個詞，表情就因為恐懼而扭曲。因為她知道那將伴隨著什麼樣的痛苦。

「如果妳願意現在承認罪行，將動機與背後關係交代清楚，我們也不打算把事情鬧大……可以請妳說實話嗎？」

為了協助對方做出決斷，奧利佛加上了這樣的條件。即使如此，女學生還是猶豫了很久——在評估過祕密與自身安全後，她內心的天平終於傾斜了。

「我——我本來沒打算做到那種程度。我、我只是想嚇嚇妳……！」

麥可蕾變得和剛才判若兩人，拚命辯解。雪拉盯著她說道：

「妳承認啦……冷靜點，一句一句慢慢說吧。先說清楚妳為什麼會盯上卡蒂？」

「……我、我家是正統的魔法師家庭。所以從小就被教導人權派的那些人，和擁護亞人種的傢伙，都是魔法界的恥辱……」

「簡單來講……妳單純只是不滿卡蒂的主張嗎？」

奧利佛以嚴厲的語氣歸納對方的說法。女學生輕輕點頭後，捲髮少女憤怒地說道：

「那妳為什麼不直接跟我說！為什麼要做出這種像偷襲的事情……！」

「…………唔……」

「卡蒂說的沒錯……Ms.麥可蕾，妳那種膚淺的行為，只是貶低了自己隸屬的保守派的品格。」

雪拉跟著嘆了口氣，然後繼續對低著頭咬牙懊悔的女學生說道：

「雖然我還有很多話想說，但考慮到優先順位，還是先換個問題吧——妳的共犯是誰？妳一個人應該沒辦法同時用咒語攻擊卡蒂和讓巨魔失控。」

麥可蕾在聽見這個問題的瞬間，猛然抬起頭，她拚命搖頭說道：

「所以說你們誤會了！照理說事情應該不會變成那樣！我原本只想讓Ms.奧托走到遊行隊伍的前面！然而那隻巨魔卻衝了過來……！」

女學生拚命辯解。奧利佛和雪拉慎重觀察對方的表情變化，然後面色凝重地低喃：

「……看起來，不像是在說謊呢。」「……是啊。」

「咦……那是什麼意思？」

卡蒂有些混亂地歪了一下頭。奧利佛配合自己的推測進行說明。

「雖然她確實用咒語攻擊了卡蒂，但巨魔失控的事情與她無關。Ms.麥可蕾應該是在不知情的情況下被人利用，或是犯案的時機碰巧與犯人重疊……」

「……如果是這樣，那就沒辦法透過她找出共犯了。」

雪拉雙手環胸低喃道。女學生縮起身子陷入沉默，其他三人則是面面相覷。

金伯利內有許多由學校營運的商店，學生們會去那裡購買輕食與飲料，或是包含魔法道具在內的日用品。其中飲料的攤位總是陳列著超過二十種商品，除了固定會賣的暢銷商品以外，其他品項都替換得非常快。

在那當中也有許多大膽的新作，例如前幾個月推出的鮮血柳橙汁，就真的跟字面上一樣是「柳橙汁加生雞血的雞尾酒」。高年級生表示「味道還算能喝，光是能從名字預測味道，就已經算很好了」。

「來，奧利佛。這個紫色的飲料給你。」

「…………喔，謝謝。」

奧利佛將硬幣交給凱，換取他帶來的那個顏色詭異的瓶子……雖然如果隨機購買新商品，就會有很高的機會「踩到雷」，但這種賭博性反而抓住了學生們的心。比起已知的美味，更重視未知的味道——這或許也是魔法師這種人所背負的惡業之一。

「……這狀況真是讓人難以釋懷呢。」

奧利佛下定決心打開軟木塞，向站在旁邊的雪拉搭話。她手上也拿著一個淡紅色的瓶子。

「是啊，感覺就像是以為抓到了蜥蜴，但其實只抓到尾巴。關於巨魔失控的事情，到最後我們還是一無所知。」

雪拉在說話的同時喝了口飲料。細細品嚐過味道後，她稍微皺起眉頭嘟囔著「……是憤怒蕪菁(anger radish)汁啊」。那是一種辣到能當成清醒藥素材的魔法蔬菜。奧利佛佩服地想著真虧她可以只皺起眉頭。

「不過——我們已經知道對卡蒂設魔法陷阱的人，是Ms.麥可蕾認識的一年級生。跟事先預測的一樣，有些保守派的新生打算騷擾卡蒂。」

「比起一一處理那些犯人，更重要的是必須設法阻止這種行為……若放著不管，對卡蒂的騷擾會愈來愈嚴重，甚至波及到奈奈緒與皮特。」

奧利佛說出自己的擔憂，同時喝了口飲料——一股誇張的腥味瞬間通過喉嚨、竄進鼻腔。這喝起來一點都不像飲料，但他對這個風味有印象。是調和變化魔法藥時會用到的海蛞蝓體液。他拚命忍耐不讓自己反射性地吐出來。

「我也是擔心會變成那樣……或許得考慮一下進行政治方面的斡旋。」

雪拉若有所思似的低喃。奧利佛從侵襲嘴裡的味覺衝擊中恢復後，也跟著回應：

「……也可以說我們之前太小看這個狀況了。不過——」

說著說著，奧利佛看向眼前的光景——他們目前人在之前造訪過的魔法生物飼育區。在兩人與奈奈緒、凱和皮特的守護下，卡蒂一口氣喝完自己的飲料，捲起袖子走向關巨魔的籠子。

「嗨，我又來囉！今天一定要跟我好好相處喔！」

「哈哈，妳真有幹勁。不過還是別太焦急比較好喔。牠今天心情看起來不太好。」

密里根對興奮的學妹提出忠告。在她們面前，被關起來的巨魔一直蹲在角落。或許是在警戒人類，牠持續發出低沉的吼聲。

「雖然金伯利的巨魔大多很習慣人類，但自從上次的事件後，這孩子就一直是這個樣子。因為牠連飼料都不吃，所以變得一天比一天衰弱。」

「……牠是在害怕吧。真可憐。」

卡蒂露出心痛的表情。她拿起裝著巨魔用飼料的大碗，靠近籠子向牠搭話：

「你放心，我不是你的敵人。你肚子餓了吧？要吃飯嗎？」

「…………」

巨魔蹲在地上沒有回答，只透過視線觀察少女。卡蒂思考著該如何讓牠解除警戒，然後像是想到什麼般開口問道：

「——密里根學姊，這些飼料是用什麼做的？」

「？只是普通的穀物粥喔？」

「那我也可以吃吧。」

密里根驚訝地張大眼睛。話還沒說完，卡蒂就將手伸進裝飼料的碗，直接用手撈了一口黏糊糊的穀物粥送進嘴裡。咀嚼了幾下後，她將根本沒調味過的穀物粥吞了下去。

「——你看，不用擔心。裡面沒有加奇怪的東西。」

少女笑著說完後，就直接坐在地上，將碗稍微推進鐵籠裡。

「一個人吃不好吃吧。我陪你一起吃吧？」

現場沒有任何人阻止她。那隻巨魔封閉了自己的內心，所有人都知道少女是在用自己的方式陪伴牠。

奧利佛和雪拉瞇起眼睛從後方觀望，然後同時嘆了口氣。

「……看卡蒂現在這個樣子，就算要她行動時多注意別人的眼光也沒用吧。」

「是啊……無論形式如何，在金伯利都是意志堅定的人最強。她正在培育這個部分，我不想摘掉那根仍在成長的新芽。」

雪拉以痛切的表情說道。奧利佛也點頭同意，繼續開口：

「只能設法在同學與高年級生中多找一些同伴了。這就是對那些厭惡卡蒂的集團最有效的牽制。」

「沒錯。就這個層面來說，能認識密里根學姊真的是非常幸運。她是兼具實力與人望的人權派四年級生——對卡蒂來說，再也沒有比她更可靠的同伴了。」

雪拉看向站在卡蒂背後的魔女，接著突然向一旁的少年問道：

「關於增加在校內的同伴，雖然我也會按照相同的方針行動……但你有人選嗎？」

「我之前也說過，我的大哥和大姊是高年級生……只要我跟他們提起這件事，他們應該會願意幫忙吧。」

少年支支吾吾的態度，讓縱捲髮少女露出困惑的表情。

「講是這樣講，你的表情看起來卻很沉重呢。」

「是啊。因為這等於是才剛開學，就要向他們報告我無法照顧好自己……坦白講，如果情況允許，我真希望能晚點再向他們求助。」

奧利佛閉起眼睛嘆了口氣。雪拉一聽，嘴角就浮現出微笑。

「奧利佛，我對你這點非常有好感喔。」

「……？我明明是很沒出息地在發牢騷。」

「不……雖然你心裡有著確實的驕傲，但還是能以朋友的安全為優先。這讓我對你的為人非常有好感。」

雪拉率直地評價朋友的為人——但下一個瞬間，就露出了陰沉的表情。

「或許Mr.安德魯斯原本也有機會變成這樣……只要我不在他的身邊。」

雪拉痛苦地咬緊嘴唇如此低喃。她應該已經像這樣自責過無數次了吧。在明白這點的情況下——身為目前陪在她身邊的朋友，奧利佛用力搖頭回應。

在卡蒂努力和巨魔交流的時候，奧利佛和雪拉也一直在設法改善狀況，他們就這樣匆匆度過了幾個星期。然而這段期間，他們周圍的環境仍逐漸在惡化。

「——喂，你剛才有看見嗎？那傢伙又跑去找巨魔了。」

在下午的課程開始前，教室裡聚集了等著上魔法史課的學生。此時其中一個學生開始說卡蒂的壞話，聽的人也跟著嘲弄她。

「真虧她有辦法一直和那種遲鈍又野蠻的生物混在一起。唉，大概是因為她本人也一樣遲鈍吧。」

說話的人明顯是在侮辱卡蒂，其周圍的人也跟著偷笑。他們看準本人不在教室，甚至根本沒在壓低音量。

「…………」

在同一間教室的角落，奧利佛默默側耳傾聽。他最近愈來愈常聽見朋友的壞話，即使表面上裝得若無其事，少年的內心依然感到憤怒。

「我是不怎麼在意啦，但真希望她回教室前能洗個澡。她害教室裡都充滿了巨魔的臭味。」

「啊哈哈！你這樣說太過分了啦！」

學生們捏著鼻子的樣子，讓奧利佛憤怒地咬緊牙關——這根本就是在胡扯。為了不讓其他學生感到不愉快，卡蒂總是隨身攜帶除臭的魔法藥。雖然巨魔確實擁有獨特的體味，但她從來不曾將那些味道帶進教室。她是會在這種事情上細心的女孩。

「……那些傢伙到底是怎樣啊。」

凱氣得準備從座位上站起來，但奧利佛抓住他的手加以制止。

「凱，皮特，先暫時別管他們吧。在這裡起爭執也沒意義。」

「就算你沒這麼說，我也不打算介入……但那些人最近真的做得太露骨了。」

坐在旁邊的眼鏡少年，翻著教科書說道。在這段期間，那些學生依然說個不停。

「話說怪人果然會互相吸引呢？那傢伙周圍的朋友，也都是些怪人吧？」

「啊～我知道！是在說那個武士吧！」

「那傢伙真是太好笑了。明明咒語學課已經上到第七堂了，她卻連個火焰咒語都用不出來喔？真的是除了劍術以外就一無可取！」

持續從那裡傳來的笑聲，讓凱的嘴角因為憤怒而扭曲。

「……那些傢伙，這次換嘲笑奈奈緒了。」

「真是無聊。他們該不會以為貶低他人，就能抬高自己的身價吧。」

「…………」

奧利佛默默低著頭。此時，那些問題學生又再次將話題的矛頭轉向卡蒂。

「你們聽我說。我曾經看過奧托那傢伙在和巨魔說話呢。」

「嗯？什麼，她會和巨魔說話啊？怎麼說？」

「這個嘛——噗哧，真的是太好笑了……她會模仿叫聲。」

「啊？模仿叫聲……巨魔的嗎？」

「沒錯！她會學巨魔叫！而且那聲音聽起來超怪的！」

那個學生拍著大腿笑道。光這樣他還不滿足，甚至得意忘形地開始「模仿」。

「我模仿給你們看——HO～FO～FOO～～」

「噗——啊哈哈哈哈！那是怎樣，太好笑了吧！」

「好噁心～！笑死我了～！」

學生們肆無忌憚地大聲喧嘩。這已經遠遠超過在背後說別人壞話的程度。凱用力握緊拳頭。

「……喂，這樣還必須忍下去嗎？」

「…………」

奧利佛沉默不語，集中心力抓著朋友的手臂——不可以著急。如果現在感情用事指責他們，只會讓對立浮上檯面，增加更多敵人。別說是讓問題變得更難解決，甚至還會讓卡蒂受更多的苦。

「——呼，呼！……總算趕上了！」

「差一點就遲到了呢！」

此時——身為當事人的卡蒂和奈奈緒衝進教室，她們還不曉得教室內是什麼狀況。學生們突然安靜下來。奧利佛本來以為那些人應該不至於在本人面前亂來——

「來啦！專家登場了！」

「咦？」

但就連這樣的期待都落空了。剛才帶頭炒熱話題的學生，順勢將出現在教室的本人也捲了進來。周圍的學生瞬間露出驚訝的表情，但還是有幾個人配合地說道：

「喂，妳很會模仿巨魔的聲音吧。叫幾聲給我們聽聽看吧？」

「是像這樣嗎？HO～！FOO～！」

「咦，呃，那個。」

這個突然的狀況，讓少女一臉困惑。就連這理所當然的反應都被當成取笑的題材，那些不懂事的學生愈來愈得寸進尺。

「喂，怎麼啦，忘記怎麼說人話了嗎？」

「唉，我就說吧。誰叫她要一直學巨魔叫。」

「奧托同學，妳這樣不行喔～這裡是人類的教室喔～？」

「妳乾脆搬去和巨魔一起住好了～？反正妳喜歡到每天都去找牠～？」

奧利佛在心裡拜託他們閉嘴。這些令人想吐的骯髒言論甚至讓他感到頭暈。

簡直就是完全相反。如果這裡是人類的教室，那他們才是搞錯地方的人。「為什麼不把他們都關進籠子裡」？如果他們連將拚命想要拯救性命的人當成笑柄是多麼低劣的行為都不曉得——那他們究竟跟畜生有何分別。

「……你們幾個。」「混帳，給我適可而止——！」

奈奈緒察覺有人在侮辱自己的朋友，凱則是再也忍不下去站了起來，就在兩人各自準備行動的瞬間——

「**瞬間爆裂**（弗拉葛）。」

一道咒語在教室上方炸裂，一擊就讓那些不堪入耳的粗俗言論安靜下來。

「呀！」「唔哇！」「咿……？」

突如其來的爆炸聲與火花，讓那些將卡蒂當成笑柄的學生發出慘叫。他們就這樣愣了幾秒——之後察覺這是怎麼回事的人，開始接連看向原因。

「你——你這傢伙！」「幹嘛突然這樣？」

所有人的視線都充滿敵意，而獨自承受那些視線的不是別人，「正是奧利佛」。他伸直的右手，握著剛發出咒語的白杖。

「喂、喂，奧利佛……？」

一旁的凱戰戰兢兢地向少年搭話。奧利佛表情不變地說道：

「——凱，你會打架嗎？」

少年簡短詢問，眼神充滿怒氣。這和他平常的落差實在太大，讓凱一時說不出話來——但下一個瞬間，凱就露出非常開心的笑容。

「……哈哈哈，我又喜歡上你了。」

高個子少年如此回答後，吐了一口氣。接著用右拳打了一下左掌。

「打架就交給我吧——別小看農家的孩子啊。」

「請讓武家的孩子也一起加入。」

聲音來自與兩人之間隔了幾張桌子的教室入口。在默默站在那裡的卡蒂旁邊，奈奈緒毅然地如此說道。被他們這麼一挑釁，那些問題學生一齊發難。

「你、你們這是怎樣……！」「想打架嗎！」

少年與少女們接連拔出白杖。包含奧利佛自身在內，沒有人拔出杖劍，這是他們最後的自制心。

即使如此，一場爭鬥已經無法避免。其中一個學生像是要回敬奧利佛般詠唱咒語，凱壓低身子躲開魔法，直接用鞋底將對方踢飛——以此為信號，一場波及整間教室的泥沼般的亂鬥就此展開。

在陰暗的房間內，縱捲髮少女當著朋友們的面深深嘆了口氣。

「……我真的不曉得該說什麼了……」

就結果而言——那場亂鬥才開始不到五分鐘，就有老師趕來。當時鬧事的所有人都被鎮壓，奧利佛等人也理所當然地被扔進了反省室。

「我打倒五個人，沒什麼遺憾了。」「在下也摔了十個人！」

右眼瘀青的凱，以及毫髮無傷的奈奈緒滿足地說道。他們各自被關在三個用薄薄的牆壁區隔開

的小房間——也就是懲罰房裡。

另一方面，沒有參與打架的卡蒂和皮特並未被責備。兩人與當時獨自在其他教室上課的雪拉，一起站在反省室前面。

「唉……雖然這樣講不太好，但凱與奈奈緒都算是在預料之內……不過，奧利佛。沒想到你也跟他們一樣。」

雪拉在得知第一個動手的人是奧利佛時，感到非常意外。在陰暗又狹窄的反省室內，少年低著頭咬緊牙關。

「……我真的完全無法辯解。儘管責備我吧……」

他沮喪地勉強從喉嚨裡擠出聲音。看見少年如此無精打采，卡蒂忍不住握住小窗上的鐵欄杆。

「……我怎麼可能，會責備你……！」

卡蒂用力搖頭，哭著說道。她非常後悔自己因為太過驚訝，而沒有參加那場亂鬥。無法和眼前的朋友接受相同的懲罰，讓她感到非常難受。

「……對不起……對不起，奧利佛……！你是為了我生氣吧……！奈奈緒和凱也一樣……！都是因為我沒有回嘴，事情才會變成這樣……！」

「不對……卡蒂，不是這樣的。妳不需要負任何責任。是我沒辦法在必要的時候好好克制自己。就只是這樣而已……」

少年抱著自己的頭不斷反省。在他右邊的小房間，凱不屑地說道：

「那樣就行了啦。如果只是在背後說壞話也就算了，他們可是當著卡蒂的面侮辱她喔。我覺得那時候是生氣的最好時機。」

相較之下，凱的表情看起來一點都不後悔。卡蒂擦乾眼淚，將臉轉向凱。其實讓她感到最意外的一件事，就是凱也被關在這裡。

「……凱也很氣我被人瞧不起嗎？」

「啊？那當然。朋友被貶低成那樣，我怎麼可能不生氣。」

凱驚訝地反問。儘管針對亞人種的問題，兩人從入學典禮以來就一直意見相左，但少年似乎認為那件事與今天的事一點關係也沒有。卡蒂破涕為笑，一旁的雪拉則是嘆了口氣。

「……我不打算針對已經結束的事情責備你，而且心情上我也跟凱持相同意見。不過，這件事已經讓我們徹底與他們對立了。」

即使表示自己也有同感，雪拉還是道出了嚴峻的事實。奧利佛也一臉苦澀地點頭。既然他被關進了懲罰房，這個任務就落在雪拉一個人身上了。

「那些騷擾卡蒂的學生，恐怕目前也在尋找擁有相同想法的學生增強勢力。我們這邊有麥法蘭在，所以他們應該會想找個家世相當的人當靠山。至於他們會找誰……奧利佛，你應該心裡有數吧？」

少年一聽就懊悔地咬牙。他當然也很擔心這件事。他們原本就同時面臨許多問題——以那場亂鬥為契機，這些問題或許會結合成一個更大的威脅。

對話在沉重的氣氛中結束。此時——一道微弱的振翅聲打破了沉默。

「啊……」「……是使魔嗎？」

一隻小蝙蝠從房間入口飛進來後，就一直在雪拉頭上盤旋。她將食指平放充當棲木後，那隻蝙蝠就立刻停在上面。縱捲髮少女收下綁在牠脖子上的信封，在打開並確認過內容後，她向同伴們宣告：

「才剛提到就來了——奧利佛，奈奈緒。Mr.安德魯斯送挑戰書來囉。」

這句話，讓奧利佛領悟到最壞的預測已經成真了。

第三章

Colosseum
圓形競技場

在教室內的那場騷動後，又過了兩個星期。現在已經超過晚上八點。即使知道「侵蝕」已經開始，奧利佛等六人在上完課後依然沒有回宿舍，繼續留在夜晚的校舍裡。

「——喔，你們來啦。」

「我們會帶你們到會場。杖劍準備好了嗎？」

一行人抵達信裡指定的那間位於校舍三樓的教室後，就發現已經有兩個陌生的二年級生在那裡等待。奧利佛搖頭回答兩人的問題。

「還沒，所以請等我們一下——各位，拔出杖劍吧。」

奧利佛轉向同伴下達指示。其他人立刻點頭，拔出愛劍。

「照之前教的做吧——**磨利吧**（亞庫杜斯）。」

「「「「「**磨利吧**。」」」」」

五人跟在奧利佛後面詠唱。所有杖劍的劍身瞬間發出藍色的光芒。鍛鐵的光芒如波浪般掃過劍身後收縮消失，接著原本沒有刀刃的六把劍，就像是想起自己原本的樣子般重新恢復銳利。

「聽好了，各位——一旦覺得自己有危險，就要毫不猶豫地攻擊。」

少年一臉嚴肅地宣告，其餘五人也點頭回應——雖然學生平常只能佩帶沒有刀刃的杖劍，但學校默認學生在進入迷宮時這麼做。這是因為探索迷宮遠比在校舍時危險，學生們必須自行處理遭遇

的威脅。

所有人都準備好後，奧利佛通知兩位二年級生，接著兩位二年級生就毫不猶豫地轉身走進掛在牆上的巨大油畫。畫的表面掀起一陣波紋，將他們的身體吸了進去。奈奈緒發出驚嘆。這是校內其中一個通往迷宮的入口。

「我來帶頭。雪拉，妳可以幫忙殿後嗎？」

「交給我吧。那麼，我們出發吧。」

雪拉答應了一聲，繞到一行人的最後面，奧利佛確認過後，就走進畫裡。在感受到一股彷彿穿過黏稠液體的奇特感覺後，眼前突然出現完全不同的景色。那是一條被濃稠的黑暗籠罩，看不見盡頭的陰暗通道。

「一年級生，要好好跟上喔。」「如果迷路，我們可是會直接丟下你們。」

兩位二年級生壞心眼地說完後，就開始前進。負責殿後的雪拉等所有人都通過入口後，才慢一步趕上奧利佛他們。一行人的腳步聲，在廣大的空間中迴響。

「……吶，奧利佛，你知道我們要去哪裡嗎？」

「這問題有點困難。如果只是要決鬥，迷宮裡有非常多適合的地方……」

關於這一點，奧利佛也無法預測。安德魯斯送來的信裡只有寫「在迷宮第一層進行決鬥」，但並沒有記載具體地點。

「……包含決鬥邀請在內，這會不會是陷阱啊？」

「應該是不太可能。特別是事情已經鬧得這麼大。」

皮特不安地問道，但奧利佛如此斷言——出身名門的魔法師主動提議決鬥，算是非常重大的事情。

即使靠偷襲或圍剿的方式取勝也沒有意義。安德魯斯單純只想獲得勝利與名譽，這些都是必須透過正統程序才能取得的東西。和之前被四年級生與五年級生包夾的那起事件相比，這次應該不太可能會有生命危險。

「…………」

經過幾條岔路，並持續走了二十幾分鐘後。一行人抵達通道盡頭，兩位二年級生在一扇朝左右開啟的大門面前停下腳步。

「我們到了。進去後，兩位參加者就直接繼續往前走，其他人看是要去左邊或右邊的觀眾席。」

「啊？觀眾席？」

凱困惑地問道。兩位二年級生在他面前齊聲詠唱咒語。大概是開鎖用的暗號吧。沉重的大門開始朝左右開啟——門後面的場景，讓六人倒抽了一口氣。

「——是圓形競技場啊。」

奧利佛低喃道。沒錯——出現在他們眼前的，是鋪滿了白沙的廣大圓形廣場，以及從偏高的位置環繞廣場的無數觀眾席。

從座位數來看，這裡最多能容納約三百人，而且已經坐滿了八成的觀眾。以同類型的競技場來說，這裡還算小……但考慮到這只是迷宮內的其中一座設施，這樣的規模已經足以讓人驚訝了。卡蒂張著嘴巴呆站在原地。

「……怎麼會有這麼多人……」

「一年級生和二年級生加起來，應該來了一百多人。雖然沒有更高年級的學生……但Mr.安德魯斯這次是認真的呢。」

雪拉快速環視周圍。接著後面的兩位二年級生，催促他們快點入場。她點點頭後，轉向奧利佛和奈奈緒。

「我們四個就先去觀眾席了。但如果有什麼萬一——」

奧利佛察覺她的意思是如果出了什麼意外，就會立刻進去搭救，但他搖頭回答：

「不，雪拉。請妳專心保護其他三個人。我們會自己想辦法。」

「奧利佛？可是——」

「妳原本就已經要照顧三個人。如果妳還得花精神在我們身上，反而會更加危險。」

少年在考慮過所有風險後，提議按照這樣分擔。雪拉思索了幾秒後，也同意了這個方針。

「……我知道了。那麼，祝你們兩位武運昌隆。」

雪拉牽著不安的卡蒂，帶凱和皮特一起前往觀眾席。奧利佛目送他們離開後，看向東方少女。兩人互相點頭，正要走向競技場中央時，背後的二年級生再次開口：

「先別急著進去，接下來還有示範表演。」

「示範表演？」

奧利佛驚訝地皺起眉頭。在他們進來的入口對面的另一扇大門開啟，從那裡走出一個熟悉的長髮少年——準備了這個場所的安德魯斯。他舉起手回應從觀眾席傳來的歡呼，走到競技場中央。

站在會場中央的少年，舉起右手的杖劍當作信號。接著在觀眾席的正下方——設在競技場邊界的其中一個鐵欄就打開了。從鐵欄後面的暗處，衝出一道身影。

「GUUUUUUU！」

那道身影擁有形似人類的四肢，但指尖都是銳利的爪子，不僅全身長滿堅硬的體毛，頭部更怎麼看都是狗。那是叫犬人的亞人種。從不同鐵欄放出的三隻犬人，分別從三個方向發出吼聲，衝向安德魯斯。

「**疾風斬裂**（因佩杜斯）**！**」

安德魯斯從容不迫地詠唱咒語迎擊，從他的杖劍放出的風刃，一口氣切斷了打頭陣的犬人雙腳。他同時轉身繼續詠唱，輕鬆將另一隻犬人制伏。

「GAAAAA！」

然而，最後一隻犬人已經來到他的面前。從現在開始詠唱根本來不及。犬人用來撕裂獵物的爪牙逐漸逼近——但少年冷靜地用右手的杖劍迎擊。

「喝啊！」

他壓低身子，躲過犬人的尖牙，在與犬人擦身而過時朝牠身體橫向揮了一劍。腹部裂開的犬人噴血倒地。觀眾們為安德魯斯的精彩表現歡呼。在氣氛異常熱絡的競技場內，奈奈緒一臉嚴肅地問道：

「……奧利佛，這是怎麼回事？」

「……狩獵犬人。這是魔法師之間的傳統狩獵競技。因為受到人權派的批判，所以近年來已經逐漸廢止……」

奧利佛在說明的同時，心裡也開始有不好的預感。此時，剛完成示範表演的安德魯斯，緩緩走向兩人。

「Mr.霍恩，Ms.響谷。需要為你們說明這場競技嗎？」

「Mr.安德魯斯，在那之前，請先說明你的目的——這到底是怎麼回事？你找我們出來不是為了決鬥嗎？」

奧利佛沒有配合對手的步調，先提出自己的問題。長髮少年不屑地笑道：

「請你別太得意忘形了。即使用普通的決鬥方式贏過你們，我也無法獲得任何名譽。既然對手的水準比自己差，當然要做出讓步吧？」

安德魯斯指著競技場說道。奧利佛面露難色——看來對方果然是這個打算。

「所以這次你們兩個就一起上吧。我和你們輪流狩獵犬人，用狩獵的數量來決勝負。跟你們正常決鬥實在太不成熟了，這樣你們姑且還有一點機會能夠獲勝。」

安德魯斯刻意強調這是讓步，但奧利佛當然不會坦率接受這個說法……講好聽一點是二對一，但對手明顯是這種競技的老手。相較之下，自己只知道大概的規則，奈奈緒更是第一次看見犬人。問題不只是經驗差距。犬人狩獵的重點是必須優雅地收拾獵物。因此在競技期間不能受傷，參加者一被犬人攻擊到就算失去資格。這對奈奈緒來說是壓倒性地不利。她到現在還沒學會攻擊咒語，所以在這場競技中只能近身戰鬥。只靠一把刀應付來自四面八方的犬人，不可能從頭到尾都不受傷。

「……原來是這樣啊。」

奧利佛也發現這就是安德魯斯的目的……二對一聽起來像是讓步，雖然安德魯斯藉此強調決鬥的公平性，但實際上這是一場對他極度有利的「不會輸的」戰鬥。儘管在讓對方選擇場地的時候，奧利佛就知道多少得面對一些不利，但沒想到對方居然準備得如此周到。

「…………」

但奧利佛同時也這麼想——在明白一切的情況下配合對手也是一個手段。畢竟這原本就不是只要贏了決鬥就能解決的問題，所以或許應該趁機賣安德魯斯一個面子，再利用這個結果來改善關係。和之前不小心被對方看穿自己沒有戰意時的情況不同，這次想自然地輸給對方並非難事。

就在即將決定好方針時，他看向一旁的少女——或許是為了避免觀眾在決鬥開始前感到無聊，競技場那裡現在仍有二年級生在進行示範表演。奈奈緒一語不發，專注地看著那個景象。

「喂，工作人員！有獵物逃到角落囉！」

「啊，抱歉。比較膽小的傢伙就會這樣。」

負責競技的學生一提出要求，負責監督的二年級生就進入場內，走向緊抓著鐵欄哭叫的犬人。因為近距離看見先被放出去的同伴遭到殺害，那隻犬人表現得非常害怕。

「喂，臭狗，別逃啊，快去戰鬥——**受鞭打吧**（多羅爾）。」

學生冷淡地詠唱劇痛咒語，被施法的犬人發出慘叫在地上打滾。學生繼續揮動魔杖威脅，在恐懼的驅使下，犬人只能勉強自己起身。已經無路可逃的牠，拖著顫抖的身體回到競技場中央。

「好，搞定了……但在牠們變成這樣前先解決掉，也是技術的一部分吧？」

「吵死了。你們才應該好好管教這些狗。」

負責競技的學生不悅地回應，將杖劍對準獵物。犬人拚命發動的突襲沒有成功，在被咒語斬斷一隻腳後跌倒在地——

「？唔喔！」

但犬人倒地後，仍繼續扭動身體試著咬向對方。學生千鈞一髮的躲開，腳邊響起犬人咬空的聲音。那怎麼看都不算優雅的光景，讓觀眾們爆出笑聲。

「哈哈哈！剛才真可惜！」

「反正你有兩隻腳，別那麼小氣，讓牠咬一下又不會怎麼樣？」

觀眾任性地奚落表演者，而這也是一種常態，因為他們不只想看出色的演技，也期待能看見滑稽的失敗或出乎預料的意外——簡單來講，就是愈見血愈興奮。

「…………」

「？怎麼了，奈奈緒？」

奧利佛不安地看向身旁的少女，她散發的氣息變得愈來愈銳利。奈奈緒無視少年的擔心，默默往前走了幾步，用力吸了一口氣。

「——喝！」

少女發出宛如雷鳴的吼叫聲。爆炸性的音量，癱瘓了現場所有人的耳朵。

「——各位，這到底哪裡有趣了？」

東方少女在瞬間陷入寂靜的競技場中心，向群眾問道。明明這次並沒有特別大聲，她的話還是莫名傳入所有人的耳裡。就像過去在戰場上那樣，她的聲音蓋過所有雜音，響徹整個空間。

「在下再問一次，這到底哪裡有趣了？強迫沒有戰意的傢伙上戰場，比賽誰虐殺的數量比較多——而且現場大部分的人，甚至都沒有親自下場，只是坐在高處觀看。難道各位都沒有自覺到自己現在的樣子是多麼醜陋嗎？」

少女環視觀眾席，繼續說道。即使出生的國家不同，同為在腰間佩劍之人，少女詢問這些人的驕傲究竟在何處——

「……奈、奈奈緒生氣了……」

在陷入寂靜的觀眾席的某個角落。從安德魯斯開始進行「示範表演」後，就一直在批評犬人狩獵的卡蒂，這時候也停下來注視著眼前的場景。凱、皮特和雪拉，也一樣看得目瞪口呆。

「……我第一次看見她生氣。」

「……嗯，而且還是在滿是敵人的客場。」

縱捲髮少女偷偷環視周圍。因為突然被人責備而嚇呆的觀眾們逐漸回過神，開始生氣地表達不滿和抗議。

「那、那傢伙在囂張什麼啊……」「哈哈，那個一年級生口氣真大。」

「吵死了！不想打就回去啊！」「對啊！我們是來看這個的！」

為了掩飾自己的心虛，觀眾激動地大喊，現場再次變得嘈雜。

「…………」

即使承受眾人的怒罵，奈奈緒依然動也不動地站著。

不管等多久，都沒有人真的採取行動。儘管從高處觀看的觀眾們拚命用各種詞彙辱罵少女，但沒有一個人走下來教訓這個囂張的新生。即使被人質問自己的驕傲，他們終究只是來看表演的觀眾。

東方少女花了很長的時間確認這個事實——最後，她轉身離開。

「——奧利佛，我們回去吧。」

「奈奈緒……」

「這裡沒有值得你與在下拔劍的戰鬥。」

奈奈緒說完後，就直接踏出腳步。少年第一次覺得她的背影看起來如此寂寞。就在奧利佛不曉得該怎麼向她搭話時，背後傳來驚訝的聲音。

「等、等等，Ms.響谷！妳要去哪裡？」

安德魯斯連忙衝向準備離開的少女。奧利佛抱頭懊惱。從安德魯斯的立場來看，這是理所當然的反應——但從剛才那一幕來看，不管再怎麼說服，奈奈緒都不可能參加犬人狩獵。看來在事情變得麻煩之前，得設法想出其他的妥協方案。

「……Mr.安德魯斯。雖然不好意思讓你如此大費周章，但坦白講我對犬人狩獵也沒什麼興趣。能不能改成正常的決鬥？這樣奈奈緒應該也會全力回應你。」

「別開玩笑了！為了準備這場競技，你知道我花了多少工夫嗎？」

安德魯斯激動地大喊。雖然對奧利佛來說，這只是對方在沒有事先商量的情況下擅自準備的舞臺，但他也不是不能理解對方的為難。聚集了這麼多人並炒熱氣氛後，卻無法舉行關鍵的對戰，這樣應該會惹很多人不高興吧。

而且並不是只有安德魯斯不樂見這樣的展開。打算從進來的門離開的少女，被一群熟悉的一年級生擋住了去路。

「喂，武士，給我回去。」「別太囂張了。乖乖照我們說的話做。」

「我們根本就不打算放妳走。」「妳想就這樣被圍剿嗎？」

學生們帶著敵意威脅奈奈緒。他們正是之前對卡蒂出言不遜的那些人。唆使安德魯斯的應該也是他們吧。他們擺出如果奈奈緒不回去參加競技，就要訴諸武力的態度，但這反而讓奈奈緒露出笑容。

「……嗯，在下更期望這種發展呢。」

諷刺的是，少女說這句話時甚至還流露出安心。她將手伸向刀柄，雙方的氣氛變得一觸即發。這次和上課時不同，雙方的杖劍都有刀刃，一旦起衝突就無法避免流血。

「妳、妳打算拔刀嗎？」「正、正合我意！」

「欸——等等，真的要打嗎？」「她看起來就是想打的樣子。」

他們大概以為只要用人數威脅，奈奈緒就會放棄吧。面對態度堅決的奈奈緒，他們明顯開始退縮。奧利佛嘆了口氣……這些人未免太悠哉了。如果眼前的少女有那個意思，他們當中已經有一半的人被砍倒了。

「……他們好像吵起來了。」

「隨便怎樣都好啦。我們到底要等多久啊？」

另一方面，負責進行示範表演的二年級生們，也開始覺得狀況不太對勁。為了不讓觀眾感到無聊，他們必須在重頭戲開始前和犬人戰鬥。

「……？下一批犬人沒從鐵欄裡出來喔！」

「又來啦？真沒辦法。」

競技者一指出這點，負責監督的學生就又得過去處理。這場競技最麻煩的部分就是管理犬人，所以這種情況並不算稀奇。話雖如此，如果一直發生這種意外，就會讓氣氛冷掉。

學生舉起右手的杖劍，觀察鐵欄內的狀況，然後發現五隻犬人一起縮在角落發抖。他露出困惑的表情。為了避免這種狀況，競技當天的飼料應該都有摻興奮劑，但今天的犬人看起來特別害怕。

「喂，快點出來。不然就等著吃苦頭──」

學生一伸出杖劍威脅，與犬人反方向的暗處就突然浮現出一對閃亮的眼睛。

「咦？」

學生驚訝地將杖劍轉向那裡。這裡應該只剩下五隻犬人──他只有一瞬間能夠悠哉地想這件事。才剛感覺到有一陣風和氣息靠近，下一個瞬間，他的身體已經飛到競技場的半空中。

「──咦？」

負責監督的學生吐著血在地面彈跳了幾下，然後就再也不動了。在競技場內目睹了這一切的二年級生，在看見接下來的光景後變得更加驚訝。

「KUUUUUU……」

一頭魔獸發出吼聲，從鐵欄內的暗處現身。那不是犬人——在燈光的照明下，能看出那頭魔獸的身高至少超過兩公尺。牠擁有接近人類的骨格，以及看起來充滿彈性的肌肉，搭配細長的手腳，讓人感覺具備強大的爆發力。魔獸的四肢都有著銳利的鉤爪，頭部的鳥喙則明顯是屬於猛禽類。除此之外，牠全身的羽毛有一半已經脫落，到處都能看見裸露在外的皮膚。

「呃——這是什麼。喂，工作人員——」

面對未知的威脅，他首先想到的是叫工作人員來處理——這對他來說是致命性的失誤。發現新獵物的魔獸開始奔馳，其速度遠遠超出學生的預料，導致他根本來不及迎擊——

「——唔喔！」

魔獸的鉤爪穿過學生慌張伸出的杖劍，由下往上深深刺入他的腹部。他還來不及感到疼痛，魔獸就已經將腳收了回去。而且那四根鉤爪「依然是握著的」。

「——呃啊啊啊啊啊？」

學生爆出慘叫。在他痛到失去意識的前幾秒，他清楚看見了自己「肚子裡的東西被拉出來的景象」。

「唔——？」「喂，情況不妙！」「快點壓制那傢伙！」

負責管理的二年級生們察覺情況不對，接連拔出杖劍衝進競技場。他們一起詠唱，朝代替競技者站在場地中央的魔獸放出咒語。

「ＫＩＡＡＡＡＡＡＡＡＡＡＡ——！」

魔獸發出震耳欲聾的咆哮。牠的周圍颳起猛烈的強風，將襲向牠的魔法全部打消。二年級生們嚇到僵住。一對眼睛高傲地看著這些人。

「這、這傢伙——！」「牠要來了！快準備迎擊！」

發現對手的戰力非比尋常後，魔法師們進入備戰狀態。他們詠唱的咒語四處飛散，但完全無法阻止魔獸的奔馳。牠每次揮動那對鉤爪，都會濺起大片血花。有規則守護的競技已經結束，真正的戰鬥就此開幕。

「——奧利佛，那是什麼！」

「是紅王鳥（迦樓羅）……」

奈奈緒轉頭詢問，奧利佛立即茫然若失地回答。他的聲音明顯在顫抖。

這段期間，也不斷有二年級生被魔獸打倒。

「……那是一種棲息在象國高地的人身鳥頭魔獸。擁有強韌的肉體與高等靈格，據說其翅膀能夠驅使火與風的精靈……雖然我也是第一次親眼見到。」

他在說明的期間移動視線，狠狠瞪向呆呆站在旁邊的少年。

「Mr.安德魯斯，那也是你準備的東西嗎？」

「我——我不知道！我從來沒聽說有那種怪物……！」

安德魯斯激動地搖頭回答，讓奧利佛露出沉痛的表情——如果這一切都是少年的計謀倒還好，但這個回答可以說是最糟糕的狀況。

「難道牠不受到在場任何人的控制嗎？……拜託別開這種玩笑了。」

在奧利佛這麼說的期間，象國的魔鳥發狂地追求進一步的殺戮……原本超過二十名的二年級工作人員，現在已經有一半沉入血海。更糟糕的是，一群陷入恐慌的犬人，也跟著從被迦樓羅踢壞的鐵欄裡面跑了出來。為了逃離死地，牠們傾注全力想要爬上觀眾席，並無可避免地開始和觀眾們起衝突。

「可惡，臭狗，別過來！給我滾開！」「你想被咒語燒死嗎！」

「「「GAAAAAAA！」」」

即使被人用魔杖指著，犬人們依然沒有停下。因為再怎麼說都比留在那裡好，牠們寧願被魔法攻擊也要衝進觀眾席。前排的觀眾席立刻陷入恐慌。即使犬人算是相當弱小的魔獸，但大部分的一年級生，都沒有能力應付那麼多拚了命往前衝的犬人。

不過，如今就連那些混亂都讓人覺得看起來非常悠閒——跟在競技場中心發生的慘劇相比。奧利佛在寒意的驅使下拔出杖劍，大聲呼喊：

「跟犬人或巨魔不一樣，『那傢伙可是神獸的眷屬』，不是一、二年級生有辦法應付的怪物！」

在脫口而出的瞬間，他突然感到不太對勁，並在抬頭往上看後——倒抽了一口氣。因為在圓形競技場的天花板上，浮現出一段用紅得像血的英文文字書寫的訊息。

——體會一下被狩獵的感覺吧。

這句話成了關鍵，讓奧利佛清楚明白自己目前置身的狀況。另一方面，在全身都感到戰慄的他背後——剛才攔住奈奈緒去路的學生們，全都失控地衝向大門。

「門、門打不開！」

「騙人的吧……？喂，快來人開門啊！」

聽見他們呼喊的二年級生，立刻趕來說出開門的暗號，但門依然文風不動。在調查大門的期間，他們的表情逐漸變得絕望。

「不行，被其他魔法封住了。」

「完全無法理解對方的術式。我們的開鎖魔法解不開這個……」

二年級生對超出能力範圍的魔法完全束手無策，但一年級生們仍繼續催促學長開門。此時，一年級生們感覺到有溼溼的東西掉在自己背上。他們轉頭一看——就在腳邊發現剛才被擊倒的二年級生的內臟碎片。

「哇——哇啊啊啊啊啊啊！」「快想點辦法啊！快點、快點、快點快點快點！」

「不能用魔法破壞門嗎？」「迷宮的門不可能這麼脆弱吧！」

「那要怎麼辦！」「要被殺掉了！如果不快點逃跑，大家都會被那東西殺掉——！」

慘叫與吶喊聲不斷響起。最後一個戰鬥的二年級生在被鉤爪撕裂後，倒在陷入狂亂狀態的他們面前。收拾完身邊獵物的迦樓羅稍微停下腳步，環視周圍——最後將視線停在門前的集團身上，將他們當成下一個目標。

「……FUUUU……」

不曉得是為了保留體力，還是認為對手不值得牠著急，魔鳥這次緩緩地一步一步走向那裡。在沙地上響起的腳步聲，宛如在替一年級生們的死亡讀秒。

「啊……嗚，啊……」

即使看見魔鳥逐步逼近，安德魯斯依然只能呆站在原地。他甚至沒辦法擺出架勢，握著杖劍的右手也激烈地抖個不停。看不下去的奧利佛，從旁邊斥責他。

「振作一點，Mr.安德魯斯！牠會從害怕的人開始狩獵！」

「嗚、嗚嗚嗚嗚……！」

知道已經無法避免交戰的奧利佛做好覺悟，舉起杖劍側身面對魔鳥。從他的身影感覺到戰意的迦樓羅停下腳步，以猛禽般的眼光打量兩名少年——最後其中一人承受不了那股壓力。

「咿——唔、唔哇啊啊啊……！」

「安德魯斯！」

少年轉身背對魔鳥逃跑。迦樓羅幾乎是在同一時間衝了出去，用鉤爪使出足以折斷背脊挖出內臟的一擊。奧利佛再怎麼努力都無法阻止的攻擊，直線逼近安德魯斯的背——

「請住手吧。」

——然而，在噴濺出新的血花之前。

少女的刀突然介入。強烈的衝擊從刀柄、手腕、肩膀和腰，一直傳到穩穩踏在地面上的雙腳。這讓少女宛如深深紮根的巨樹，從正面擋下了魔鳥連骨頭都能粉碎的攻擊。

「就算砍逃亡者的背，也沒什麼意思吧。」

少女勉強用刀身將眼前的鉤爪推了回去。在她的眼睛裡看不見恐懼，甚至也沒有敵意。少女懷著身為武人的純粹喜悅，向強敵表達歡迎之意。

「叫『迦樓羅』的怪鳥人啊。你的對手在這裡，是在這裡喔。」

「……KUUUUUUU……」

少女的頭髮被清澈的魔力染成純白色。僵持了一段時間後，魔鳥收回鉤爪，拉開距離。奈奈緒重新擺出上段的架勢，無言地與魔鳥對峙了數秒——雙方都沒有發出聲音，但他們之間確實有在溝通。

「那麼——在下要上了！」

「KIAAAAAAAAA！」

魔鳥與少女像是說好了般，同時向前衝。

「喝啊啊啊啊啊啊啊啊！」

「KIAAAAAAAAA！」

少女不斷踏出強健的腳步，魔鳥伸出能夠一擊奪命的鉤爪。奈奈緒只靠一把刀應對迦樓羅那能

輕鬆將人類大卸八塊的猛攻，她先發制人地擊落來自斜下方的踢擊，用刀身架開從上方來襲的鉤爪——然後瞄準對方露出的瞬間破綻，用犀利的一刀反擊了回去。

「喝啊！」

「ＫＩＡＡ！」

即使是看在後面那些魔法師們的眼裡，這也像是故事的場景……這與他們所知的戰鬥完全是不同的東西。那跟犬人狩獵注重的優雅不同，是宛如奇蹟一般，耿直又純粹到難以估量的「武技」——！

「ＫＩＡＡＡＡＡＡＡＡＡＡＡＡＡＡＡ！」

然而，迦樓羅也是脫離常軌的魔之眷屬。牠並非只會靠身體能力使用暴力。呼應魔鳥的要求，牠的周圍開始颳起強風——迦樓羅從地面躍起張開雙翼，讓那陣風將自己往前推。

「ＫＩＡＡＡＡＡ！」

「——唔？」

魔鳥利用順風增加的推進力，從空中使出踢擊。這是只有猛禽才能使出的招式，與人類那種必須將一隻腳踩在地上才能使出的踢擊不同，能夠「讓左右的鉤爪同時發動攻擊」。就連一直靠一把刀撐過之前猛攻的奈奈緒，都無法擋下這種從未看過的攻擊——

「強推（伊庫斯托提托爾）！」

在雙方即將衝突之際，從側面產生的「推力」將少女的身體推離鉤爪的軌道——這是來自奧利

佛的支援，他用的是與表演魔法喜劇時使用的吸引咒語相反的推離咒語。雖然對迦樓羅一點用也沒有，但還是能夠拿來幫助奈奈緒。

「KIAAAAA！」

「——唔，要換攻擊我嗎——！」

迦樓羅察覺有人介入，在著地後就將目標換成奧利佛。面對以驚人的速度衝過來的魔鳥，少年按捺住用咒語迎擊的衝動。透過剛才的慘狀，他已經明白單節咒語無法突破風的守護。

「呼……！」

在這樣的前提下，奧利佛「主動衝向」迦樓羅，在雙方即將衝突之前使用領域魔法——讓自己腳下的地面呈八十度傾斜，在跑步的同時營造出接近蹲踞式起跑的效果。

拉諾夫流魔法劍．地之型「墓碑踏步(grave step)」。少年透過加工腳下的地面，成功在瞬間轉換姿勢，魔鳥原本瞄準少年腹部的鉤爪，在他的頭上撲空。雙方之間的距離一口氣縮短——奧利佛用左手撐住前傾的上半身，衝向魔鳥的軸心腳。

「KIA？」

「喝啊！」

杖劍避開被堅硬的鉤爪與鱗片覆蓋的部位，砍向相當於人類小腿的部位。在那一擊即將碰到皮膚的瞬間——迦樓羅沒收回踢出去的腳，就直接用剩下那隻腳跳躍。

「唔……？」

奧利佛沒預料到這一刀會揮空。逃過斬擊的迦樓羅，直接利用風的推力在空中轉了一圈——在隔了段距離的地方輕巧落地。從牠的腳傷流出少量的血。少年的奇襲很可惜地只削到了一點點。

「唔，太淺了……！」

「奧利佛！」

奈奈緒一恢復姿勢就立刻趕過來，將刀舉到中段位置站在少年旁邊。奧利佛與少女一起轉向魔鳥，再次擺出側身的架勢。

「別什麼都沒想就亂衝！我說過紅王鳥能驅使火與風的精靈吧！」

奧利佛語氣嚴厲地說道。不能只靠外表判斷對方的戰力——這是和沒見過的魔獸，特別是高位魔獸戰鬥時的鐵則。以這隻迦樓羅為例，雖然牠擁有看起來和人類一樣的四肢，但在風的幫助之下，這隻魔鳥能輕易做出脫離常軌的動作。

這個經過眼前現實證明過的忠告，讓東方少女坦率點頭。

「嗯，在下親身體驗到了……那是貨真價實的妖魔。」

同一時間，雪拉等四人也從陷入一片混亂的觀眾席看見了他們冒死戰鬥。

「……居然正面迎戰紅王鳥，奈奈緒，妳這個人啊……！」

縱捲髮以同時摻雜了感動與戰慄的表情低喃。凱拚命站穩腳步，避免被逃跑的學生淹沒，然後

因為看不下去競技場內的慘狀大喊：

「喂，我們也去幫忙吧！二年級生都被幹掉了！」

「嗯！你們兩個等一下，我也立刻——咦？」

雪拉伸出一隻手，擋在打算衝過去的凱和卡蒂面前。她背對兩人，用與平常截然不同的僵硬聲音說道：

「幫忙？你們想去介入那場戰鬥？——別開玩笑了。」

「什麼？至少我們能用咒語掩護他們吧！」

「不可能。你們應該也看見那些二年級生是怎麼被打倒的吧？」

雪拉看著競技場內的血海，腦中浮現出凱和卡蒂完全無法抵抗，就加入犧牲者行列的場景。

「即使靠近也只會落得相同的下場。不——為了不讓事情變成那樣，奧利佛和奈奈緒一定會保護你們……不用我說，你們也知道接下來的發展吧。」

兩人倒抽了一口氣。雪拉的意思是就算他們過去支援也只會扯後腿，而他們根本沒有自信反駁這點。即使如此，卡蒂還是不肯死心。

「那……那雪拉呢？即使我們只會扯後腿，雪拉應該——」

「**雷光奔馳！**」

雪拉打斷少女，詠唱咒語。從她的杖劍發出的雷光，擊倒了一隻準備撲向卡蒂的犬人。

那隻亞人種痙攣了一下後，就這樣趴倒在地。縱捲髮少女在驚訝的朋友面前，咬緊嘴唇說道：

「我也很想過去幫忙，但請你們冷靜一點。如果我離開這裡——要由誰來保護你們不受這些魔獸攻擊。」

雪拉指著周圍說道。超過十隻處於興奮狀態的犬人緩緩靠近這裡，伺機對他們發動攻擊。在那當中甚至還摻雜了魔犬的身影，雖然不曉得這些魔犬是從別的牢籠逃出來，還是製造出這個慘狀的人所做的安排……但無論如何，牠們都是必須擊倒的敵人。

「好了，拿起杖劍吧。好好保護自己，相信自己的朋友——這是我們現在唯一能做的事情。」

雪拉毅然說完後，便率先舉起杖劍。保護好卡蒂、凱和皮特——這是她與少年做的約定。

縱捲髮少女以銳利的視線牽制犬人，同時用眼角窺探在競技場角落展開的死鬥，她輕聲低喃：

「……奧利佛，我可是相信你喔……！」

魔鳥捲起沙塵，朝下方伸出鉤爪。奧利佛勉強躲過這一擊後，繼續觀察對方下一波攻擊的預備動作，不斷尋找活路。

「……呼……呼……！」

他在活用所有技術揮舞杖劍的同時，也持續在暗中分析敵人。身體能力的差距非常明顯——如果在踢擊的範圍內戰鬥，絕對無法防禦對方的攻擊。話雖如此，單節咒語全都會被風的加護阻擋。即使想用魔法劍的技術展開奇襲，要給牠致命的一擊還是差了臨門一腳。

唯一幸運的是——為了當成使魔利用，這隻迦樓羅的力量已經被削弱過。被殘忍拔除的羽毛就是證據。所以牠才會無法使用火焰。不然自己和奈奈緒早就都被打倒了。

「喝啊啊啊啊！」

「KIAAAAA！」

奈奈緒代替後退的少年砍向迦樓羅。對只能靠技術閃躲或架開攻擊的奧利佛來說，能夠正面與魔鳥對打的少女實在令人驚嘆。雖然看得出來她應該是在無意識中運用體內的魔力，所以才能做到這點——但考慮到那嬌小身軀承受的負擔，她應該沒辦法一直奮鬥下去。

「……唔……」

無法期待其他學生幫忙。更何況就連那些對實力有自信的二年級工作人員，都在戰鬥的一開始就落敗了。單純來看表演的一年級生更是不用考慮。那些在觀眾席四處逃竄的學生，以及至今仍在打不開的門前面發抖的人，根本就不值得期待。

雪拉是唯一能夠依靠的戰力，但她正忙著保護被犬人襲擊的同伴。這個判斷是正確的。無論是丟下卡蒂、凱和皮特參戰，還是帶著他們過來這裡會合，奧利佛都不覺得有辦法保住三人的性命。對缺乏戰鬥經驗的一年級生來說，這個競技場已經是個必死之地。

現場有可能擊敗迦樓羅的人，就只有自己和奈奈緒。根據至今的分析，奧利佛已經想到了具體的手段——但不管再怎麼高估，這都是勝算不到五成的賭博。

「唔……！」

一記沒有完全躲過的踢擊掠過側腹，類似燙傷的疼痛直衝脊髓。幸虧奈奈緒立刻介入，少年才沒有被繼續追擊，但他在緊急後退時咂了一下嘴。傷口深到不容忽視，即使無視疼痛，內臟也會掉出來。

儘管現在沒時間好好治療，但至少要修復表面的皮膚。就在奧利佛做出這樣的判斷，將杖劍指向傷口的瞬間——他用眼角看見一個熟悉的少年趴在地上。這讓他驚訝地睜大眼睛。

「Mr.安德魯斯？你怎麼還在這裡！快點去找個地方躲起來！」

「……啊……嗚……」

發現對方甚至無法好好回答，奧利佛只好無奈地用手按著傷口衝過去……比起擔心少年的安全，他更怕少年擾亂奈奈緒的集中力。奧利佛用眼角確認少女戰鬥的狀況，同時拉著安德魯斯的手衝進一個空的牢籠。

「……唔……！」

奧利佛帶完路後就跪倒在地，立刻重新施展治癒咒語。安德魯斯傻眼地看著奧利佛忍耐疼痛的樣子，用顫抖的聲音問道：

「你……你們不害怕嗎……」

「啊？」

這個問題愚蠢到讓奧利佛一時忘了疼痛。怎麼可能會有一年級生不怕那隻魔鳥——奧利佛差點脫口說出這句話，但又嚥了回去。他遠望仍在持續戰鬥的少女。

「——不……她應該不怕吧。」

東方少女毫不膽怯地與迦樓羅戰鬥，一步都不肯退讓……奧利佛想起前陣子晚上在迷宮迷路時，她介入上級生紛爭的身影，但這次和之前不太一樣。奈奈緒現在沒有自暴自棄。面對必須戰勝的強敵，她遵循武人的正道，挺身守護其他人。「並為這樣的自己感到喜悅」。

「比起斬殺害怕的犬人，她更希望能正面與發狂的魔獸戰鬥……Mr.安德魯斯，這就是奈奈緒的劍。」

「……唔……」

「很愚蠢吧。我也這麼覺得……我現在也怕得不得了。一想到必須再回去那個地方，我甚至希望這個傷口無法痊癒。如果她那是勇者的風範，我這種人毫無疑問是個凡夫俗子。」

這只是在進行最低限度治療的期間，所說的玩笑話。奧利佛說這些話時並沒有認真思考，但正因為如此，他才能坦率地說出心裡話。

「所以我才無法丟下她不管。如果是其他地方也就算了，但這裡可是金伯利。如果不讓她了解一下凡夫俗子的氣概，那位勇者很快就會死吧。」

奧利佛自嘲地笑道這就是自己不能一直害怕的理由。他側眼看向默默垂下頭的少年，像是突然想起什麼般補充道：

「——那傢伙也很想看你的劍呢。」

「……！」

「最期待今天這場決鬥的人就是奈奈緒。她完全不了解我們的心情，從昨天開始就像準備參加祭典的小孩般興奮不已……所以犬人狩獵是個敗筆。這無關勝負。因為她是為了親身體驗你的劍，才會來到這裡。」

如果兩人能以奈奈緒期望的形式決鬥，或許能夠稍微互相理解也不一定。奧利佛在察覺自己居然有這種夢想般的想法後，露出苦笑——真是無可救藥。在這段短暫的期間裡，自己居然已經被那個少女感化到這種程度。

「不管是我和你，或是她和你，總是一直不斷錯過……明明我們都一樣想要了解對方。」

奧利佛落寞地低喃。此時腹部的傷口已經止血，他在起身的同時做了個深呼吸……因為只有表面痊癒，所以還是一樣很痛，但已經不會妨礙行動了。

「Mr.安德魯斯，世事總是不能盡如人意呢。」

說完這句話後，奧利佛就轉身走出牢籠。他無法得知安德魯斯正用什麼樣的表情目送自己離開。

「——象國的魔鳥，我在這裡！」

「KIAAAAAAA！」

少年一返回競技場，就直接衝進奈奈緒與迦樓羅之間。怒濤般的踢擊席捲而來，但奧利佛巧妙地利用視線和腳步做出假動作，不斷驚險地躲過那些攻擊……才不會那麼容易讓你撕裂。即使無法向奈奈緒那樣正面對決，自己還是能夠活用長年培養的技術。

「**瞬間爆裂！**」

藉由往旁邊跳躲過踢擊後，奧利佛朝敵人的臉使出爆發咒語。在守護迦樓羅的風彈開咒語之前，他就先主動讓咒語炸裂。

「KIA？」

在眼前炸裂的巨響和閃光，讓魔鳥因為感到刺眼而暫時停下腳步。奧利佛趁機後退，雖然已經不知道是第幾次了，但他再次與奈奈緒並肩。

「如果繼續打下去，我們的體力會撐不住——奈奈緒，下一擊就要決勝負了。」

「了解。那麼——要如何決勝負？」

「躲過牠的踢擊後，衝進牠的懷裡給牠決定性的一擊。我會負責阻止牠利用風逃跑。」

以作戰來說，這實在太過草率。雖然沒有時間詳細說明，但奧利佛做好了被對方反駁的心理準備。然而，奈奈緒毫不猶豫地點頭。

「實在簡單明快。在下只要全力砍下去就行了。」

「——感謝妳答應得這麼爽快，但其實妳可以生氣地反駁我。」

「是這樣嗎？奧利佛的英語有時候聽起來好難啊。」

少女無法理解似的皺起眉頭。奧利佛忍不住苦笑——這也是她的才能吧。沒想到她在這種情況下還能讓人放鬆。

「妳的英語也不怎麼好懂啊……做好覺悟了吧，要上囉！」

「喔！」

互相示意要靠這擊決勝負後，兩人瞪向前方的魔鳥，同時往前衝。

「喝啊啊啊啊！」

奈奈緒以驚人的氣勢衝了出去。在第六次用刀抵擋迦樓羅的踢擊後，少女傾注全心全力使出的刀法終於戰勝魔鳥的腳力。迦樓羅停止攻擊往後退。魔鳥用力蹬地，打算飛上天空逃離奈奈緒的追擊。

「ＫＩＡＡＡ！」

魔鳥一張開雙翼，背後就颳起一陣風。牠在一開始戰鬥時，曾利用這股風力從空中同時伸出雙爪攻擊，讓少女大吃一驚。即使想阻止魔鳥使出這招，只能在地上行動的奈奈緒的刀也攻擊不到牠——但這一切都在奧利佛的預料之中。

「**疾風呼嘯！**」

在魔鳥的背後颳起一陣強風的瞬間，奧利佛瞄準「起風的瞬間」放出風系咒語——他在腦中想像聳立於遙遠東方的不知名高峰。想像一陣又乾又冷高地之風，吹過草木稀疏的山地。

根據至今的觀察，他發現一件事。守護迦樓羅的風之加護，明顯不是由迦樓羅自己操縱，而是由察覺魔鳥危險的精靈們自動引發。

精靈是介於魔素與生命之間的存在，不具備明確的知性。精靈長期寄宿在單一個體上的案例，在魔法生物學上被定義為共生關係。在守護迦樓羅的同時，精靈也能享受其魔力帶來的恩惠並藉此

繁榮，也就是所謂相互扶助的生態系。不過——即使彼此緊密連繫，兩者依然是不同的存在。

原則上，精靈只會與同類聚集在一起。讓集團變得更強大，好讓自己的存在穩定下來，可以說是他們的本能。因此，假設為了守護迦樓羅而展開的精靈們，在這時候意外遇見同胞會發生什麼事？

「——KIA？」

答案只有一個。他們會「流動」。奧利佛透過巧妙的控制，讓精靈以為經過魔力同調的風是同伴，讓他們為了和同伴會合而改變軌道——這是俗稱干擾魔法的高等技術。少年透過之前的戰鬥持續分析，在這個緊要關頭成功模擬出足以騙過精靈的風。

「喔喔喔喔！」

無法按照期望獲得風力的迦樓羅，在空中失去平衡開始墜落。到這裡都符合奧利佛的預測。然而——接下來的展開卻是符合他「壞的預測」。

「KIAAAAA！」

魔鳥背後開始颳起第二陣強風。奧利佛成功欺騙的精靈只占整體的一部分，所以其他集團自然會立刻過去填補。而且速度快得驚人。少年瞬間察覺這點。這樣在奈奈緒揮刀之前，魔鳥會先恢復姿勢。

「別想得逞！」

已經沒有時間思考了。奧利佛沒用任何計策或技術，直接撲向在空中恢復迎擊姿勢的迦樓羅的降落地點——這樣一定會遭到反擊。不過對體力所剩無幾的兩人來說，這是最後的機會。只要不是立即死亡，不管將失去身體的哪個部位，他都在所不惜。即使手腳被撕裂，內臟被扯出來，只要奈奈緒能在這段期間分出勝負就行了！

奧利佛抱著捨身的覺悟衝出去，但下一個瞬間，一團空氣從他眼前「呼嘯而過」。一陣完全出乎意料，「來自側面的強風」將魔鳥的身體吹歪。

「——？」

那並非干擾魔法這種小手段。單純威力強大的魔法之風吹散精靈，讓原本即將降落的迦樓羅又浮了起來。面對這個無論自己再怎麼努力都不可能施展出來的威力，奧利佛開始懷疑自己看見了幻覺。

但他立刻透過眼角看見施展魔法的人……在迦樓羅的斜後方，離拚死戰鬥的兩人有段距離的位置。一位少年壓抑恐懼的心情舉起杖劍，鼓起勇氣站在那裡。奧利佛驚訝地在心裡喊出那個人的名字。

——Mr.安德魯斯！

「喝啊啊啊啊！」

這次奈奈緒的腳步，終於追上在失去平衡的情況下降落的魔鳥。她毫不在意魔鳥勉強伸出的鉤爪。少女從一開始就不奢望能驚險躲開對手的攻擊。

鉤爪在掠過少女身邊時，如刨刀般削去她的血肉，奈奈緒帶著濺出的血花衝進魔鳥懷裡。這些飛濺的血，是她付出的最後代價。

刀光一閃，便將非人之物的肉與骨頭全數斬斷。少女從中段往上揮出的一刀，讓迦樓羅來不及感到痛苦就身首異處。

魔鳥的頭落地後滾動了幾下。在牠的生命隕落並喪失光輝前的短暫瞬間——那對眼睛最後看見的，是擊敗自己的少女英氣凜然的站姿。

魔鳥的身體比頭部晚了幾秒，才往後倒在沙地上。失去宿主的風之精靈恢復平靜。無論是四處逃竄的觀眾，還是襲擊他們的犬人，都一同見證了那個光景——分出勝負後的沉默，籠罩寬廣的競技場。

「……………成……成功了嗎……？」

緊張到無法放下杖劍的安德魯斯，戰戰兢兢地說道。奧利佛轉向這位出乎意料的援軍，點頭回答：

「嗯，成功了……這都要感謝你，Mr.安德魯斯。」

他說這句話時沒有任何猶豫。實際跟迦樓羅戰鬥過的奧利佛，知道在那個時間點準確地發出咒語需要多少判斷力和集中力。

「原來如此，最後那陣風是你發出來的啊。非常有魄力呢。」

奈奈緒收刀入鞘後，緩緩走了過來。儘管她的腳步非常沉穩，但變得破破爛爛又血跡斑斑的制服，還是讓兩位少年一同倒抽了一口氣……但作為持續與那隻可怕的魔鳥正面對決的結果，這樣或許還算是非常好了。

「那……那當然。我可是安德魯斯喔。論風魔法誰能比我厲害……」

儘管嘴巴上如此逞強，但他從介入那場死鬥後就一直抖個不停。少年拚命按住自己顫抖的肩膀，但奧利佛搖搖頭，告訴他不用掩飾。不管他再怎麼抖，奧利佛和奈奈緒都不會嘲笑他。

「託你的福，我在最後保住了內臟。請讓我向你道謝。」

「……是、是你叫我展示自己的劍。所以……」

安德魯斯吞吞吐吐地回應。奧利佛以平靜的語氣安撫精神還不穩定的安德魯斯，同時環視場內——二年級生們一發現迦樓羅已經死了，就接連跳上觀眾席救助傷患。他們圍著瀕死的重傷者施展治癒魔法的樣子，讓少年總算鬆了口氣。

「……我害怕的並不是死……」

「？」

就在奧利佛準備去幫奈奈緒治療時，安德魯斯如此低喃。少年勉強用顫抖的手將杖劍收進劍鞘後，繼續說道：

「不……雖然那也很恐怖，但我還能克服。畢竟魔法師的成果總是與死亡相伴。關於這點，我早就已經做好覺悟，也理解這個事實……不過……」

安德魯斯用力咬緊牙關。比死亡還要陰暗寒冷，少年真正害怕的事物，在他的眼裡激烈晃動。

「……我無法忍受戰敗後，別人對我投以失望和憐憫的視線。沒用的孩子，安德魯斯家的恥

辱，我唯獨無法忍受周圍的人這樣看我……」

少年痛苦地自白——這是出生在與麥法蘭比肩的魔道名門，在成長過程中經常被拿來與少女比較的少年，至今仍未痊癒的心傷。

「為什麼你們不會這樣……？為什麼你們有辦法正面挑戰比自己強大的對手？為什麼你們能夠毫不猶豫地投身不曉得有沒有勝算的戰鬥？為什麼……」

他主動揭露自己的傷口，殷切地向兩人問道……對背負安德魯斯之名的少年來說，或許這比介入和迦樓羅的死鬥還需要勇氣。

過了一會兒，奈奈緒筆直看著對方的眼睛回答這個問題。

「——戰鬥前不需要知道勝負的結果，只需要相信。」

少女流暢地說出武人的心得，自豪地講解自己在戰鬥中確立的思想。

「雖然兵法書上記載了完全相反的內容，但那是從將帥的角度寫的道理。置身戰場的士兵，從來不能自己選擇敵人。我們只能認真與眼前的對手交戰。無論對手比自己強還是弱，或甚至是天魔般的強敵，我們都沒有選擇的餘地。」

少女乾脆地接受自己的宿命，這與東方的僧人在長年修行後獲得的頓悟相似。她堅定不移的生存方式，讓安德魯斯啞口無言。

「真要說起來，在下參加的第一場戰役，就是一場必輸之戰。在下從來沒有經歷過穩操勝算的戰鬥。勝敗就像用餐時的配菜，只要拿起筷子就不能挑食，必須全部吃光——在同一場戰役中去世的父親是這麼說的。」

奈奈緒懷念地說道，她的眼裡閃過一絲鄉愁。就在安德魯斯震懾於奈奈緒的魄力，呆站在原地時，換奧利佛走向他……一方是不畏懼死亡的武人，一方是害怕恥辱的魔法師。面對這兩個生存方式截然不同的人，奧利佛試圖擔任兩人的橋樑。

「我的想法和奈奈緒不一樣。逃離贏不了的對手，根本就沒什麼好丟臉的。為了守護同伴，或是保住自己的性命——很多時候都是撤退比較好。」

「——奧利佛。」

「奈奈緒，妳現在的立場已經跟過去不同了……妳未來面對的戰鬥，不可能全都沒有選擇的餘地。如果無視當時的狀況只想著戰鬥，那根本就不是勇氣，只是蠻勇。如果妳以後還想跟我們在一起，就必須學會視情況撤退。」

奧利佛拍著少女的肩膀開導她。他最後的那句話，讓奈奈緒開心地點頭……沒錯，奧利佛有股接近確信的預感，覺得自己一定會和這名少女相處很久。接著，他再次看向安德魯斯。

「不過——人總是會遇到無法逃避的戰鬥。只要想以魔法師的身分往上爬，就一定會面臨這樣的宿命……到了那時候，我不想因為不確定勝算而猶豫。」

奧利佛抱持著覺悟說出自己的想法。他很清楚無論多有天賦——魔道的深淵都沒有淺薄或天真到能讓人只經歷穩操勝算的戰鬥。

「我們還只是一年級，不管再怎麼掙扎，周圍的人也都比我們厲害。即使跟同學年的人競爭優

劣，得到的順位也只是短暫的虛名……我們遲早必須挑戰不同次元的怪物、超越人智的神祕，或是無法動搖的法則。一個魔法師的價值真正受到考驗，就是在那些時候。相較之下，世俗的評價根本就不算什麼。」

說著說著，奧利佛開始納悶——不曉得眼前的少年，未來會以魔法師的身分走上哪一條道路。但無論如何，他早已決定好要如何激勵少年。

「不過——在這樣的前提下，如果讓我說句話。

在剛才那場戰鬥的最後，你挺身面對了那隻紅王鳥。在幾乎所有學生都喪失戰意逃跑的時候，你確實挺身奮戰了——我絕對不會忘記這項事實，絕對不會忘記理查·安德魯斯這個人展現的勇氣與驕傲。」

「——————」

安德魯斯茫然地接受奧利佛率直的讚賞。奈奈緒像是在呼應奧利佛的發言般將刀拔出來，用雙手捧在眼前。她將刀打橫，讓浮現出波紋的刀身清楚映照出少年的臉。

「……願你的前途充滿光明。用自身意志開拓的命運，受到滿天神佛的祝福。在此祈求——『戰友』的未來，能像這把刀一樣充滿自豪。」

少女的這段話既笨拙又樸實，但充滿了誠心的祈禱，宛如獻給神明的祝詞。

「——啊——」

少年從喉嚨裡發出不成聲的吐息。在急速變得模糊的視野中，安德魯斯在心裡確信一件事——

無論自己未來遭遇什麼事，無論在違反人倫的魔道盡頭，有多麼悽慘的結局在等待著自己。

兩人在這時候對自己說的話。在被這兩人稱作戰友時，從內心萌芽的驕傲。

直到生命結束的那一刻——自己都絕對不會忘記。

「我看見紅王鳥的頭被砍斷了！奧利佛，奈奈緒，你們沒事吧？」

「收拾了魔犬後，犬人們也稍微恢復冷靜了！你們兩個還好嗎？」

同伴們很快就趕到這裡。這次奧利佛真的放鬆下來，用力吐了口氣。

「嗯，我沒事……只是血和魔力都不夠了。不好意思，可以麻煩你們幫忙治療傷口嗎……」

「你看起來一點都不像沒事！別說話了，快點坐下來！」

「怎、怎麼辦？我還沒學會治癒咒語……」

「我會用喔！來，奈奈緒也快點坐到旁邊！」

卡蒂拉著東方少女，讓她和奧利佛一起坐到地上。在卡蒂對兩人詠唱治癒咒語的期間，雪拉看向站在一旁的舊識。

「……你也有幫奧利佛他們呢。」

安德魯斯一時語塞，但在他回答「只有在最後那一瞬間勉強趕上」前，縱捲髮少女就先笑道：

「謝謝你，理克——好久沒看見這麼出色的你了。」

少年聽見了懷念的稱呼。少女閃耀的笑容，顯示出她有多麼期待能再次這樣稱呼青梅竹馬——從內心湧出的羞澀感，讓少年忍不住別過臉。

第四章

Glare
蛇眼

在圓形競技場事件隔了一個假日的後一天。在激戰中受的傷已經痊癒的奧利佛和奈奈緒，一上完上午的課就來到餐廳，然後跟之前上的每一堂課一樣，他們受到在場所有學生的關注。

「……啊……」「……走、走吧。」

一些一年級生尷尬地離開座位逃跑。是那些之前當著卡蒂的面恥笑她的學生。凱側眼看著他們縮著身子離開，不屑地說道：

「他們總算安分了。」

「嗯，至少表面上不會再騷擾卡蒂和奈奈緒了。」

皮特冷淡同意。一旁的雪拉滿意地點頭。

「畢竟才剛發生過那件事。只要不是愚蠢透頂，應該都無法再擺出之前那種態度。」

縱捲髮少女在說話的同時找了張桌子坐下，喝著由浮在空中的茶壺倒出的紅茶。

「他似乎也有自己的想法，理克……Mr.安德魯斯在那之後也都沒來找碴。可以說這兩個大問題暫時都已經解決了。」

其他五人也跟著在同一張桌子坐下，奧利佛環視大家的臉，接著說道：

「但我覺得現狀還是不太樂觀——關於紅王鳥亂入競技場那件事，如果浮現在天花板的犯案聲明是真的，就表示那是針對輕視亞人種人權的保守派發動的攻擊。」

「嗯，沒錯……最可怕的是，那種紛爭對現在的金伯利來說根本是家常便飯。」

雪拉如此嘆道。凱驚訝地問：

「那、那麼嚴重的事情，居然還很常見？」

「雖然規模很大，但並沒有死人。而且那場聚會本身就是魔宮內的非公認活動，按照慣例，『只是重傷這種程度』並不能找老師申訴。畢竟對魔法師來說只要沒死，大部分的傷都治得好。」

皮特和卡蒂對少女說的學校常識啞口無言。奧利佛點頭補充：

「當然老師他們也知道發生了什麼事，但並不會因此就開始尋找犯人。和在入學典禮那種半公開場合發生的巨魔失控事件不同，這次的事件完全是發生在校舍內，而且還是在迷宮裡。只是學生們『鬧得有點過火』──大部分的老師，應該都只有這點程度的感想。」

「……雖然現在才講也有點晚，但我真的是進了一間可怕的學校……」

「……換句話說，我們單純只是被那起事件牽連而已嗎？」

皮特慎重思考並如此問道，雪拉表情凝重地抱胸回答。

「這就不太好判斷了。巨魔失控與紅王鳥亂入──雖然這兩件事使用的手段非常類似，但透露出來的意圖完全相反。前者是對人權派，後者是對保守派的攻擊。」

「紅王鳥亂入的事件，或許是人權派針對巨魔事件的報復。如果是這樣，保守派近期或許又會展開新的報復行動。一旦事情變成那樣……就等於是抗爭了。到了那個階段，即使父母都是人權派的名人，應該也不會有人想對卡蒂動手了……」

奧利佛試著分析狀況，皺起眉頭陷入沉思。或許是因為話題一直沒有進展，凱舉起雙手打破僵局：

「……雖然我搞不太懂，但我決定暫時不要進入迷宮了。」

「這是個好主意。這次大家幸運地平安無事，但下次就不一定了……我也暫時不想再經歷那麼危險的戰鬥了。」

奧利佛如此低喃，然後深深嘆了口氣……與魔鳥的那場戰鬥，驚險到他只要回想起來就會起雞皮疙瘩。

「我發自內心同意。不過——僅限於這次，奈奈緒似乎獲得了很大的收穫呢。」

雪拉對少年的話表示認同，然後看向桌子對面。坐在那裡的奈奈緒，正被一群聚集過來的學生包圍。

「吶，妳真的跟紅王鳥對打了嗎？」

「妳真的砍了迦樓羅嗎？怎麼做到的？是什麼感覺？」

「下次要不要來參觀我們的決鬥社團？學長姊一直催我帶妳過去。」

「今晚要不要一起吃飯？妳喜歡吃什麼？果然是白飯嗎？」

學生們接連提出疑問和邀請。縱捲髮少女看著因此呆住的奈奈緒，輕輕笑道：

「——就像這樣，變得非常受歡迎呢。」

雪拉在一旁觀望了一會兒後，奈奈緒困擾地看向她。

「雪拉大人……」

「如果妳不介意，就陪他們一下吧。不過各位——奈奈緒約好要和我們一起吃午餐。請大家別忘了這點，時間差不多就要放她走喔。」

雪拉嚴厲地說完後，為了避免妨礙到朋友們聊天，奈奈緒主動移動到隔壁桌應付那些學生。看見這個上星期還無法想像的景象，凱佩服地低喃：

「真受歡迎……當時在現場親眼看過她戰鬥的人會這樣也很正常，而沒看見的人也在聽見傳聞後聚集過來。據說偶爾還會有高年級生來看她呢。」

「受人注目也是應該的，畢竟奈奈緒當時真的表現得很好……不過相較之下。」

卡蒂抬頭看向奧利佛。少年自然地猜到接下來的話是什麼，因此苦笑搖頭。

「……卡蒂，後面的話就不用說了。我的心也是會受傷的。」

「可是……！這樣真的太奇怪了！為什麼都沒有人來找奧利佛？明明你的表現一點都不輸奈奈緒！」

捲髮少女說完後，開始環視周圍。如她所言，相較於受歡迎到不曉得該怎麼回應的奈奈緒，奧利佛這邊一個人也沒有。雪拉頻頻點頭。

「……我懂。卡蒂，我理解妳的心情。因為我也有看見奧利佛的戰鬥。那已經到了讓人想花約一個小時詳細解說的程度。」

縱捲髮少女激動地說道。凱一聽，就將臉湊向旁邊的皮特。

「……她已經解說過了吧。就在昨天，花了整整一個小時。」

「噓……她應該是還沒講夠吧。」

眼鏡少年將食指抵在嘴巴前面，像是為了避免刺激少女。在他們面前，雪拉悲傷地垂下視線。

「不過就是因為這樣才會無人問津……畢竟奧利佛的戰鬥方式太偏向技巧派了。」

「唔！」

被戳到痛處的奧利佛，按著胸口呻吟。雪拉心痛地看向奧利佛，繼續說明：

「看在沒眼光的人眼裡，應該會覺得他都讓奈奈緒去承受攻擊，自己只負責支援吧。實際上當然不是這樣。雖然能夠正面與紅王鳥對抗的奈奈緒非常特別——但如果沒有奧利佛幫忙，她應該連一分鐘都撐不住。

在奈奈緒有危險的瞬間精準地發出咒語、利用魔法劍的技術與紅王鳥周旋、在關鍵時刻使出的干擾魔法——每一樣都是值得讚賞的技術。不過……大部分的學生可能要等升上三年級以後才能理解。」

從她嘴裡道出的殘酷事實，讓皮特理解似的點頭。

「的確，奈奈緒的戰鬥方式既顯眼又好懂，所以戰鬥方式樸實又難懂的奧利佛才沒有被注意到。」

「唔唔！」

「喂，皮特！你想害奧利佛因為精神打擊死掉嗎！」

看見朋友像是心臟病發作般抖個不停，凱連忙過去幫他搓背……即使表面上裝出若無其事的樣子，但其實鋒頭全被少女搶走這件事，還是讓少年受到了傷害。

雪拉用力嘆了口氣，瞄了周圍的人一眼。

「……不過在少數高手之間，就不是這麼回事了……」

除了圍繞奈奈緒的崇拜者以外，從餐廳內的其他地方也傳來銳利的視線，她沒有遺漏這點……在那些沒有參與迦樓羅事件的一、二年級生當中，也有不少高手。對這些隱藏的強者來說，值得注目的對象並不只奈奈緒。

不過他們顯露出來的感情並不一定都是好意，視對象而定，甚至還有人刻意投以挑釁的視線。察覺這些人現在只會讓奧利佛的內心更加疲憊，雪拉無言地牽制他們，若無其事地繼續說道：

「……先不管這個。雖然大家並沒有錯，但還是讓人生氣。即使表現的亮眼程度確實不同，但這樣的差別待遇有違信賞必罰的理念……既然如此。」

縱捲髮少女一說完就從座位起身，走向奧利佛。發現少女在自己旁邊彎下腰，少年驚訝地看向她：

「……等等，雪拉，妳想做什麼？」

「沒什麼，只是想給你一個祝福的吻。雖然不好意思，但我現在能為你做的就只有這個了。」

「——咦？」

卡蒂發出比當事人還要驚訝的聲音。奧利佛也焦急地抓住對方的肩膀。

「妳的好意我心領了。所以在引來新的麻煩前，拜託妳先離開我。」

雪拉毫不猶豫地將嘴唇湊過去，少年則是堅持不肯退讓，兩人就這樣僵持了幾十秒。在尚未分出勝負之前，奈奈緒就快步走回來了。

「呼，總算脫身了──咦，這是什麼狀況？」

察覺兩位朋友那副看起來像在搏鬥的樣子，奈奈緒困惑地問道。凱笑著幫忙說明：

「因為奧利佛明明那麼努力，卻不像妳這麼受歡迎，所以雪拉想給他一個獎勵的吻。」

東方少女一聽，就立刻了然於心地點頭。

「原來如此，是獎勵之吻啊。嗯嗯──既然如此。」

奈奈緒說完就走向奧利佛，在雪拉對面那一側彎下腰，少年還來不及反應，少女的嘴唇已經貼上他的臉頰。經過短暫的沉默──奧利佛的表情瞬間變得動搖不已。

「！？！？！？！？」

「奈奈緒，妳……？」

「這樣在下就給好獎勵了。哈哈──感覺好難為情喔。」

東方少女在驚訝到目瞪口呆的卡蒂面前搔著臉頰。然後，她再次彎腰，這次換將自己右側的臉頰湊到少年面前。

「那麼，奧利佛，接下來輪到你了。」

「……？」

「既然你能獲得獎勵，那在下應該也有相同的權利？所以，請吧。」

奈奈緒像是在說這是理所當然般提出要求。奧利佛用手按住狂跳不已的心臟，一旁的雪拉若無其事地說道：

「……你就給她獎勵吧？奈奈緒的要求合情合理。既然她表現得那麼活躍，親一下應該也無可厚非。」

「嗯～說得也是。」「畢竟奧利佛已經收到獎勵了。」

「等、等等？這是什麼發展？」

凱和皮特也加入慫恿的行列，只有卡蒂顯得驚慌失措。奧利佛發現自己在不知不覺之間已經無路可逃，只好拚命解釋：

「……呃，那個，我原本就……」

「奧利佛，還沒好嗎？」

少女打斷奧利佛，催促他行動。雪拉、凱和皮特緊盯著奧利佛，像是在說如果這時候還不上，不僅會讓人覺得沒出息，而且也不符合道義。唯一持反對意見的卡蒂仍在孤軍奮鬥，但她現在連話都說不好，於是少年只好順應情勢。

「……我、我知道了。既然你們都這麼說了……」

奧利佛放棄似的低喃，看向眼前少女的側臉。可愛的臉頰看起來毫無防備，紅潤又充滿生氣的肌膚，像是已經等不及自己造訪。

「——唔——」

冷靜點。親臉頰只是一種常見的招呼，根本就沒什麼好慌張的。

少年如此說服自己，以僵硬的動作將嘴巴湊向閉眼等待的少女臉頰。

「——是諾爾耶——」

在嘴唇即將碰到臉頰前。一道溫柔的聲音，讓少年瞬間僵住。

「——大姊。」

奧利佛看向聲音的方向，如此稱呼聲音的主人。在他的視線前方，站著一名擁有淡金色頭髮，臉上掛著沉穩微笑的高年級學姊。

「嗯，總算，在學校，見到你了。」

或許是不擅長說話，女學生斷斷續續地回答。在注意到少年周圍的同學後，她像是發現自己搞砸般，驚訝地用手遮住嘴巴。

「啊……我，打擾你了嗎？對不起。我一看見你，就很高興，所以……」

「不對，我一點都不覺得被打擾。」

奧利佛毫不猶豫地否認。即使如此，女學生依然愧疚地縮起肩膀，看向少年周圍的同學。

「你交了，好多朋友……真是太好了……」

女學生像是發自內心感到安心般，將手抵在胸前。光從這個動作，就能看出她對少年抱持著深厚的感情。

「我，先走囉——但最後……」

「——啊——」

女學生緩緩走到奧利佛身邊，讓白皙的指尖從肩膀繞到背後。她用雙手抱緊少年，同時輕輕在他臉頰上親了一下。

「再見，諾爾——要珍惜，朋友喔。」

留下這句話後，女學生放開少年，朝他輕輕揮手後轉身離開。接下來好一段時間，其他人都只能默默在一旁看著——最後是雪拉率先回過神。

「——糟糕。我居然忘了跟初次見面的高年級生打招呼。奧利佛，剛才那位是？」

「……是我大姊。我之前也有說過自己正在讓某個家庭照顧吧。她從以前就非常疼我……」

接連發生的事情，讓奧利佛來不及整理心情，他一面深呼吸，一面說明。卡蒂聽了後就瞇起眼睛。

「……喔，你很受疼愛啊……這樣啊……」

卡蒂邊說邊用冰冷的視線看向少年。感覺到壓力的奧利佛，表情僵硬地問道：

「卡蒂……不曉得是不是我的錯覺。感覺妳的視線好刺人……」

「沒有喔？我完全沒在想你還真習慣被那個人親。」

「唔……！」

奧利佛按著胸口踉蹌了一下。少女身上的氣氛已經超越帶刺，根本是帶著長槍，少年試著解釋：

「等等，卡蒂。那是她特有的打招呼方式——」

「她還用暱稱叫你呢。諾爾啊，明明這個暱稱這麼好聽，你卻不讓我們用這個暱稱叫你。」

「唔呃……！」

這次少年的胸口真的遭到了致命一擊。卡蒂瞄了跪在地上動也不動的奧利佛一眼後，就一臉冷漠地起身。

「走吧，奈奈緒。關於妳的獎勵，我會買一堆點心給妳。」

「嗯？但奧利佛還沒……」

「對奧利佛來說，親吻只能算是打招呼。那種輕浮的吻怎麼能當作獎勵呢？」

丟下這句嚴厲的諷刺後，卡蒂牽著東方少女的手離開餐廳。她們走了以後，連解釋的機會都沒有的奧利佛一臉落寞地被留下。

「……我到底該怎麼做才對……？」

「……嗯。唉，奧利佛，打起精神吧。」

凱忍著笑，拍了一下少年的肩膀。比起與魔獸戰鬥，這樣的互動才是自己期盼的學校生活——他的眼睛像是在開心地這麼說。皮特受不了似的哼了一聲，雪拉也苦笑著加入，然後他們就一起愉快地談論人生。

下午的第一堂課是鍊金術。因為這堂課的老師是之前曾鬧過不愉快的達瑞斯·格倫維爾，所以奧利佛等人盡可能六個人一起上課。

「雖然直到現在，還是有人以為這堂課是要把藥草磨碎再丟到鍋子裡熬煮——」

達瑞斯一開始上課，就對學生們如此說道，他們面前的桌子都放著小鍋子與材料。

「——但鍊金術原本就如同字面上的意思，是以鍊成黃金為目標的學問。其本質是探索由卑轉貴的方法論。製作魔法藥通常被認為是鍊金術最主要的部分，但其實這只是從實用的角度，去應用在過程中培養的技術而已。」

奧利佛在心裡點頭。這的確是鍊金術這門學問的本質。由鉛化金，由泥化人，由無化有——鍊金術追求的是「變革」，而這同時也最接近魔法這個概念的根本。

「因為不是單純混合材料，所以這堂課使用的物質經常產生急遽的變化。如果用你們也能理解的方式來講——就是『非常危險』。若只是鍋子和雙手都一起融掉，那還算是小事。」

這個老師總是居高臨下地用瞧不起人的語氣上課。所以學生們也不會一一反抗。大家都逐漸適應這間學校。

「如各位所知，我最討厭幫別人收拾殘局。請各位在明白這點的情況下，認真製作我接下來說明的魔法藥。」

達瑞斯在做出這樣的開場白後說出的軟化藥配方，讓奧利佛直覺地認為接下來應該會出狀況。

這是一種如果沒有預習就直接製作，會非常容易失誤的藥。而即使是金伯利，也不可能所有學生都會在上課前好好預習。

「那麼，趕快搞定吧。」

「凱，我每個階段都會幫你看狀況，你多花點時間做吧。」

凱一如往常地將溶媒拿去加熱時，奧利佛以嚴肅的語氣提醒他小心。同樣令人不安的奈奈緒，則是由雪拉幫忙照顧。鍊金術原本就是卡蒂的強項，所以不需要擔心，問題在於皮特——

「我有好好預習，不用你幫忙。」

「嗯、嗯……」

奧利佛還來不及開口，就先被對方拒絕，這讓他暗自做好覺悟——看來只能等出問題後再處理了。

所有人都安靜地面對鍋子，順利度過一開始的二十分鐘。速度比較快的人已經進展到後半部。雖然奧利佛也是其中之一，但他一刻都不敢鬆懈。其實在所有人的進度都不同時，才是最危險的時刻。

「喔哇——？」

不出所料，背後的桌子傳來慘叫。一個男學生面前的鍋子，盛大地噴出綠色液體。奧利佛立刻看穿失敗原因，停止手邊的作業衝了過去——那是在沸騰階段放了太多起泡草（bubble grass）導致的結果。

「不好意思，鍋子借我一下！」

奧利佛推開驚慌失措的學生，站到鍋子面前，他先關火，然後撒一把中和用的石灰粉進去。原本體積膨脹了幾十倍的液體，立刻奇蹟似的沉靜下來。

「抱、抱歉——」「哇啊啊啊啊！」

奧利佛根本沒空接受道謝，遠處的桌子馬上就跟著出狀況。因為被從鍋子裡冒出的紅色熱氣噴到臉，女學生用手按著雙眼大叫。奧利佛再次衝過去——這次是放吸血花的根進去後，沒有在五秒內蓋上鍋蓋嗎！

「快幫她洗眼睛！不能用水，用橄欖油！附近的人別靠近鍋子！」

他在下達指示和警告的同時衝向鍋子，為了不被熱氣噴到，他壓低姿勢蓋上鍋蓋。之後他沒有關火，而是維持小火。如果這時候讓溫度下降，會產生更危險的副產物。

「好，這樣就行了！再用同樣的火力加熱五分鐘！」

奧利佛簡短下達指示後，就立刻轉身離開。他差不多該去看自己鍋子的狀況了。就在少年這麼想著並看向原本的桌子時——奧利佛發現眼鏡少年舀了一大匙粉末倒進鍋子裡，這讓他大吃一驚。

「皮特，快點趴下！那個材料必須『先用十倍的水溶解一大匙』！」

「咦——」

皮特一聽就僵住了。交給他處理會來不及——拚命衝過去的奧利佛在察覺這點的瞬間，拔出白杖詠唱咒語。

「**上下顛倒**（伊威斯姆）**！**」

少年放出的顛倒咒語的光芒直接命中皮特的鍋子，讓鍋子連同底下的鐵架一起翻轉過來，桌子也因此成了鍋蓋，然後奧利佛毫不猶豫地用身體蓋住鍋子。

「唔——！」

即使手被鍋底燙到時皺了一下眉頭，奧利佛仍將體重集中在手上壓住鍋子。過不久，伴隨著低沉的破裂聲，奧利佛的身體瞬間浮了起來。這是搞錯分量的材料在鍋子裡面爆炸造成的結果。一連串的意外，讓教室瞬間陷入騷動。

「……喔。」

一直待在講臺那裡沒有動作的達瑞斯，此時第一次產生反應。男子將看到一半的魔道書闔起來放在桌上，像是對奧利佛感興趣般走向他。

「處理得很好。你叫什麼名字？」

他以充滿威嚴的眼神低頭看向少年。奧利佛不忘關掉自己鍋子的火，開口回答：

「……奧利佛．霍恩。」

「霍恩——沒聽過的家族。是建立後還沒過幾代的家系嗎？」

達瑞斯哼了一聲後，依序看向少年剛才處理的三個鍋子。

「但判斷力不錯。除非徹底掌握製作這個魔法藥時會產生的變異，以及各個階段的特性，否則無法做出剛才那些處理。可見你平常有認真鑽研。」

這個老師難得如此稱讚學生。奧利佛沒有回答，只是默默回禮，男子似乎將這當成敬畏的表現，笑著說道：

「Mr.霍恩，我就記住你的長相和名字吧。但我要給你一個忠告——你應該要慎選朋友。」

男子看向卡蒂、凱和皮特，在最後補上這句話。最讓奧利佛感到辛苦的，就是不對這句話回嘴。

「奧利佛，幹得漂亮！你終於讓大家認識到你的實力了！」

雪拉像是要直接抱住少年般激動地說道。下課後一走出教室，剛才被奧利佛幫過的學生就坦率向他道謝，雪拉見狀開心不已，凱也笑著插嘴：

「居然去幫別人處理突發狀況，真像是你會做的事情。不過你在顧自己的鍋子時居然還有那種餘裕，真令人佩服。」

「……別太捧我了。我只是因為記得自己過去累積的失敗，才有辦法處理那些狀況。光是回想起自己過去的糗事，就夠讓人難為情了。」

雖然有一部分是為了掩飾害羞，但奧利佛這段話有八成是真心話……剛才目擊的那三種失敗，他自己過去也都有相同的經驗。他與今天失敗的那三人，只差在誰先誰後而已。

「能夠活用過去的失敗，也是一件值得驕傲的事情吧！別那麼謙虛，再自豪一點吧！畢竟朋友的名譽，也會影響到我的名譽！」

雪拉開心地不斷稱讚奧利佛。一旁的眼鏡少年沮喪地說道：

「雖然非我所願，但我確實被你救了一次。我要好好向你道謝……還有，對不起，害你燙傷了。」

面對皮特笨拙的道歉，奧利佛苦笑地搖頭——手臂的燙傷有一半是他自己不小心。金伯利的制服經過高級的魔法加工，不會因為碰到滾燙的鍋底就燙傷肌膚。在按住鍋子時不小心燙到，是奧利佛自己的失誤，而且那個燙傷早就已經治好了。

另一方面，與奈奈緒走在一起的卡蒂，在聽見少年的話後念念有詞。

「原來……奧利佛也會失敗啊。我接下來會不會也失敗很多次……」

「有什麼關係，儘管失敗吧。將失敗次數除以十後，就是成功的次數——我一直都這麼想。」

雪拉開心地鼓勵不安的捲髮少女。就在六人像這樣嬉鬧時，背後突然傳來一道聲音。

「——Mr.霍恩。」

這個熟悉的聲音，讓奧利佛驚訝地回頭。其他五人也慢了一拍回頭，然後緊張地僵住。因為站在那裡的人——是安德魯斯。

「Mr.安德魯斯，你找我有什麼事嗎……？」

為了避免又引發爭執，奧利佛彬彬有禮地問道。對方頓了一下後，開口說道：

「雖然我覺得你應該不需要，但還是給你一個忠告——你要小心那個老師。他有許多不好的傳聞。」

儘管被這出乎意料的內容嚇了一跳，奧利佛仍慎重地問道：

「不好的傳聞……什麼意思？」

「例如找聰明的學生當助手，剝削他們的能力。或是盜用優秀學生的研究成果，當成自己的論文發表……雖然關於後者還只是有嫌疑而已，但他的不良記錄就是多到足以傳出這種傳聞。」

安德魯斯平淡地說完後，筆直看向對方。

「你最近恐怕會被他『招攬』。他應該會對你開出許多優渥的條件，但還是別當真會比較好……許多魔法師都深信優秀的才能在早期就會『嶄露鋒芒』，反過來講，像你這種萬能型的人，經常被輕視為方便的打雜。可不是只有那個老師會這麼想。」

少年不悅地說道。奧利佛忍不住懷疑自己的眼睛，因為少年給人的感覺和之前截然不同。現在的安德魯斯不再像以前那麼敏感，表現得非常自然。那種感覺隨時都有可能爆發的危險，已經徹底從他的眼中消失。

「……我會謹記在心。Mr.安德魯斯，感謝你的忠告。」

「不用道謝，這只是我自己多嘴而已……再會。」

安德魯斯說完後就直接轉過身，本來以為他會立刻離開——但他走了幾步後，突然停下腳步。

「……不，我忘了說一句話。」

「？」

「關於剛才的話題。我個人是認為萬能型無法成大器的說法，根本是無稽之談……我想說的就只有這些。」

安德魯斯沒有轉身直接說完後，這次真的離開了。看著他的背影消失在走廊轉角後，凱傻眼地說道：

「……剛才那個……是善意的忠告吧？」

「嗯、嗯……我也這麼覺得…………哇？」

卡蒂表示贊同後，發現一旁的雪拉正淚流滿面，害她立刻嚇得大喊。縱捲髮少女拿出手帕拭淚，哽咽地說道：

「對不起，我太感動了……那個理克，居然對過去的對手表達敬意，甚至還提出忠告……」

在六人當中，對這項事實最感動的人就是雪拉。她發自內心對長期疏遠的青梅竹馬的變化感到高興。一旁的皮特，在想起剛才那段對話後問道：

「萬能型無法成大器嗎……實際上到底是怎樣？」

「……如果只看單一傾向，或許是這樣沒錯，但所謂的魔法師，可沒單純到能夠只靠這點判斷將來。我也沒打算被當成打雜的。」

奧利佛如此回答……他知道自己沒有特別突出的強項，說自己不在意這件事也是騙人的，但他完全不打算因為這個理由停下腳步。

「我會相信自己──畢竟Ｍｒ．安德魯斯也是這麼說的。」

更何況現在又多了一個推動他前進的事物。奧利佛對這項事實感到溫暖，持續注視戰友離開的

走廊。

在狀況變得比較安全後，卡蒂投入更多心力與巨魔溝通。她幾乎每天早上或中午，不然就是放學後，都會造訪關亞人種的鐵籠。她平均一天會去兩次以上，而且一點都不覺得麻煩。

「——然後啊，我跟你說，奈奈緒真的好好笑——」

少女持續對巨魔說話。雖然當然不可能獲得回應，但這對她來說並不是問題。重點是她自己來這裡很開心，也希望對方能這麼認為。

「…………」

事實上，狀況確實出現了變化。一開始總是蹲在籠子角落的巨魔，現在已經會隔著鐵欄坐在卡蒂的正前方。除此之外，他們也慢慢會一起吃放在中間的穀物粥。即使不用密里根陪伴，少女也能確實感受到雙方內心之間的距離已經逐漸縮短。

「啊，對不起，只有我一個人講個不停。對了，我們今天一起唱歌吧？」

「…………」

卡蒂在亞人種面前唱的歌，聽起來有點像用巨大貝笛演奏出來的音色。過了一會兒，巨魔也開始唱出相同的歌。兩人就這樣一起合唱。

「——嗯，唱得真好！你唱得跟帕托一樣好聽呢！」

少女不斷鼓掌。接著，她突然對凝視著自己的巨魔露出苦惱的微笑。

「要是你會說話就好了……吶，你現在在想什麼？覺得那個奇怪的小女孩又來了？」

即使知道沒有意義，她還是忍不住問道。無法完全推測出對方的心情——只要與別種生物接觸，就注定得面臨這樣的事實，所以嘗試溝通這件事才有意義。然而，正因為對方是祖先一樣的亞人種，少女才會感到沮喪。

「我小時候也曾經對帕托說過一樣的話，害他非常困擾……啊，帕托是在老家陪我一起長大的巨魔。我之前也有跟你說過吧？我想讓帕托聽我新學會的詞，想跟最好的朋友一起說話——但帕托辦不到。我因此大哭，害帕托驚慌失措……」

卡蒂想起心痛的往事，搖頭說道：

「不過以此為契機，我學會了一件事——重點不是強迫對方接受自己想做的事情，而是尋找能夠一起做的事情。不要焦急，慢慢做就好……如果有想了解的對象，就先多花一點時間和對方在一起。」

卡蒂像是為了勸誡自己般如此低喃……人總是會希望能早一點看到結果。不然不曉得眼前這隻巨魔何時會被殺掉。卡蒂想和這隻巨魔建立起能夠斷言牠不會再襲擊人類的關係。

即使如此，還是不能焦急。想重新獲得一度討厭過人類的生物的信賴，必須花上比之前多好幾倍的時間。無論對象是亞人種、其他動物，或甚至是人類，這點都不會改變。

「……別再，來。」

就在卡蒂勸誡自己，重新下定決心的時候——她聽見了生澀的聲音。

「——咦？」

她愣怔地環視周圍。仔細看過一遍後，她再次確認附近應該沒有其他學生。

「……？」

難道是聽錯了嗎？疑惑歸疑惑，卡蒂還是重新振作，轉向鐵籠。

「那傢伙，危險……妳，離開，比較，好。」

然後，她看見了。最近一直面對的那隻高大的亞人種，說出人話的瞬間。

「——**烈火燃燒！**」

空教室內響起少女的聲音。她的刀尖出現火焰，在形成一團火球後飛了出去——但那顆火球才沒飛多遠，就輕易地消散。

「唔，不怎麼順利呢……」

「不，跟以前比起來已經好多了。揮動杖劍的方式和咒語的發音都已經及格，再來只剩下運用魔力和維持意念(image)的問題。」

在一旁監督少女修練的奧利佛如此說道。打從上過第一堂咒語學課後，他就經常像這樣指導奈奈緒練習基礎魔法。

「咒語是將魔法師的意念與現象連接起來的橋樑。如果妳想用魔杖放出火焰，就不能讓它從妳的心裡消失。不要著急，慢慢想像。從熱度、色調到熱氣的狀態，都要自己想像。」

奈奈緒按照少年的指示，反覆練習第一天上課時學到的火焰咒語。她一開始連火焰都發不出來，所以現在已經算是大有進步，但使用不熟悉的危險技術，還是會讓她感到緊張。奧利佛雙手抱胸嘟囔著：

「……真是不可思議。在運用體內的魔力這方面，妳在同世代中可說是出類拔萃。妳不僅能無意識地強化身體機能，甚至還能控制質量。對一般的魔法師來說，這部分應該還比較難才對。」

「關於如何控制在自己體內循環的力量，在下於修練劍術的過程中已經徹底鍛鍊過了。不過在下至今仍搞不懂控制離開身體的力量是怎麼一回事。奧利佛都是怎麼做的？」

少女停止揮舞杖劍，如此問道。少年思考了一下後，開口回答：

「在修練領域魔法時最重要的一點……就是消除自己與外界的區隔，主動讓自己與皮膚外側的世界融合在一起。只要培養出這種感覺，就不會覺得自己是在『發出』咒語。」

「自己與外界的區隔。換句話說，就是無我的境界嗎？」

少女搬出這個國家不存在的詞彙。奧利佛勉強將這個詞彙記了下來。

「消除自我，與外界融為一體的東方奧義嗎……雖然讓人很感興趣，但關鍵的部分應該不太一樣。魔法師讓自己與外界連繫的目的，終究是為了擴張自己。是為了掌握更大的世界，將其納入自己的支配，本質上是一種侵略的意志。雖然我不太清楚詳情，但妳說的那個概念應該是更加謙虛的東西吧？」

「嗯，的確。關於無我的教誨，通常是跟控制慾望避免自己失控的說法綁在一起。」

少女皺起眉頭思考。為了想出能夠推她一把的方法，奧利佛托著下巴說道：

「不過，一開始的部分或許仍有共通之處。都是要擺脫自身的範圍是到皮膚內側的成見，讓心靈脫離肉體的枷鎖——這也是修練魔法的第一步。

……說得也是。在這樣的前提下，如果妳有想到什麼心法，就直接試試看吧。雖然最好不要一開始就採取自己獨特的作法，但擴張自我的感覺原本就有個人差異。」

少年慎重考慮過後，如此提議……出身遙遠東方的少女，才剛要學習從未接觸過的魔法。在試著精通之前，得先將兩者連繫在一起。現在的奈奈緒，還沒什麼自己是魔法師的實感。

奈奈緒參考新的意見，重新開始修練。奧利佛認真地在一旁守護她。這間教室目前只有他們兩個人，此時——縱捲髮少女從教室入口探出頭。

「——喔，你們兩個在這裡啊。」

「雪拉？怎麼了，有什麼事嗎？」

奧利佛轉向少女後，發現凱和皮特也跟她在一起。三人一同走進教室，他們的表情不知為何顯得有些困惑。

「關於這點，我也不太清楚。因為卡蒂非常慌張地說『請大家到巨魔的鐵籠面前集合』。」

「卡蒂……？為什麼？」

「她快速說完剛才的內容後，就立刻跑去叫密里根學姊了。不過……就我聽到的範圍，她好像提到巨魔說話了。」

雪拉出乎意料的發言，讓奧利佛驚訝地睜大眼睛。

「『說話了』？——巨魔嗎？」

他仔細思索過這句話的含意後，低聲確認。

「……這裡指的，應該是人話吧？」

「可以這樣解釋。但怎麼可能——」

雪拉還來不及說完，奧利佛已經快步走向教室的出口。

「先趕緊跟卡蒂會合吧。雪拉，妳知道她在哪裡嗎？」

「不、不知道，我只知道她要去找密里根學姊。因為找你們花了一點時間，所以那也是約十分鐘前的事情了。」

雖然被少年突然改變的態度嚇了一跳，雪拉仍如此回答。少年聽了後，立刻板起臉。

「所以她們應該已經到巨魔的鐵籠前面了……！」

全速衝下樓梯後，奧利佛等五人立刻衝出校舍，來到魔法生物的飼育區。

「——卡蒂！妳到了嗎，卡蒂！」

奧利佛一抵達之前的鐵籠就大聲呼喊，但沒有人回應，從後面追上的凱規勸少年：

「奧利佛，你冷靜一點。她只是去叫學姊，現在應該還在校舍裡吧？」

「不——她有可能已經來過這裡。」

奧利佛在說話的同時，也不斷移動視線尋找卡蒂來過的痕跡。在看到鐵籠後，他立刻衝到鐵籠前面大喊：

「如果你有看見就告訴我們！卡蒂剛才有來這裡嗎？」

「喂、喂……？」

「就叫你冷靜一點了！巨魔怎麼可能會回答你？」

皮特一臉無法理解的樣子，凱則是抓住朋友的肩膀，試圖讓他恢復冷靜。背對兩人的奧利佛，依然固執地凝視鐵籠內部，然後一道聲音回應了他。

「……被那傢伙，帶走，了。」

某樣東西以生澀的發音回答了奧利佛的問題。凱與皮特的臉同時僵住。

「……喂、喂，剛才……」「……我有聽見。牠確實說話了。」

「——該不會。」

雪拉臉色蒼白地衝向鐵籠。一旁的奧利佛繼續問道：

「你知道她被帶去哪裡了嗎？」

「……不知道。不過……一定是，我之前，待的地方。又暗，又深的，地方。」

高大的巨魔顫抖著回答。奧利佛無視那道害怕的身影，板起臉看向旁邊的少女。

「……雪拉，妳應該知道『這是怎麼回事吧』。」

縱捲髮少女很快就聽懂少年的意思，她露出理解的表情，轉身大喊：

「所有人立刻回校舍，分頭去找卡蒂！」

這個突如其來的指示讓凱與皮特大吃一驚。奧利佛突然攔住打算立刻行動的雪拉。

「等等，單獨行動太危險了！雪拉，妳帶凱和皮特去校舍的西側找！我和奈奈緒一起去東側！」

「我知道了！如果找到人，就立刻用使魔聯絡！」

五人分成兩組後，立刻展開行動。奈奈緒跟著少年往東邊跑時，開口問道：

「奧利佛，這到底是怎麼回事？」

「我邊跑邊說明！總之先回到校舍！」

衝進校舍大門後，奧利佛立刻向兩個在那裡聊天的一年級生打聽。

「──咦，奧托和密里根學姊？」

「嗯，我剛才有看見。她們走那邊的樓梯上樓了──」

奧利佛一聽，就再次跑了起來。少年丟下愣住的一年級生，大步衝上樓梯，同時開始向跑在旁邊的奈奈緒說明。

「到現在都還沒找到入學典禮時讓巨魔失控的犯人，但我一直有個疑問。那時候，『那隻巨魔

真的有被操控嗎』？」

「——什麼意思？」

「施法讓卡蒂跑起來的犯人Ms.麥可蕾，跟巨魔的行動一點關係也沒有。她是因為對卡蒂的發言感到不悅，才一時衝動做出那樣的事情。就這層意義來看，卡蒂當時遭遇的狀況應該是出於『偶然』。」

兩人跑上三樓後，遇到了分成左右兩邊的岔路，奧利佛再次向附近的學生打聽，按照情報選擇左轉。兩人在走廊上狂奔，引來大批行人好奇的眼光。

「這麼一來，巨魔的行動一定是有其他目的。卡蒂只是運氣不好在路上碰到牠。那麼，那隻巨魔到底想做什麼？牠為什麼要突然脫離入學遊行的隊列？」

奧利佛在說話的同時，拔出腰間的白杖指向空中。白杖前端對空氣中的魔力殘渣——滲進卡蒂長袍的香水成分產生反應，發出微弱的光芒。

「我認為『牠應該是想逃離這裡』。妳試著回想一下，卡蒂開始跑向巨魔時，我們背後有什麼東西？」

奧利佛在依靠那道光芒穿過走廊時，如此問道。他們六人對入學典禮那天的事仍記憶猶新。奈奈緒只稍微想了一下就說出答案：

「……是校門。」

「沒錯。說得更詳細一點，就是為了讓後續的新生進來而維持敞開的正門。如果沒被卡蒂和妳攔下來，那隻巨魔就會前往那裡。假設牠的目的是逃脫，那個行動就說得通了。」

東方少女點頭表示贊同。奧利佛穿過愈來愈少人的走廊，繼續說道：

「話雖如此，我的想法一直都停在這裡。因為我無法理解巨魔為何要逃跑……當然，也可能是對這裡的生活感到不滿。儘管能夠搬運貨物的巨魔不會像犬人那樣被草率對待，但牠們仍是被迫配合人類待在這裡，所以應該也會有無法忍受這點的個體存在吧。

但即使如此，現實上還是不會有巨魔想逃跑。因為牠們知道這樣會有生命危險……妳還記得魔法生物學的第一堂課嗎？負責管理校內魔法生物的，可是那個老師喔。包含所有的犬人在內，應該沒有生物會不曉得她的恐怖。」

奧利佛追蹤反應衝進一間教室，在教室的角落發現一面老舊的鏡子。愈靠近鏡面，魔杖的光就變得愈強烈。奧利佛與奈奈緒交換了一個眼神後互相點頭，拔出腰間的杖劍詠唱研磨咒語。

兩人各自握著帶有刀刃的杖劍，衝進鏡子裡面。眼前立刻出現陰暗的迷宮內部的景象。奧利佛謹慎環視周圍，繼續靠杖劍的反應追蹤。

「如果這樣還有巨魔試圖逃跑——那隻巨魔應該是經歷了和普通巨魔不一樣的遭遇。牠平常恐怕被迫承受超越運貨，類似拷問的痛苦，甚至痛苦到讓牠覺得寧願一死——不然不會冒著生命危險試圖逃跑。」

「讓牠寧願一死的痛苦……那到底是？」

少女緊張地問道。少年沉默了一會兒後，緩緩回答：

「……在不遠的過去。有一部分的人權派進行了讓亞人種智慧化的研究。」

「智慧化？」

「就是字面上的意思，他們試圖在魔法生物學的層次上，提升亞人種的智力。過去獲得人權的亞人三種——精靈、矮人和半人馬，都具備在智力方面不遜於人類的共通點。所以有些人認為只要滿足相同的條件，就能讓其他亞人種也加入人類的行列。」

奧利佛一臉苦澀地說道。在魔法師的世界有許多光描述就讓人頭暈的知識，這也是其中之一。

「其中一個最具代表性的嘗試，就是讓巨魔理解人類語言的實驗。但我沒聽說過有人成功。因為在實驗次數多到足以做出成果之前，這個實驗就遭到其他同為人權派的魔法師批判。至於理由……應該不用我特別說明了吧。」

奧利佛刻意省略說明，奈奈緒也毫不猶豫地點頭。他所說的實驗，同時扭曲了人類與亞人種的存在。從這個時間點開始，就沒什麼人權可言了。

「在那之後，關於亞人種智慧化的研究就陷入停滯……但那些資料並未被廢棄。就算有魔法師繼承了那些資料，至今仍在繼續研究也不奇怪。更何況是在金伯利這個巨大的黑暗當中。」

「…………」

「既然已經目睹了實際的成果，那就沒有懷疑的餘地了——『那隻巨魔的腦袋被動過手腳』。大概是無法忍受那樣的遭遇，才會不惜冒著生命危險逃跑吧。」

在兩人對話的期間，杖劍的光芒也逐漸增強。即使因緊張而感到口渴，奧利佛仍慎重前進。

「即使能夠繼承智慧化的研究，也沒多少魔法師能將研究提升到實踐等級……如果真的有人能做到，那一定是長期研究亞人種，對牠們的生態瞭若指掌的人。」

在說出這句話的瞬間，杖劍前端發出至今最強的光芒。奧利佛嚥了一下口水往上看。一面厚重的牆壁聳立在迷宮的角落，阻擋在兩人面前。

「痕跡一直延伸到牆壁對面……奈奈緒，先回校舍一趟吧。」

「嗯？可是，卡蒂不就在對面嗎？」

「不行，這已經超出我們的能力範圍。為了確實救出卡蒂，現在應該把這個地點告訴戈弗雷主席或惠特羅學長——」

就在兩人壓低音量說話，準備轉身離開的瞬間——他們背後的牆壁凹陷了。

「——嗯？」「唔！」

開在迷宮牆壁上的黑暗，強硬地將兩人吸了進去。在體驗了幾秒鐘的漂浮感後，那股吸力消失，奧利佛和奈奈緒就這樣墜落地面，但兩人都勉強做出防護動作立即起身。

「——哈哈，雖然我很歡迎訪客，但如果真的把那兩個人找來，我會很困擾。我追求的目標還沒實現，不希望這麼早就被煉獄的火焰燒死。」

從黑暗深處傳出聲音，向立刻舉起杖劍進入備戰狀態的兩人搭話。首先映入眼簾的，是被小型礦石燈照亮的床臺。卡蒂閉著眼睛躺在上面，而站在她旁邊的高年級生，是他們非常熟悉的人物。

「歡迎來到我的工房，Ｍｒ.霍恩，Ｍｓ.響谷。很高興見到你們。」

「……密里根學姊……」

那道迎接學弟妹來訪的沉穩笑容，和平常的她沒什麼不同，但這反而讓奧利佛感到恐怖。

「沒想到你們居然能找到這裡，是在她身上動了什麼手腳嗎？不管是魔法藥或使魔，我應該都不會看漏才對。」

密里根困惑地說道。關於這一點，為了避免被其他人察覺痕跡，奧利佛事先稀釋了魔法藥的成分，雖然這招似乎奏效了……但稀釋過後，反應也會消失得比較快，所以他才來不及找其他救兵。

「……妳對卡蒂做了什麼？」

「我接下來才要做，現在只是先讓她睡著而已。」

魔女乾脆地回答奧利佛的問題。密里根依序看向兩人的臉，露出開心的笑容。

「話說回來，哎呀——今年的一年級生真是太優秀了。居然才三個人就擊敗了我調教的迦樓羅。虧我花費半年的時間才總算把牠收為使魔，結果亮相的那天就直接成了牠的忌日。這真的是出乎我的預料。」

魔女認栽似的露出苦笑。這句話讓少年大吃一驚。

「圓形競技場的事，也是妳做的……？」

「嗯，不好意思那時候把你們也捲了進來。我沒想到你們居然會參加犬人狩獵那種低俗的活動。事後聽說狀況後，我有反省過了。果然發動襲擊前，應該要好好進行事前調查。」

密里根像是在反省般，擺出雙手抱胸的姿勢，但幾秒鐘過後，她再次開心地說道。

「不過你們聽我說。雖然失去費了一番工夫才弄到手的迦樓羅很可惜，但那跟今天的喜悅相比根本就不算什麼。因為巨魔終於——終於說人話了。從祖父那一代開始的研究，在經過百年後終於開花結果了！」

那道笑容在陰暗的房間內顯得特別閃耀。即使一隻眼睛被留長的前髮遮住，依然蓋不住她臉上的喜悅。

「在漫——長得不得了的時間裡，一直缺了臨門一腳。明明腦袋已經調整得非常完美。比起魔法界主流的魂魄學，因為偏向普通人而經常被輕視的中樞神經學更適合這項研究。如果無法理解大腦機能是如何分布，就沒辦法重現語言機能。我很快就掌握了這點。然而『牠們』無論如何都不願意跟我說話。」

魔女回想起失敗的日子，嘆了口氣。她繞著卡蒂躺的床臺，繼續說道：

「如果大腦機能沒出問題，那該不會是學習方法有錯——？我的腦中很早就有這個假設，但不管再怎麼調整教育方法都沒用。牠們頂多只能複誦我的發言，沒辦法發展到對話的程度。我在這幾年把所有想得到的方法都試過了——所以才會感到如此驚訝。沒想到最後的關鍵，居然是說話的對象。」

魔女溫柔地摸了一下卡蒂的臉，像是在欣賞經過漫長的追求與失敗後，才意外撿到的寶石。

「那隻巨魔之所以變得能說話，毫無疑問是奧托學妹的功勞。怎麼想都是與她的溝通，促進了牠的潛在機能。但到底是哪個部分發揮了效果？是遣詞用字？接觸時的態度？還是聲音裡的魔力？

——不對，就算現在急著推測也沒用。反正晚一點就知道了。」

密里根試著讓自己冷靜下來，揮了一下白杖進行詠唱。原本散落在周圍的道具，突然聚集到她的手邊。奧利佛焦急地大喊。

「——妳想幹什麼！」

「哈哈，放心吧。我沒有打算危害她。對為研究帶來突破的恩人做那種事，只會害自己血本無歸。

我只是想請她讓我看一下身體——特別是大腦的部分而已。這都是為了分析她的才能。」

密里根乾脆地說道。奧利佛想起有些道具他曾在醫務室裡看過。再配合她之前的發言，浮現在腦中的推測讓他的表情一口氣變得蒼白。

「妳該不會想在這裡剖開她的頭顱……？」

「那當然。我剛才有說過自己的其中一項專長是中樞神經學吧。比起魂魄，有實體的大腦更好操作，視情況而定，也能從人才的大腦觀察到特有的傾向。呵呵——這孩子的大腦，一定也隱藏了很棒的祕密。」

密里根愉悅地用纖細的手指輕撫卡蒂的頭髮。聽見這個魔女打算剖開學妹的腦袋觀察，奧利佛的表情瞬間變得嚴肅。

「不用那麼緊張啦。我又不是外行人。我不會讓她感到疼痛，更不會讓她留下傷痕。等她清醒後，甚至不會發現自己的腦袋被人看過。放心交給我吧——畢竟『我的經驗這麼豐富』！」

密里根揮動白杖詠唱咒語。無數火球（wisp）在天花板飛舞，照亮原本除了床臺以外都被黑暗籠罩的空間。

「——唔——」「——————」

眼前的光景，讓兩人同時說不出話來。

儘管尺寸和形狀各有不同，但在搖曳的火光照耀下，整個寬廣的空間都是一片肉色。

有的是腹部被切開，有的是額頭上方被剖開，有的則是被用淡綠色的保存液泡在玻璃容器內。

雖然部位和狀態不盡相同，但這些全都保留了一部分人類的外形。

那是無數的亞人種屍體。除了人權獲得承認的三種以外，這裡幾乎湊齊了奧利佛所知的所有種族。每一個種族都成了不會說話的屍體，被平等地解剖開來。

這是一個魔女全力探求過的痕跡。這個慘狀，讓奧利佛有股想嘔吐的衝動。

「……妳……到底在這裡解剖了多少亞人種……」

奧利佛以顫抖的聲音問道。密里根自豪地笑了。

「『很多』喔。如果還記得自己解剖的數量，那只能算是二流。這個領域的實力，完全是靠解剖的次數在支撐。如果沒有直接摸過在肋骨後方跳動的心臟，根本無法自稱是魔法生物學的研究者。」

這個毫不愧疚的表情，無疑是屬於魔法師。為了自己的探求，不惜踐踏人倫的傲慢。她一面解剖亞人種，一面說要拯救牠們，並對自己的這種生存方式沒有絲毫懷疑。

奈奈緒從說不出話的奧利佛旁邊踏出一步，毅然問道：

「不能把卡蒂還給我們嗎？」

「當然可以，等我看完她的腦袋。」

魔女立即回答。暗示自己對此不會做出任何讓步後，她看向某個被火球照亮的角落。

「不過這要花一點時間，你們要不要坐在那裡喝杯茶等一下？」

魔女說完後，指向一張她平常使用的大桌子。上面確實擺了一些茶具，只不過旁邊也同時擺了一具露出內臟的小人族屍體。奧利佛痛苦地呻吟……對魔女來說，那只是一邊喝茶一邊放鬆的痕跡。

奈奈緒直盯著魔女。她也已經領悟到無法說服對方。

「……奧利佛，看來跟這個人說再多都沒有用。」

「唔！等等，奈奈緒——！」

東方少女低聲說完後，就衝向卡蒂躺的床臺。密里根沒有舉起拿著白杖的右手，毫無防備地迎接她——下一個瞬間，一陣猛烈的寒意竄過奈奈緒的全身。

「唔——？」

「**石毒退散**（岡多拉）！」

奧利佛立刻朝她的背後詠唱咒語，從僵硬中恢復的少女一口氣往後跳。魔女看著少年的反應，輕輕哼了一聲。

「嗯，反應真快。如果這招能奏效，那就輕鬆多了——你真的一點都不像是一年級生呢。」

魔女露出「左眼」。那隻至今一直隱藏在前髮底下的眼睛，讓奧利佛倒抽了一口氣——摻雜著綠色與紅色的虹膜，豎直的細長瞳孔。那不管怎麼看都不是人類的眼球。

「……石蛇(basilisk)的魔眼……」

少年在看穿那隻眼睛的真面目後，以顫抖的聲音說道。密里根笑著用手摸了一下自己的眼睛。

「這是疼愛孩子的父母，在我小時候送給我的禮物。但因為是非常挑人的禮物，所以在『我身上』穩定下來前，犧牲了五個兄弟姊妹。父母的愛真是沉重呢。」

奧利佛也具備這方面的知識。利用擁有特殊性能的生物眼球——也就是魔眼，對魔法師來說並不是什麼稀奇的事情。

但在那當中，石蛇的魔眼也是移植風險特別高的一個。不僅必須在身體不容易產生抵抗的幼年期移植，相配率也不到一成。如果沒有那樣的好運，「接受移植的人就會從內側被石毒侵蝕並確實喪命」。

「……唔……」

奧利佛瞬間恍然大悟——對密里根來說，喜愛亞人種與將牠們當成實驗材料解剖，並不是一件矛盾的事情。因為她本人也是這樣被養大。她的父母以愛為名，替她移植了有九成機率會死的魔眼。所以她也用相同的方式愛著亞人種。她相信智慧化的成果最終能夠拯救牠們，為了實現這個目的，她不惜付出任何犧牲——

少女毫不鬆懈地舉起刀，少年在恐懼的驅使下握緊杖劍。在他們面前，魔女從容地將白杖插回腰間，拔出杖劍。

「那麼──既然被你們看見我的真面目。我就重新報上名號吧。

金伯利魔法學校四年級生，薇菈．密里根。專攻的領域是魔法生物學中的亞人種生態研究。從以前就替牠們置身的困境感到擔憂，希望能夠改善牠們地位的人權派魔女。

知道這隻眼睛的人，都直接稱我為『蛇眼密里根』。」

蛇眼魔女在四處飛舞的火球下，報上自己的名號──以此代替開戰的信號。

「奈奈緒，別在劍的範圍內被她長時間注視！」

「了解──！」

奧利佛和奈奈緒一起衝了出去。少年隔著一段距離正對左側的魔眼，少女砍向正常的右眼。他們沒有交談就自然地如此分配。少年用杖劍放出先發制人的雷擊咒語──密里根也微笑地回應。

「**雷光奔馳**。」

雷光在兩者之間激烈衝突。雖然是一樣的咒語，但對方的雷擊在擊散奧利佛的咒語後，威力絲毫不減，少年懊悔地跳向旁邊閃避──雙方咒語的威力天差地遠！

「喝啊啊啊啊啊！」

奈奈緒在衝進刀的攻擊範圍後，以驚人的氣勢砍向魔女的肩膀。用杖劍擋下那一擊後，密里根的身體朝地面下沉了兩吋。

「原來如此，真是驚人的劍壓。難怪能和迦樓羅正面對打。」

魔女佩服地低喃。即使看在這個魔女的眼裡，東方少女揮舞的刀同樣不容小覷。奈奈緒持續繞到蛇眼的死角發動攻擊，密里根也開心地接下她的斬擊。

「真令人期待妳的將來。不過——在目前的階段，妳好像太過注意前方了？」

魔女才剛說完，少女腳邊的地面就突然隆起。拉諾夫流魔法劍·地之型「阻路墓碑(grave stone)」——少女在踏出步伐的瞬間被妨礙，姿勢也跟著向前傾。

「唔——」「——**烈火燃燒！**」

在奈奈緒即將遭到反擊時，密里根驚險地後退躲過奧利佛放出的咒語。少年的對應，讓魔女頻頻點頭。

「介入得恰到好處。你負責彌補她防守薄弱的部分啊。」

面對兩位低年級生的奮戰，密里根的表情不只是從容，甚至還顯得有些愉快。不過——少年像是要讓魔女後悔小看自己般，主動踏出腳步。

「**分隔阻擋(庫利佩斯)！**」

「唔——」

在雙方即將進入一步一杖的距離前，兩人中間出現一面灰色的牆壁。這是通常用來防禦魔法的防壁咒語——但在這個距離使用，不如說是用來遮蔽對手的視野。為了重新看見躲在牆後的奧利佛，密里根理所當然地迅速後退——

「風槍貫穿（因佩杜斯）！」

下一個瞬間，「貫穿牆壁」來襲的風魔法，讓密里根大吃一驚。

「——喔！」

她驚險地往旁邊閃躲，無法避開的部分就用賦予了對抗屬性的杖劍抵銷。即使面對出乎意料的攻擊，她依然在一瞬間就做出完美的對應，魔女毫不吝惜地對在逐漸崩毀的牆壁對面舉起杖劍的少年，投以讚賞的視線。

「剛才真的讓我嚇了一跳。居然刻意做出脆弱的盾牌——」

奈奈緒沒等魔女說完，就再次衝向她。密里根巧妙架開少女的斬擊，繼續說著：

「——再隔牆瞄準後退的對手，使出足以貫穿牆壁的攻擊。這是看準對方會用一般的方式應對防壁咒語，所發動的奇襲。這種壞心眼的技巧是誰教你的？」

覺得是因為自己施加的壓力不夠多，才沒辦法讓魔女閉嘴的奈奈緒，進一步提升速度。如怒濤般席捲而來的斬擊，讓密里根忍不住露出苦笑。

「哎呀，好厲害。妳的攻擊又變得比剛才更銳利了。」

說著說著，她再次讓「阻路墓碑」出現在少女的腳邊。然而——奈奈緒像是在說第二次就不管用般，改變步法躲開了這招。密里根擋下少女橫向揮出的斬擊，發出驚嘆。

「了不起，居然已經有辦法應付了——跟妳正常互砍實在太累了。我也來用魔法師的方式戰鬥吧。」

密里根轉頭用魔眼逼退還想進一步追擊的奈奈緒。魔女利用這幾秒鐘的空檔同時將兩人納入視野，從容地詠唱咒語。

「好了，一起跳舞吧。**雷光奔馳！**」

以此為界線，密里根明顯改變了戰術。魔女原本像是在陪兩人練習般，不斷承受兩人的攻勢，但她在往後跳後，就一直保持距離，接連放出咒語。

「哎呀，妳沒有反擊呢。還不擅長用咒語戰鬥嗎？」

少女試著利用遮蔽物縮短距離，但密里根巧妙地持續放出咒語牽制她。奧利佛憤怒地咬牙——魔女在與奈奈緒拉開距離的情況下持續移動，讓他變得很難支援，而魔女放出的魔法，卻能同時針對兩人。魔女掌握距離的技巧高明到令人驚訝，證明她擁有豐富的戰鬥經驗。

「**瞬間爆裂！**」

如果拉開距離互相用魔法攻擊，實在無法期待能擊中熟練的高年級生。奧利佛在明白這點的情況下詠唱咒語，裝出要直接瞄準密里根的樣子，在魔法發動前改變目標。爆裂魔法擊中魔女的旁邊——一個擺滿藥水瓶的作業臺。

「唔——！」

藥水瓶一齊破裂，危險的魔法藥飛沫乘著爆風襲向密里根。魔女緊急用制服的長袍遮住自己，然後側眼看向被藥水腐蝕的地板笑著說道：

「對付你還真的是不能大意呢。偶爾也坦率地直接用魔法攻擊啦。」

魔女摻雜諷刺的稱讚，讓奧利佛懊悔地咬牙——實力差距未免太大了。即使像這樣出其不意，別說是讓她受傷了，甚至無法阻止她說閒話。

「——唔！」

別停止思考。快想啊——想得更深、更巧妙、更加狡猾。要怎麼做才能讓自己的魔法擊中對手？要使出哪些手段才能讓奈奈緒用刀擊敗對手？

「——嗯？」

在奧利佛思考下一步對策時，他意外聽見奈奈緒的聲音。少年猛然看向她，發現少女正被困在一個持續下陷的坑洞裡。

「小心點，那裡的地面很危險喔——**烈火燃燒**。」

與嘴巴上說的話相反，密里根毫不留情地詠唱追擊的咒語——她在剛才戰鬥的時候，就已經事先對部分地板施展了魔法。奧利佛來不及上前支援，少女全身都被火焰包圍。

「奈奈緒！」

奧利佛伸出杖劍打算用對抗咒語支援——但在他這麼做之前，一道人影從火焰內側衝了出來。

「——嗯嗯？」

少女突破火焰後，就直接衝向密里根，後者雖然驚訝，但還是舉起了杖劍。儘管制服到處都是焦痕，身上也充滿燒傷，但以正面承受火焰咒語來說，這樣的損傷實在太輕微了。魔女困惑地說道：

「真奇怪，應該直接命中了——妳為什麼還站得起來？」

「喝啊啊啊！」

奈奈緒用刀代替回答。密里根從容地後退閃躲，朝繼續追擊的少女詠唱咒語。

「**疾風斬裂！**」

近距離放出的風刃，光是先到的餘波就淺淺割傷少女的四肢，濺出血花。奈奈緒擺出正眼的架勢（註：劍道中將劍尖對準對手眼睛的架勢），用刀尖碰觸那波足以切斷雙腳的攻擊——

「呼！」

——接著少女做出往上提的動作，「像用棒子纏住麥芽糖般將攻擊全部轉移到斜後方」。密里根用眼角看見一個作業臺代替少女被切斷，驚訝地睜大眼睛。

「……雖然我這次姑且是看清楚了……」

魔女如此低喃。她的表情已經超越佩服，根本是愣住了。奧利佛能夠理解她的心情，不如說他也是相同的心境。

「但還是搞不懂。這下頭痛了——妳剛才是怎麼做到的？」

密里根開口問道，被問的人則是默默調整呼吸。奧利佛直覺地理解了那陣沉默的意義——恐怕她本人「也不知道自己做了什麼」。

「應該不是利用對抗屬性抵銷。不如說正好相反，是類似庫茲流的『斬離』的技術嗎？但寡聞如我，從來沒聽說過能精準架開單節咒語的招式。」

奧利佛也在心裡贊同魔女的分析——理論上應該就是這樣吧。利用經過屬性同調的力量「擾亂」魔法，這跟奧利佛在迦樓羅戰時使用的干擾魔法很像。不管是精靈還是一般魔法，都很容易被波長相同的力量干涉。

「……唔……」

不過為了施展那個干擾魔法，奧利佛必須先花一段時間觀察迦樓羅的精靈。想與別人引發的魔法現象同調，就是如此困難的事情。因為精靈一直都棲息在迦樓羅身上，所以不乏觀察的機會，但如果被問到能否在對方發動魔法後的瞬間做出相同的事情，奧利佛能斷定絕對不可能。不如直接使用對抗咒語抵銷，還比較現實。

然而，奈奈緒剛才實現了那個不可能……她恐怕是在用刀接觸對方魔法的瞬間，靠感覺完成屬性同調加以干涉。雖然不可能有人做得到這種事，但也只有這麼想才說得通。

奧利佛目不轉睛地看著奈奈緒，後者無法理解少年的驚訝，露出難為情的笑容：

「雖然在下還沒辦法在遠離自身的地方放出火焰……但只要用刀碰到，那股力量就等於是位於在下的體內。」

聽了少女的話後，少年突然覺得可以理解。沒錯，就像少女之前說的那樣——關於如何控制在自己體內循環的力量，在下已經徹底鍛鍊過了。

所以她就「這麼做了」。她先用熟悉到可以說是身體一部分的刀承受對手的魔法，再用身體內部感覺。不過她在實際行動之前，恐怕根本就沒想過要瞬間進行同調再架開攻擊這種事。

少年在理解這點後戰慄不已。用完全沒練習過的招式，干擾幾乎可以說是第一次看見的魔法。這究竟是多麼驚人的才能——！

另一方面——做出相同考察的密里根，也緩緩將杖劍指向少女。

「我很好奇妳能做到什麼地步。這個也行嗎？**燒灼地面**（佛爾提斯）——」

奧利佛一發現這是二節咒語的詠唱就立刻回過神，瞬間衝了出去——我在發什麼呆啊。從她的身上到處都是燙傷和傷口來看，奈奈緒的招式明顯還不完全。怎麼能讓她繼續重複相同的事情！

「把火交給我！」

少年靠到奈奈緒身邊後，簡短提出要求。少女在看見少年將杖劍舉到自己的刀旁邊後，也察覺了他的意圖。

「——**覆以炎熱**（弗朗馬）。」

二節詠唱的火焰咒語襲向兩人。火力強到足以讓人覺得頭上那些火球根本不算什麼的猛火開始蔓延。遠超過單節咒語的大火力，彷彿要一口氣吞噬兩人——

「**烈火燃燒！**」「**烈火燃燒！**」

面對眼前的大火，兩人用從杖劍放出的火焰加以對抗。奈奈緒的魔法一離開刀尖就逐漸消散，但奧利佛用自己的魔法包覆她的火焰，進行強化。

魔女放出的猛火，只有一部分被持續推了回去。在熱與火焰猛掃過現場後——只有並肩站在一起的少年和少女，以及他們周圍的地面沒有被燒毀。

「……居然臨時用集束咒語對應？不可能，這是騙人的吧？」

密里根的臉上同時充滿了驚訝與喜悅——她完全沒想到這兩個才剛入學不久的一年級生，居然有辦法和戰鬥經驗豐富的自己奮鬥到這種地步。

「別讓我太高興啊。我本來只把你們當成奧托學妹的附贈品，打算稍微嚐一下味道就好——這樣我不是會變得想把你們仔細切開來看了嗎？」

密里根露出壯烈的笑容。她的右眼充滿身為研究者的好奇心，散發出比左側的蛇眼還要不祥的光芒。奧利佛光是看見那道視線，就能想像出自己力量耗盡後，會有什麼樣的遭遇。

少年在杖劍前方展開隔音障壁，輕聲對一旁的少女說道：

「……奈奈緒，我想妳應該明白。」

「嗯。這位學姊的水準和我們完全不同。」

兩人不可能沒發現對方從一開始就沒認真打。在魔法戰鬥中，雙方實力愈是接近，就愈沒有餘力說出咒語以外的話，對方直到現在都還有辦法閒聊就是最好的證明。薇菈．密里根目前展現的實力恐怕還不到兩成。

「即使繼續像這樣戰鬥下去，也只能等著被對方玩膩。在敵人的工房裡，也無法期待會有人來救我們……趁身體還能動時一決勝負吧。」

「意思是你有什麼對策嗎？」

東方少女抱持著期待問道。奧利佛簡潔說明自己的計畫。

「……大概就是這樣。聽懂了嗎？」

「沒問題。真是令人興奮的作戰。」

奈奈緒和面對迦樓羅時一樣，乾脆地回應。奧利佛的表情稍微放鬆。即使面臨極度絕望的狀況，少女依然沒有改變，這對少年來說是最大的激勵。

「既然妳都這麼說了，那就一定會成功──上吧！」

「喔！」

兩人達成共識。奈奈緒先全力往前衝，奧利佛在後方舉起杖劍。認為兩人打算像之前那樣行動的密里根，也做好萬全的準備迎擊。

「呼！」

然而，在少女踏上作業臺的瞬間，魔女立刻發現自己的預測是錯的。奈奈緒在桌上奔馳，然後高高跳了起來。

「喔──？」

已經習慣橫向移動的眼睛一時跟不上垂直的跳躍。奧利佛在剛才的戰鬥中，偷偷替少女腳下的桌子賦予了彈性，就像密里根之前將地板變脆弱那樣。高高跳起的奈奈緒輕易越過魔女的頭頂，在她後方著地。

「**烈火燃燒**──**疾風斬裂**──**雷光奔馳！**」

奧利佛同時發動攻擊。曲射的火球、蛇行的風刃，以及直線前進的閃電。屬性和軌跡都不同的

三連詠唱，讓密里根大吃一驚。雖然每一擊的威力都不怎麼樣，但面對從不同角度和時機來襲的魔法，對手只能一一拆解，沒辦法一口氣用強力的魔法化解攻擊。

「喝啊啊啊！」

在密里根被迫詠唱對抗咒語的期間，她感覺到奈奈緒正從背後逼近。魔女現在沒有餘力對付少女。她的杖劍正忙著對付前方的奧利佛，就算想用魔眼，也不可能將正後方的少女納入視野。雖然只要整個人轉身就行，但這樣就會反過來被少年的咒語擊中。

奧利佛看見了勝算。到了這個地步，魔法技術的差距已經沒有意義。一把杖劍和兩隻眼睛——只要這個原則沒有改變，就算是蛇眼的魔女也無法應付這個夾擊。

「——哈哈。」

照理說應該是這樣。

密里根的嘴角露出微笑。在看見那道笑容的瞬間，奧利佛背後竄起一陣致命的寒意。這是他絞盡腦汁想出的最佳策略，但那個彷彿要笑著吞噬一切的怪物容貌，才是真正魔法師的笑容。

側身站立的魔女舉起了一隻手。她用雙眼和杖劍應付奧利佛，將空出來的左手伸向逼近自己的奈奈緒。這個行動沒有意義。不可能會有。無論是什麼樣的魔法師，都無法用沒拿魔杖的手發動魔法。

魔女的左手推翻所有常識——「張開了眼睛」。

「——啊——」

奧利佛看不見魔女背後的景象，但他還是察覺了。少年腦中清楚地浮現出兩人悽慘落敗的結局。

為什麼——為什麼會沒想到呢？仔細想想，魔女從第一次見面時起，就一直遮著左眼，像是在暗示那裡藏了什麼祕密。只要看見被藏起來的眼睛，所有魔法師都會懷疑那是魔眼。所以奈奈緒一開始中招時，少年才能立即對應。

所有人都能預測到魔眼的存在。既然如此，那就不可能是薇菈・密里根的王牌。這個魔女真正隱藏起來的最邪惡的神祕，絕對是左眼以外的東西。

然後——「那個東西」正出現在對此一無所知的奈奈緒的面前。

左手的魔眼。在超出人理範疇的地方，睜開了第三隻眼睛。然而，那隻眼睛的存在合理到令人厭惡。一隻石蛇本來就擁有兩個魔眼。既然是通過十分之一的考驗幸運存活下來的移植者，那她的身體自然不可能會對來自同一個體的第二隻魔眼產生抵抗。

「這樣當然要一併移植」。如果是魔女的父母，自然會這麼想。但如果因此失去人類的眼睛也不太好。對接下來要以魔法師的身分活下去的女兒來說，天生的人類眼球也具有無可替代的價值。那只要鑲在其他地方就行了。如果還能用來填補正常人看不見的死角，那就更好了——

「——唔——」

在踏進刀的攻擊距離前，奈奈緒也發現了。「這刀砍不到」。

有東西在看。自己已經被在手掌上睜開的第二隻蛇眼正面看見了。只要再踏出一步，那個詛咒就會瞬間侵入身體，到時候連手指都會變得像石頭一樣動彈不得。

但少女也無法後退。賭上勝負的全力衝刺，已經讓她無法控制自己身體的方向。一定會踏入刀的攻擊距離。如果想打破現狀，就必須在這個前提下想辦法。

既然如此，少女在思考中微笑——答案只有一個，那就是「讓刀砍到」。

她放鬆將刀橫舉的手。這麼用力無法達到期望的速度。不對——即使達到最理想的脫力也還不夠。敵人是在手掌上睜開的妖眼，以及從那隻不祥的眼睛發出的無形詛咒。既然是感光器官發出的詛咒，那速度應該跟光一樣。

因此，少女做出結論——「這一刀必須比光還快」。

「——呼——」

在踏入攻擊距離前的最後一次呼吸。少女透過這個儀式將精神集中到極限，讓自己化為一道斬擊。

要怎麼砍才能戰勝光。這個問題的答案，奈奈緒已經知道了。即使不曉得怎麼實現，也不曉得光速有多快，她依然抱持確信。

只要砍阻擋在眼前的東西就好。只要將阻擋在自己與斬殺對象中間的一切，全部化為虛無就好。

所以要想像。想像能將無形的「空」與流逝的「時間」全都一併斬斷的刀。

這是多麼的純真，這是多麼的傲慢。不允許這點實現的世界之理，從一開始就不在考慮的範圍內。

就這樣——一個「魔」在此顯現。

「——咦？」

某種「不對勁」的感覺，讓密里根忍不住喊了一聲。

在左手眼睛的視野裡，東方少女停住了。打從踏入刀的攻擊距離內的那一瞬間，她的身影就完全靜止了。這也是理所當然。畢竟她在這個距離內中了蛇眼的詛咒，所以當然沒辦法動。

但感覺不太對勁。雖然只有感覺，還不曉得是怎麼回事，但密里根覺得這個景象絕對有哪裡怪怪的。在某個地方，有某個不應該存在的東西。魔女如此確信，然後她的思考很快就找到了一個決定性的答案。

密里根認為在少女踏入刀的攻擊距離內之後，就分出勝負了。手上那隻眼睛看見的景象也印證了這點。

然而，如果真是這樣。如果一切都按照自己的預測。

為什麼少女的刀已經揮出去了？

「——啊——」

左手手肘以下的部位掉落地面。

手上那隻眼睛的視野也同時消失——這也是理所當然，畢竟已經沒跟她連在一起了。不管那顆眼球擁有什麼異能，只要離開身體就不會映照出任何東西。

密里根只好轉動脖子，用剩下的兩隻眼睛看向左邊。儘管這樣會在少年面前露出破綻，但這已經不是問題了。

她現在只想看。

這或許是她人生最後看見的光景。她想將完成那個「魔」的少女身影，烙印在自己的眼睛裡。

「——喂，妳剛才——」

魔女無法問到最後。

從她的脖子噴出滾燙的血。在感受到這個甚至讓人覺得愉快的感覺後——魔女失去了意識。

在見證魔女的身體倒下後，少女收刀入鞘，靜靜轉身。面對那個身影，少年甚至無法放下杖劍，只能默默注視著她。

「奧利佛，是我們贏了！」

奈奈緒立刻跑來報告，近距離看見那道純真的身影，讓奧利佛勉強恢復能夠開口的理性，硬擠出聲音。

「……奈奈緒，妳剛才……」

「嗯？怎麼了嗎？」

少女困惑地看向這裡，這讓少年直覺地明白——她這次果然也不曉得自己做了什麼。

與其相反，奧利佛知道剛才發生了什麼事。而且是清楚到超越驚恐，就連維持理智都很困難的程度。換句話說，他知道少女在面對魔女的王牌——那隻左手的魔眼時，是如何取勝。

沒錯，她是用砍的。「不過是連時空一起」。就連自己與敵人之間的距離，都被她視為應該要斬斷的妨礙，在先斬斷距離的概念後，就連光都被她丟下了。少年當然也看不見這段過程。他只是在分析現象後，找出合理的說明。

「……唔……」

其實魔眼的詛咒要花一點時間才會發揮效果，視耐性的有無，產生的效果也會有個人差異，所以在近距離的情況下，還是有幾個方法能夠打敗魔眼。魔眼確實是強力的武器，但也並非有了就能夠無敵。

不過，奈奈緒的那一刀不同。只要是在刀的攻擊距離內，就沒有任何手段能夠抵擋她的斬擊。即使是用魔法劍的技術也絕對辦不到。如同字面上的意思，只要一進到攻擊距離內就會被瞬間斬斷，這種不講理的招式，到底要怎麼抵抗？

只要一施展出來，對手就完全無法抵抗的絕對招式。這在魔法劍的世界，被稱作魔劍。少女的那一道斬擊，無疑就是如此。與此同時，那也與已知的六種魔劍都不同。

亦即——第七魔劍。

那個招式至今仍未有名稱，而且在廣大的世界裡，只有這個少女能夠施展。

「…………」

奧利佛陷入迷惘。這麼重大的事實，該怎麼傳達給才剛成為魔法師不久的少女？該怎麼告訴她才正確？

他馬上就做出結論。這不是能馬上做決定的事情，也不該現在做決定。奧利佛做了一個深呼吸，暫時擱下這個問題，重新轉向奈奈緒。

「……沒事，晚點再說吧。總而言之，先帶卡蒂回校舍吧。」

「贊成。話說，那個人該怎麼辦？」

少女看向被自己砍倒的密里根。魔女倒在地上，被斬斷的手臂和脖子的動脈正大量出血，奧利佛慎重地走過去後開始診斷。

「……被斬斷的只有左手和其中一邊的頸動脈。」

「嗯，在下有留她一命。因為對方也沒打算殺了我們。」

奈奈緒嚴肅地說道。奧利佛也點頭表示贊同。雖然不想考慮如果自己戰敗，會面臨什麼樣的遭遇……但最後應該是不太可能會死。密里根就連戰鬥的時候，都一直擺出學姊的態度。即使因為欣賞學弟妹的才能，將他們活生生地解剖，應該也不會痛下殺手。

考慮到這點，奧利佛將杖劍指向昏倒的魔女，施展了最低限度的治癒咒語，稍微替她止血。

「……這樣就行了。她再過不久就會醒。從迦樓羅事件沒有出現死者就能得知，魔法師的生命力原本就非同小可。」

少年做完應急處置後就離開魔女。少女理解似的點頭，然後像是突然想起什麼般轉向奧利佛。

「啊，對了，奧利佛。」

「……？」

少年看向呼喚自己的少女。奈奈緒對一臉疲憊的少年，做出最後的一擊。

「獎勵之吻。這次請你要好好做喔。」

奧利佛事後是這麼說的——自己在這起事件中盡的最大努力，就是沒在這時候癱倒在地。

終章

同一天傍晚。卡蒂一在醫務室的床上醒來，就發現自己被同伴包圍，之後奧利佛向她說明了目前能夠確定的所有事實。

「卡蒂，雖然妳可能會覺得難以接受……但這就是這次事情的始末。」

「…………」

捲髮少女維持坐在床上的姿勢，陷入沉默。少年小心翼翼地繼續說道：

「密里根學姊並不是對妳有惡意，才做出這些事情。在妳剛開始和巨魔交流時，她應該是基於純粹的善意在幫助妳。她當時只是在疼愛擁有相同志向的學妹，完全沒有其他意圖。」

奧利佛試著安慰卡蒂，但他自己也不曉得有沒有用。為了替一臉苦澀的奧利佛減輕負擔，雪拉代替他開口：

「不過，妳做出了出乎意料的成果。原本被她認為是智慧化實驗失敗案例的巨魔，在和妳溝通後說人話了……對研究長期陷入停滯的密里根學姊來說，這件事應該讓她感到萬分驚訝吧。」

無論是被魔法師喜歡上或看上，最後都有可能招來當事人不願意樂見的結果。就連人權派這個頭銜，都無法保證那個人的人格。實際體認到這個事實，讓奧利佛察覺自己還是太天真了，於是他再次開口：

「關於事件的始末，我們已經向戈弗雷主席報告了。他一開始非常驚訝，但在看見巨魔說人話

的樣子後，似乎就接受了。既然已經被那個人盯上，她以後應該不能再像以前那樣暗中活動了。」

正因為之前一直處於被動，奧利佛在事後處理方面做得非常徹底……既然吃了這麼多苦頭，自然應該要讓密里根接受應得的報應。她之後的行動一定會受到限制，關於卡蒂的事情，也應該要跟她提出具體的求償。

確認少年的說明告一段落後，卡蒂輕聲問道：

「……我想先確認一下那孩子的狀況？」

「說來諷刺，因為牠目前是智慧化實驗唯一的成功案例，所以應該是不會被殺害。妳是最能跟牠順利溝通的人，只要利用這項事實，應該有辦法改善牠的待遇。」

只有這點算是不幸中的大幸。雖然只是推測，但奧利佛認為是卡蒂的人品，引出了那隻巨魔說人話的能力。卡蒂不斷努力站在對方的角度思考，有時一起吃相同的東西，有時一起並肩唱歌，逐漸縮短雙方內心的距離。這是蛇眼魔女再怎麼努力都做不到的交流，是一段充滿人情味的溫暖時光。

奧利佛的回答，讓卡蒂鬆了一口氣。

「了解。簡單來講——這算是個好結局吧。」

「卡蒂……」

她現在的心情應該沒辦法簡單用這句話來交代。少年露出沉痛的表情，卡蒂凝視了他一會兒後，突然以嚴厲的語氣喊道：

「奧利佛，立正！」

少年一聽就反射性地在椅子上挺直背脊。卡蒂跳下床走向他，然後不由分說地親了他的臉頰一下。

「！？！？！？！？」

「……呼！好了，下一個換奈奈緒！」

「喔？」

卡蒂紅著臉，同樣親了旁邊的奈奈緒一下。在啞口無言的同伴們面前完成這件事後，卡蒂站著說道：

「這是感謝你們救了我！當然這樣還不足以報答你們，所以就當作是訂金吧！謝謝你們！還有，對不起總是讓你們遭遇危險！」

卡蒂握著兩人的手說道。接著，少女在愣住的兩人面前握緊拳頭。

「不過，我沒事的！我才不會這樣就沮喪！即使是溫室裡的花朵，接連遭遇這種打擊，想不變得堅強也不行！巨魔的頭腦被人動過手腳？被依賴的學姊綁架並差點被解剖？啊哈哈——那又怎麼樣啊可惡！」

卡蒂大吼。那道吼聲裡包含了憤怒與悲傷，以及絕對不向這些情緒屈服的意志。幸好醫務室裡沒有其他患者。捲髮少女將手抵在胸前冷靜下來後，繼續說道：

「我就坦白說了。金伯利——這裡真的是個糟糕的地方。不過，這裡同時也是現代魔法社會的

縮圖。所以只要在這裡生活，就能盡情地與正在世界各地蔓延的問題戰鬥。」

卡蒂以堅定的眼神說完後，露出無所畏懼的笑容。

「真是個好兆頭呢。因為這次吵架是我贏了。畢竟我成功讓那孩子活下來了。雖然過程充滿諷刺，讓人覺得前途多難，但我還是沒單方面挨打。

當然，這幾乎都是託大家的福。我這次就連自己都保護不好……不過，我絕對不會一直這樣。為了讓自己以後能夠抬頭挺胸，我也要變強才行！」

奧利佛驚訝地睜大眼睛。在他煩惱該怎麼安慰少女時，她已經做好了繼續戰鬥的覺悟。即使知道金伯利有多可怕，即使接觸過世界的殘酷——她還是不惜讓自己染上髒汙戰鬥。

奧利佛真心覺得自己看錯了她。在第一次上魔法生物學課後大受打擊的卡蒂．奧托已經不在了，現在的她，已經不是只會說漂亮話的天使。

「總而言之，我先去教訓密里根學姊一下。雖然我被她背叛，也覺得她是個本性很糟糕的人，但她還是我第一個仰慕的學姊。等把該說的話都說完，把想發洩的都發洩完後……再來好好思考該怎麼跟她來往吧。」

這段話讓其他五人瞬間啞口無言。沒想到她居然還想繼續跟把自己害得這麼慘的人來往。或許是察覺到朋友的驚訝，卡蒂用力搖頭：

「如果現在退縮並跟她斷絕往來，以後我不管遇到誰都一定會害怕。因為——坦白講，這間學校不管去哪裡都會遇到那種人吧。」

雖然這句話聽起來很恐怖，但沒有人能夠反駁。捲髮少女不屑地說道：

「既然如此，我也要習慣。不僅如此，我還要找機會去影響那些人……等著瞧吧，我絕對不會就這樣認輸。在我畢業之前，我要用這種戰鬥方式，將這個學校變成比現在還要溫柔的地方！」

卡蒂高聲宣告。面對那樣的少女，眼淚從少年的臉頰流了下來。

「咦──奧、奧利佛？你、你怎麼了？」

雖然有想到可能會讓人覺得傻眼，但少女作夢也沒想到少年居然會哭，於是她急忙轉向少年，驚慌失措地看著他。

「對不起，對不起！是我的話有勇無謀到讓你想哭嗎？我一開始是不是該先設個小一點的目標比較好？」

面對不知所措的少女，奧利佛眼眶含淚，笑著搖頭。

「不對，卡蒂。不是這樣……」

少年斷斷續續地說著，同時回想起過去擔心的事情──他原本以為卡蒂遲早會崩潰。畢竟如果想在這個魔境生活，她的個性實在太過溫柔了。只要遇到某個決定性的挫折，少女的眼睛就會蒙上絕望的陰影。少年本來已經做好了覺悟，認為這次的事件可能就是壓垮她的最後一根稻草。

但結果並非如此。眼前的少女眼神還是一樣溫柔，但變得遠比之前堅強……她以後可能也會面臨許多苦難，或是遭遇難以想像的痛苦。即使如此，她還是會繼續前進，不會向這一切屈服。現在的卡蒂．奧托，確實散發出能讓人如此相信的光輝。

「……我可以認為，自己也成功守護了什麼嗎……？」

奧利佛哽咽地說道——少年長久以來都希望能讓溫柔的人繼續保持溫柔，但在這個世界，這實在是個過於虛幻的願望。

如今這個願望稍微實現了一點。眼前的少女替他實現了。這件事讓少年開心得不得了，也讓他的眼淚久久無法停止。

以卡蒂與巨魔為中心的事件落幕後，大約過了一個星期後的深夜。

「——你來啦，Mr.霍恩。」

在陰暗的迷宮內響起一陣高傲的聲音。那個聲音給人的印象，跟在白天的教室裡聽見的一樣。

「……是的。」

奧利佛表情僵硬地站在把自己找出來的聲音主人面前。

「好好跟上。我想你應該很清楚，深層這裡要比淺層危險多了。你可千萬別跟丟了我的背影。」

「……我知道了。」

少年默默地跟在提醒完後就立刻轉身，開始在迷宮內前進的鍊金術教師——達瑞斯的後面。在這個感覺不到人的氣息，反而充滿魔性氣息的空間內，只有兩個人的腳步聲持續迴響。

「請問接下來要去哪裡？」

「你想知道嗎？」

達瑞斯刻意賣了一下關子，看見奧利佛點頭後，他低聲說道：

「在你們入學前，有個學生墜入魔道。我們接下來要去他的工房。」

「……！」

「目的不用說也知道，就是去收拾和保存那個學生留下的研究成果。雖然這個工作通常是交給其他學生處理，但如果過於危險，也可能會派老師過去。這次就是如此。畢竟那是個非常優秀的學生。」

說到這裡，達瑞斯停下腳步，將魔杖對準旁邊的牆壁詠唱咒語。那部分的牆壁突然消失，現出一道樓梯……因為是要潛入深層，所以這大概是只有老師知道的捷徑。奧利佛一面慎重地確認有沒有危險，一面跟在達瑞斯後面走下樓梯。

「雖然每個魔法師最害怕的就是『墜入魔道』，但那同時也是最名譽的死法。因為這表示自己與魔就是如此接近。最重要的是，他們一定會留下成果。他們耗費一生留下的精髓，將成為我們邁向下一個境界的基礎。」

面對達瑞斯的高談闊論，奧利佛一直保持沉默，只做最低限度的附和。

在那之後的一個小時，兩人又穿過了幾條隱藏通路。就在奧利佛感覺到魔素的濃度逐漸提升，就連呼吸都要特別注意時，達瑞斯在這條漫長通路的盡頭——一扇大門的面前停下腳步。

「就是這裡——進去後，一步都別離開入口。」

男子事先提出警告。他拔出杖劍詠唱咒語後，門就自己從內側開啟。接著一陣血腥味與腐臭味，就突然從裡面竄了出來。

「看吧，有人來迎接了。」

「……！」

首先映入眼簾的，是幾乎鋪滿這個大房間的無數屍體。那些全都是魔法生物的屍骸，房間內到處都看得見經歷激烈戰鬥後互相啃食的痕跡。然後，一群異形的身影踩著那些屍骸大搖大擺地現身。

「『門』果然還開著。看來從裡面跑出了不少惡質的魔獸呢。」

達瑞斯不屑地說道。在這個如同蠱毒壺般的環境裡，有三隻魔獸活了下來。全身都被熾熱鱗片覆蓋的憤龍（Nidhogg），一身白毛都被噴濺的鮮血染紅的二角靈馬（bicorn），以及從雙肩長出單眼蛇頭的無貌古人（Zahhak）。雖然每隻魔獸都散發出驚人的魔力，但最後面的無貌古人特別讓奧利佛感到恐懼。那傢伙非常不妙，恐怕離神靈只有一步之遙——是和弱化前的迦樓羅同等級的存在。

「感到光榮吧。由我來當你們最後的對手。」

但達瑞斯在面對牠們時，表情裡沒有一絲陰霾。在男子往前踏出一步的瞬間，三隻魔獸一齊注意到這裡。這是因為達瑞斯主動發出魔力的波動挑釁牠們。

魔獸們憤怒地發動襲擊，其中速度最快的二角靈馬率先衝了過來。寄宿在頭上那兩支角的冰雪精靈，毫不吝惜地替主人的突擊賦予加護。只要縮短距離就能奪人性命，然後直接撞碎被凍住的獵物，這就是這隻魔獸的狩獵方式。靈馬高速奔馳，準備用那兩支角粉碎達瑞斯。

「這匹廢馬，連實力的差距都看不出來嗎？」

男子不悅地啐道。最後二角靈馬直接從達瑞斯的旁邊通過，直到牠撞上牆壁倒下後，奧利佛才發現原來魔獸的頭早就被砍斷了。少年的表情瞬間僵住，他甚至看不出來男子剛才做了什麼。

雖然不曉得憤龍如何看待二角靈馬的末路，但牠也跟著發動襲擊。熾熱的鱗片散發出比一開始還要強烈的光芒，與此同時，牠體內的熱量也聚集成巨大的火球，從牠嘴裡發射出來。憤怒的龍就這樣連續吐了幾顆火球，每一顆火球的火力都比奧利佛的火焰咒語強了十倍有餘。

「你的鱗片我就收下了。其他都不需要。」

達瑞斯穿梭在光是稍微碰到就能將人燒焦的火球之間，即使他每次都是以毫釐之差躲過，卻一點都不讓人覺得危險，因為男子是基於完美的預測和確信在行動。

憤龍總共發射了三顆火球。在牠吐出第四顆前，達瑞斯已經來到牠的身邊，以杖劍將牠的頭砍了下來。憤龍甚至來不及用利牙或尖爪反抗。

「那麼，只剩下你了。」

連續收拾了兩隻魔獸後，達瑞斯轉向剩下的獵物。無貌古人用乾巴巴的雙手握緊黑色的刀刃，衝向達瑞斯。首先是壓低姿勢使出的刺擊，然後是旋轉身體由上往下揮出的斬擊，但這一連串的攻擊，都被達瑞斯淡淡地用杖劍架開。

「哼，還算是有點本事。大概很久以前是魔法師吧。」

或許是早已擺脫人體構造的束縛，無貌古人的步法就像厚重的液體在流動般，帶著獨特的緩急，這連帶使牠的攻擊變得非常難以看透，讓男子在進房間後首次表現出有在戰鬥的樣子。達瑞斯在接下一記橫向的斬擊後，繼續說道：

「但即使墜入魔道也只有這點程度，可見你生前應該沒什麼才能。」

戰鬥只持續到這裡為止。瞄準男子胸口刺出的刀刃徹底落空，讓發動攻擊的無貌古人稍微失去平衡。達瑞斯的斬擊趁機滑過牠的脖子，那顆沒有眼睛、鼻子和嘴巴的頭顱就這樣掉落地面。頭顱滾了幾下後停止，男子毫不猶豫地將腳踩在那張空洞的臉上。

「哼——真是無趣。」

即使沒有臉，那部分似乎仍是無貌古人的核心。還殘留著蛇頭的身體顫抖了一下後，就立刻化為黑霧消散，連屍體都沒留下。

見證了這一切的奧利佛，依然僵在入口前方，他勉強開口說道：

「……真是厲害的劍術。面對那麼強大的三隻魔獸，居然連咒語都不用詠唱……」

「Mr.霍恩，就算說那種理所當然的話，也無法提升你的評價喔。」

男子若無其事地說完後，稍微揚起了嘴角。

「但你沒有說錯。除了偉大的校長以外，我的劍術在金伯利可說是無人能敵。我本來比嘉蘭德那個沒用的傢伙更適合當魔法劍的老師。」

達瑞斯肆無忌憚地說道。男子在這時候提起嘉蘭德師傅的名字，讓奧利佛確信以前聽說的傳聞是真的——據說路德．嘉蘭德和達瑞斯．格倫維爾，曾經爭奪過金伯利魔法劍教師的位子。

「但我現在的立場也是逼不得已。畢竟我和那個除了劍術以外一無可取的傢伙不同，還背負著發揮學識指導學生這個崇高的使命，不能疏忽作為一個教師的本分。」

達瑞斯不屑地說道。他走向房間深處，低頭看向穿透地板的扭曲空間。那些魔獸應該就是從這個通往異邦的門爬出來的。

門的周圍畫了好幾層的魔法陣。男子將魔杖伸向魔法陣，消除構成術式的部分文字。裂開的空間立刻正常地關閉。

「這樣門就關起來了。再來只要回收留在工房內的成果就結束了。你可以自由行動了，但最好別亂碰東西。畢竟在魔法師的地盤裡，多的是只要稍微搞錯用法就會有生命危險的咒具。」

達瑞斯警告完後，就開始探索室內。他毫不猶豫地踢飛妨礙他走路的魔物屍體，看起來只覺得這個雜亂的房間令人煩悶。

奧利佛踩著慎重的腳步靠近男子，輕輕對那個持續探索的背影說道：

「……我可以問一個問題嗎？」

「我允許。什麼問題？」

達瑞斯沒有停止探索，直接催促少年說下去。奧利佛停頓了一下後，開口問道：

「老師應該知道那隻巨魔現在的狀況吧？」

經過幾秒鐘的沉默。男子沒有否定也沒有肯定，邊搜索邊反問：

「喔——為什麼你會這麼認為？」

「老師教的科目明明不是魔法生物學，卻急著想處分那隻巨魔，這點顯得不太自然。所以您應該是為了避免讓人發現那隻巨魔的腦袋被動過手腳，才想要湮滅證據，這才是最合理的解釋。」

「你認為我在包庇密里根嗎？」

「是的。畢竟長期提供她各種亞人種做實驗的人也是您。」

奧利佛基於確實的根據如此說道。達瑞斯的嘴角浮現出笑容。

「調查得真仔細。這也是你的特技嗎？」

「可以這麼說……但只有一件事讓我無法釋懷。我無法理解您為什麼要支援密里根學姊的研究。您應該對提升亞人種的地位這種事毫無興趣才對。」

即使知道男子做了什麼事，奧利佛唯獨無法推測出他的動機。在試圖釐清這點的少年面前，達瑞斯像是覺得無趣般說道：

「提升那些假人類的地位嗎——確實，我對那樣的愚行沒有任何興趣。」

「那麼，為什麼您要提供支援？」

奧利佛再次問道。達瑞斯停止動作，轉身對少年說道：

「剔除人類這個物種愚蠢的部分。這就是我長年的心願。」

男子說出自己身為魔法師的宏願。

「你應該也知道。打從遠古以來，人類社會就是由百分之一的賢者和百分之九十九的傻瓜構成。無論歷史再怎麼發展，這個比例都不會變。雖然在教育普及後，情況稍微好轉了一點，但還是有其極限。即使能讓那些生為猴子的人稍微裝出人類的樣子，還是無法將牠們提升到賢者的領域。」

達瑞斯肆無忌憚地將大部分的人類稱作猴子，並主張擔憂這項事實的自己，正是少數的賢者。

「為了改變這個原則，有必要對人類的智慧進行改造。『由卑轉貴』，這正是在實踐鍊金術的理念。密里根的研究只是其中一個具體的途徑。與她的思想無關，我支援的是她的可能性。」

達瑞斯主張他支援的不是思想，而是手段。在得知這段發言代表的意義後，奧利佛的表情瞬間變得僵硬。

「換句話說，您……想把亞人種的智慧化實驗，應用在人類身上？」

「沒錯。在提升技術的完成度之前，用那些假人類當實驗材料也不壞。」

男子若無其事地說完後，突然露出苦澀的表情。

「然而，那個密里根也真是無可救藥。明明只要是為了研究，不管割開多少亞人種都在所不惜，卻堅持不願意為了規避麻煩殺害巨魔，甚至還找來嘉蘭德那傢伙，硬找理由讓那隻巨魔活下去。結果因此害關鍵的研究被迫停止，實在是本末倒置。」

從願不願意為了研究以外的理由殺害巨魔這部分，就能看出兩者立場的差異。奧利佛在心裡想著這樣確實說得通。

薇菈．密里根是為了實現賦予亞人種人權這個目標，才會對數不盡的亞人種做出殘虐的暴行。然而，這一切都奠基於她個人的正義與愛。即使能夠為了研究解剖幾百名亞人種——她還是無論如何都無法為了保全自己犧牲一隻巨魔。

「…………」

伴隨著確切的實感，奧利佛想起一句自古流傳下來的名言——「只要有一百個魔法師，就會有一百種瘋狂的面貌」。

在表情變得嚴肅的少年面前，達瑞斯深深嘆了口氣。

「真是讓人煩悶。今年又有一大群笨蛋以入學的名義湧入學校。雖然挑出部分原石的過程還算有趣，但挑完後就只剩下設法提升那群笨蛋的智力水準這種永無止境的徒勞。光想就讓人頭暈。」

「…………」

「話雖如此，生為一個笨蛋，並不是那些笨蛋的錯。身為一個教師，我還是必須指導他們。在找出能夠超越現存教育制度的決定性手段之前，我也只能犧牲自己承受這些徒勞。」

男子感嘆地說完後，看向奧利佛。

「既然對那隻巨魔進行的智慧化處理已經曝光，以後就沒辦法輕易準備亞人種的實驗體了。密里根的研究暫時是遇到瓶頸了。雖然我沒道理怨恨你這個被害者——但還是希望你能明白我有多失望。」

「……您希望我怎麼做？」

少年平靜地問道。達瑞斯像是在下達宣告般開口：

「拜我為師，然後協助我的研究。像你這種什麼事都能辦好的人，最適合當助手。這麼一來──我就會用我的才能，把你帶到光靠你自己的力量無法抵達的高度。」

達瑞斯毫不害臊地說道。男子認為這是至高無上的榮譽，並且對此沒有一絲懷疑。奧利佛握緊雙手，垂下視線。

「光靠我自己的力量無法抵達嗎……我已經被人這麼認定啦。」

「這不是認定，是事實。你自己也有自覺吧？」

達瑞斯進一步說道，彷彿認為自己看透了一切。

「你沒有突出的才能。雖然什麼事都能順利辦好，但在任何方面都無法遙遙領先別人。隨便找一個人來看都知道，這是典型無法成大器的魔法師。如果不能早點接受這個事實，只會害你自己不幸。」

儘管這段話是在否定少年的未來，但話語當中並未包含一絲惡意。男子繼續對少年提出善意的忠告：

「不過，你還是有可取的部分。雖然缺乏魔法的才能，但你是個聰明人。你的分析能力非常了不起，甚至能夠看穿我和密里根的關係。儘管現在可能還會因為打草驚蛇替自己惹上麻煩，但隨著年齡增長，應該會慢慢變穩重吧。」

奧利佛露出苦笑。雖然是個沒用的魔法師，但當打雜的還不錯──剛才的發言翻譯起來就是這

樣。

「……我聽說您每年這個時期，都會對好幾個學生說出相同的話。」

「我不否定。如果是有前途的學生，我會在他們一年級時就招攬他們。這樣隨著他們的年級往上升，就會有人自然被淘汰。」

即使聽見後續的說明，奧利佛還是完全提不起勁反駁。對方的言行與安德魯斯的忠告完全一致，甚至讓少年莫名覺得有點好笑。

「我非常清楚老師的想法了——不過我可以再問一個問題嗎？雖然是完全無關的事情。」

「說說看吧。」

奧利佛打斷這個沒意義的話題，但達瑞斯並沒有特別怪罪。大概是不急著這時候說服少年吧。少年趁男子再次轉身探索室內時，朝著他的背問道：

「大曆一五二五年，四月八日晚上——『請問您人在哪裡，做了什麼？』」

氣氛瞬間凍結，這讓奧利佛察覺自己說的話確實射穿了對方的心臟。

「——真是個有趣的問題。」

達瑞斯緩緩轉身。從他嘴角露出的銳利笑容，已經完全感受不到餘裕。

「但太過有趣了。有時候即使是打草，也可能會引出龍呢——看著我的眼睛說話，『你到底知道多少？』」

男子全身充滿危險的魔力，像是要直接用魄力壓垮少年般低頭看向他。那道視線甚至足以讓缺乏覺悟的人停止心跳，但奧利佛不僅正面承受還瞪了回去。

「怎麼可以用問題回答問題呢。發問的人是我啊，達瑞斯．格倫維爾。」

少年捨棄努力保持到最後的禮節，粗魯地喊出對方的名字。他的聲音透露出自己已經不再把對方當成老師，而是明確的敵人。

「……原來如此。你的目的從一開始就是這個。」

達瑞斯也立刻看出少年的行為並非一時衝動。對方講的話，散發出來的敵意，以及在迷宮深處只有兩個人的狀況——這些已經足以說明少年的目的。

「沒想到現在還有『那個女人』的親戚活著……真是惱人。明明都已經過了七年，居然還得收拾殘局。」

男子煩躁地說道，奧利佛靜靜搖頭。

「不用擔心。今天就是最後了——你以後再也不用煩惱任何事情。」

達瑞斯的太陽穴抽動了一下。這讓奧利佛察覺自己的話深深激怒了他。

「少說大話了。無論你的個人意願如何，接下來都得不斷承受劇痛咒語和自白咒語。繼續囂張下去，只會讓我對你更不留情。」

達瑞斯試圖用這種方式讓少年閉嘴。奧利佛一聽就笑了——男子這段話裡應該沒有任何誇張的成分。一旦自己被他制伏，男子應該就會開心地拷問自己吧。就像他過去對一個女人做的那樣，盡情折磨無法抵抗的對象。就連他當時露出的低賤笑容，少年都一清二楚。

「……只有一件事，我要向你道謝。」

「？」

「感謝你沒有變。一直像七年前的那個晚上一樣，是讓我持續憎恨的達瑞斯．格倫維爾。」

奧利佛發自內心這麼說道。對方依然是那個能讓自己在跨越那條界線時，內心不會有任何掙扎的傢伙，這讓少年感到無比放心。

「開始吧。早就是一步一杖的距離了——格倫維爾，挑你喜歡的時候拔劍吧。」

少年毫不畏懼地說道，甚至像是要陪眼前的魔人練劍一樣。

聽見一年級生對自己說出這種話後，這項事實重新喚醒了達瑞斯多年前的憤怒。

「別以為你能像個人死去。」

男子將右手伸向腰間的杖劍。與此同時，奧利佛也將手伸向劍柄，擺出準備與對方同時拔刀的姿勢。

——關於魔法師之間長年討論的主題，其中一個是「有沒有可能存在完美的預知」。

如同字面上的意思，預知就是預先得知未來。包含所謂的占卜在內，魔法界有許多方法和術式是為了這個目的存在。從只比迷信好一點的，到需要付出龐大勞力與代價的方式都有，種類可以說是五花八門。

決定預知價值的因素，首先是其精準度。即使有占卜師說中了明天的天氣是「晴天」或「其他狀況」，因為猜對的機率原本就是一半一半，所以只能算是詭辯。想要追求能夠當成未來行動參考的結果，這才是預知之所以為預知的關鍵。

然而，即使翻遍魔法界的歷史，也找不到能做到完美預知的施術者。可以說所有知名的占卜師，都一定有「預言失準」過。這是為什麼呢？這表示就連他們都還不夠成熟，但真的只是這樣嗎？

在距今約三百年前，有一個魔法師針對這個問題提出了解答。他是這麼說的——人無法完美觀測未來。因為觀測會改變未來。

真要說起來，完美預知未來的前提，是未來本身固定到不會接受任何干涉。這樣就只有在決定論認為的「僵硬」時空有可能實現。從這個角度來看，我們居住的世界是否滿足這個條件？答案是否定的。那些多的跟山一樣的失準預言便足以證明這點。

所以，那個魔法師繼續說道——並非透過預知得知未來，我們一直想做的是決定未來。預知只是在這個時空的未來建立一個小小的路標，從以前到現在，以及未來都是如此。利用由此而生的引力，讓事情抵達期盼的未來，我們只是將這個結果形容成「預知靈驗」而已。

這是一種認識轉換（paradigm shift）。自從這個說法出現後，魔法界對預知的常識就徹底改變了。

如果用微觀的方式適用這個理論，那麼奧利佛・霍恩與達瑞斯・格倫維爾接下來的決鬥結果，也並非在事前就已經注定。

這表示即使奧利佛在魔法劍方面的能力居於壓倒性的劣勢，他還是有萬分之一，或是十萬分之一的勝算。在被達瑞斯擊敗的無數可能性當中，還是存在著一點點逆轉的未來。

接下來有可能實現的未來，從現在連接到那個時刻的眾多因果之線。少年感覺得到，那就像在無垠的黑暗中飄蕩的大量絲線。幾乎所有的絲線都在中途斷裂。那些全都象徵著奧利佛敗北的未來。

因此，他該做的只有一件事。

選擇沒斷的線，在不遠的未來留下「標記」。

「——唔——」

從那個瞬間開始，「未來將少年拉了過去」。

順序是相反的。並非累積現在前往未來，而是讓現在朝觀測到的未來收束。將奧利佛．霍恩這個存在推向某個結局的時間軸的激流，就這樣直接化為他揮出的「萬中選一」的斬擊。

稱之為——第四魔劍．「橫渡奈落之絲（安古斯塔維亞）」。

時機已經成熟。兩道人影晃動重疊。使盡全力揮出的斬擊軌跡，帶著魔力交錯。

經過一次交鋒後——達瑞斯的右手腕連同杖劍掉落地面。

「——」

男子依然維持與對手的少年擦身而過後的姿勢。他整個人愣住了，或是該說一臉茫然地，看著自己手腕被砍斷的地方。

男子低喃，像是直接從口中吐出無法理解的光景，以及無法接受的現實。

「——這是，怎麼回事？」

在他恢復正常的思考能力之前，一道衝擊貫穿男子的全身。

「呃啊……？」

手腳失去感覺的達瑞斯向前傾倒。奧利佛將施放了麻痺咒語的杖劍對準男子，冰冷說道：

「被砍後就呆站在原地可真不像你……即使手腕和劍都掉了，還是可以試著用雙腳逃離吧。」

這麼說的少年也並非毫髮無傷。他的雙眼、鼻子和耳朵——全都流出大量鮮血。這並非達瑞斯的攻擊造成的傷，明顯是某種術式造成的過度負荷。

「還是說在與年輕人的正面對決中落敗這件事，真的讓你這麼意外？」

即使視野已經變成紅色，奧利佛仍淡淡地說道。達瑞斯唯一能夠自由活動的嘴角，在聽見少年的話後開始顫抖。

「……為什麼……」

男子如此低喃。他已經恢復理智，便逐漸理解自己身上發生了什麼事。

「……為什麼！那魔劍應該已經消失了！在七年前的夜晚，和那女人的性命一起！」

即使腦袋已經理解，達瑞斯仍大吼著拒絕現實。奧利佛立刻回應他的吶喊。

「你們從母親那裡奪走了某些東西，但那並不是全部。這就是答案。」

一聽見少年的回答，男子的眼神變得更加驚訝。

「你是那女人的……？」

「看不出來吧。我自己也覺得不像。」

少年露出自嘲的笑容，靜靜搖頭。

「但不如說這樣才好。如果這張臉有萬分之一和母親相似——我實在無法容許自己接下來的行為。」

奧利佛揮了一下杖劍後，突然改變話題。

「利用疼痛進行教育是你的專長，所以你當然知道吧——劇痛咒語只能重現自己所知的痛楚。這個魔法是從自己的記憶之海中掬起曾經歷過的痛苦，施加在對方身上。」

少年在說明的同時跪到地上，近距離看著男子的臉說道：

「所以請你放心。你在七年前的夜晚對母親施加的一百二十八種痛苦——『你接下來也將跟著親身體驗，一個都不會遺漏』。」

「————唔！」

達瑞斯在這時候看見了，看見奧利佛．霍恩這個少年瘋狂的面貌。

「聽好了，達瑞斯．格倫維爾——你接下來要好好思考該說什麼話。」

少年將臉湊上前說道。他的聲音裡逐漸帶著宛如熔岩般的熱度。

「在說出那句話之前，我會持續拷問你，讓你細細品嘗母親曾經體驗過的痛苦。如果在經歷了一百二十八次的痛苦後，你還是想不出來該說什麼——那接下來就換體驗只有我知道的痛苦了。」

少年詳細說明自己接下來要進行的惡毒行為。達瑞斯很清楚這會讓對方感到多麼恐懼，因為這正是他自己擅長的手法。

「所以你接下來就努力找吧。一面體驗地獄般的痛苦，一面拚命地找吧。找出能讓我原諒你的行為，容許你繼續存在的——『那種宛如魔法般的話語』。」

如此宣告完後，少年將臉移開，起身舉起杖劍。達瑞斯焦急地想開口——

「等——」

「**開膛剖肚**（多羅爾）。」

但被一段咒語打斷。下一個瞬間——從腹部內部炸裂開來的疼痛，讓達瑞斯翻著白眼咬緊牙關。

「咿——！」

既不是比喻，也沒有誇張，彷彿被人用堅硬的爪子攪拌內臟的痛楚，在他的肚子裡翻騰。達瑞斯現在的感受就像是被肉食動物捕食的獵物，就連腸子斷裂的感覺都是如此鮮明。

痛苦持續了整整十秒。完成最初的拷問後，奧利佛向仍在痛苦喘息的男子問道。

「想到該說什麼了嗎？」

「唔……你、你這傢伙……！知道自己做了什麼嗎！我可是金伯利的老師！你想與整間學校為敵嗎！」

「可惜(Non)——**扭斷指頭**(多羅爾)。」

達瑞斯突然覺得好像有人正在抓著自己四肢的指頭扭轉。這次並非劇烈的疼痛，那股不快感以擰抹布般的速度逐漸增加——最後肌肉纖維無法承受過度的旋轉，開始一根一根地斷裂。

「啊……唔喔喔喔喔……呃啊……！」

疼痛斷斷續續地襲來，愈後面就愈強烈。大塊肌肉突然斷裂的衝擊，讓達瑞斯無法控制地口水直流。這次也是過了約十秒鐘，奧利佛用跟剛才一樣的語氣問道：

「想到該說什麼了嗎？」

「呼、呼、呼、呼……！我絕對不會這樣就算了！我要把你全家都殺光！等著看校長會怎麼對付敵人吧！不想事情變成那樣的話就立刻——」

「可惜——**燒至骨髓**(多羅爾)。」

「呃啊啊啊啊啊啊啊啊！」

從骨髓傳來灼熱的感覺。那裡是照理說不會被燒到的體內，是通常燒到時早已死亡的地方，現在卻活生生地體驗到那裡被燒灼的感覺。這次達瑞斯連續哀嚎了十秒。

「想到該說什麼了嗎？」

「……等……等等……！我知道了，我可以聽你說！你有什麼願望？以我的立場，大部分的事都能——」

「可惜——**溶解崩壞**（多羅爾）。」

「咿啊啊啊啊啊啊啊啊啊啊啊啊啊！」

這是彷彿所有皮膚都被泡在酸液內的可怕感觸。裸露的神經持續感覺到鮮明的疼痛。視野反覆變得一片空白。

「想到該說什麼了嗎？」

十秒後，奧利佛再次提出相同的問題。在那一瞬間勉強恢復思考能力的達瑞斯，反射性地開口：

「……我、我道歉……！關於對你母親所做的那些暴行，我在此向你低頭認錯……！但你聽我說，事情會變成那樣是有理由的！真要說起來是因為你的母親——」

「可惜——**削骨刨肉**（多羅爾）。」

「呃嗚嗚嗚嗚嗚嗚嗚嗚嗚嗚嗚嗚嗚嗚嗚！」

削刮是從腳底開始。金屬板上的窟窿仔細地削落達瑞斯的肉體。肉被削完後，換骨頭被削刮的振動傳進耳裡，引發比疼痛更甚的不快感。

在那之後，拷問不斷持續。所有的劇痛都是整整十秒。每次結束，達瑞斯都會拚命試著開口，但全都被奧利佛簡短地否定。

可惜、可惜、可惜、可惜。

可惜、可惜、可惜、可惜、可惜可惜可惜可惜可惜——

「……真奇怪，你怎麼不說話了？」

拷問與確認。在這無止境的循環中，過了感覺像是永遠的幾十分鐘。

少年低頭看向已經說不出話，瀕臨崩潰地蹲在地上的達瑞斯·格倫維爾。

「才五十七次而已。連你對母親施加的疼痛的一半都還不到。不管是痛苦、發狂、謝罪、哀求、後悔或絕望──你應該都還能繼續叫吧。」

奧利佛毫不同情地說道。男子低著頭動也不動。眼角帶著淚水，嘴角掛著摻雜鮮血的泡沫，他已經失去了思考的能力，單純害怕著下一次來襲的痛苦。

這個樣子和一小時前實在相差甚遠。那個軟弱至極的背影，讓少年的感情因此爆發。

「……說話啊。說話啊，達瑞斯·格倫維爾！我不是叫你好好想該說什麼嗎！」

「……嗚……啊……」

男子顫抖的嘴巴只能發出沒有意義的呻吟。這讓奧利佛變得更加失控。

「這是什麼德性！我憎恨已久的達瑞斯·格倫維爾的末路，不應該是這個樣子！你原本那令人作嘔的信念怎麼了？將守護他人的溫柔斷定為愚蠢的傲慢消失到哪裡去了？

我一直都在心裡描繪！描繪能夠讓你屈服的疼痛，描繪能夠消除你那份傲慢的疼痛！除了從你那裡學到的一百二十八種疼痛以外，我還另外準備了好幾種……！」

少年講到最後幾乎是在吶喊。他揪住跪在地上的男子衣領，硬將其拉了起來──少年激動地用力搖晃眼前的仇人。

「還不說話嗎！還想不到該說什麼嗎，格倫維爾！」

少年的吶喊已經接近懇求——過不久，在他的手裡，男子輕輕動了一下嘴唇。

「……殺……」

少年開心地睜大眼睛——沒錯，還沒有結束。怎麼能這樣就結束。他像是等不及聽男子接下來要說什麼般，將臉靠向達瑞斯。

「……殺了我……吧……」

在好不容易聽見這句帶有意義的話後。

奧利佛感覺驅使自己行動的所有感情，都被吸進了無底的虛無當中。

「…………了解（Yes）。」

少年以空洞的聲音回應。然後——他讓男子躺到地上，將杖劍抵在對方的脖子上。

他的右手毫不猶豫地用力……從刀刃那裡傳來肉被切斷的觸感。

接著骨頭也輕易斷裂。頭顱在接觸地板的瞬間發出低沉的聲響。

等回過神時——達瑞斯．格倫維爾已經化為一具屍體永遠沉默。

「——諾爾，結束了嗎？」

跪在地上茫然自失的少年背後，不知何時出現了兩個人影。

其中一個是奧利佛之前跟同伴說是大姊的淡金髮女學生。另一個在剛才開口詢問的，則是一位有著赤銅色頭髮，身材高大的樸實青年。

「……嗯，結束了，大哥。」

奧利佛毫不驚訝地，背對著兩人回應。那道彷彿隨時會消失的身影，讓女學生忍不住想要衝過去。

「諾爾——」

「大姊，別靠近我。」

但少年堅定地拒絕了她。女學生驚訝地停下腳步。

「我不想弄髒妳。這種汙穢——我一點都不希望妳沾到。」

少年以顫抖的聲音說道，讓女學生露出泫然欲泣的表情站在原地。被少年稱作大哥的青年，代替遭到拒絕的她向前踏出一步。

「看來出血已經停止了……身體還好嗎？」

「一如往常。不管是好的部分或壞的部分。」

奧利佛在回答問題時，粗魯地用袖子擦掉臉上的血。之後沒有再流出新的血，原本變紅的視野，也逐漸恢復原本的顏色。

「這點程度還不算什麼。不過如果連續使用，負擔就會增強許多。兩次可能還勉強撐得住……第三次就要做好喪命的覺悟。」

少年依照過去的經驗，劃出生死的界線。這同時讓他再次體驗到——對自己來說，「那個」果然不是能夠輕率使用的東西。

和東方少女不同。這個魔劍，原本並不屬於少年。目前的狀態，比較接近是原本的使用者寄放在他那裡。因此光是使用就會造成負荷。作為實現萬中選一的斬擊的代價，承受因果的洪流會對身體帶來極大的負擔。只要稍微一疏忽，就會輕易喪命。

「那就禁止使用第三次。如果你死了，一切就結束了。」

青年嚴厲地說道。包含在這句話裡面的笨拙感情，替奧利佛帶來些許慰藉。

「雖然這次順利贏了——但之後的對手絕對沒這麼好解決。聽好了，千萬別焦急。你要慢慢累積身為魔法師的實力，靜待時機。我們會為你做好一切的準備。」

青年基於誠意提出忠告。少年仔細聆聽，然後在下一個瞬間瞪向「忽然出現在旁邊的氣息」。

「——唔？」

「不用緊張。是同伴。」

青年以冷靜的聲音安撫連忙舉起杖劍的少年。一個身材嬌小的少女出現在奧利佛旁邊，向他下跪。

「這個女孩是在同伴的管理下，在迷宮(這裡)內長大的。雖然在正式記錄上，預定將在明年入學，但只有我們知道她現在就在學校裡。至於她擅長的魔法特性……應該不用說了吧。」

奧利佛在理解青年的話後，驚訝地想著——雖然在跨過第一道難關後，自己稍微鬆懈了一下，但在逼近到能察覺彼此呼吸的距離之前，自己都沒有發現少女的存在。可見她的隱形已經超越了常

識的程度。

「初次向您請安，吾主（my lord）。」

少女以感動的眼神仰望奧利佛，用還沒變聲的聲音如此說道。她那極為正式的語氣與年齡極不相符，一聽就知道是為了這個瞬間刻意練習了很久。

「您的思想、鑽研、激情與魔劍——全都讓小人在不知不覺間深深為您著迷。小人現在可以確信，小人至今的一切，全都是為了您存在。」

少女拚命想傳達自己內心的感動，紅潤的臉頰充滿了憧憬與盲信。對現在的奧利佛來說，那實在是過於諷刺。

「儘管是如此卑微之身，也請您盡情使喚。小人向身上的刻紋發誓，無論是什麼困難或骯髒的工作，小人都絕對不會辜負您的期待。」

少女的話裡充滿稚嫩的自信。確認兩人打好招呼後，青年開口：

「她從今天開始就是你的部下了。隨你怎麼使喚吧。」

「…………」

聽了青年的話後，奧利佛仔細地想像。想像自己命令這個年幼的少女在這場必須賭上性命的戰鬥中擔任斥候的樣子，以及即使少女最後喪命依然不會停下腳步的自己。

他的嘴角不禁露出了自嘲的笑容——這並不算什麼。自己終究是個魔法師。只要是為了自己的目的，可以毫不猶豫地踐踏道義與人倫。而且這個無可救藥的本質，和薇菈·密里根可說是沒什麼差別。

在少年重新體會這份苦悶的心情時，青年從制服的懷裡掏出一樣東西。

「還有一件事——以後如果有必要，就戴上這個。這是施加了強力的干擾認識魔法的咒具。不管之後要怎麼行動，都不能被人特定出你的身分。」

奧利佛一看見那樣咒具就理解了。那是一個面具。雖然只能遮住臉的上半部，但精心施加的魔法帶來的偽裝效果，遠比普通人戴的頭盔還要值得信賴。

少年收下面具仔細端詳，這讓青年開口問道：

「對設計有什麼不滿嗎？我已經盡可能設計得樸素一點了。」

「不……只是覺得非常適合我。」

奧利佛誠實地訴說感想，輕輕戴上那個面具。不出所料，感覺就像跟臉互相吸引一樣契合。將各方面能力都不夠突出的優等生臉孔隱藏起來後——一個在夜晚的迷宮恣意行動的復仇者，重新出現在這裡。

「同志們——集合！」

確認少年已經變裝好後，青年大聲喊道。以此為信號，眾多魔法師從四面八方的牆壁上的新入口現身。儘管年級、年齡和性別都不盡相同，但他們全都一齊跪在奧利佛面前。

「雖然沒有全員到齊，但是主要人物都到了——諾爾，檢視你的臣子吧。這是你的『加冕儀式』。」

青年像是侍奉在國王身邊的參謀般說道，他與淡金髮的女學生一起走到那些臣子的最前面，和他們一起低頭宣誓服從與忠誠，奧利佛以僵硬的表情看著這個景象。

「請您統治我等，引導我等……按照您靈魂的期望，用那魔劍開拓未來。將背叛那位大人的魔人們悉數討伐。」

青年代表同志如此宣言，這讓少年鮮明地回想起來——自己接下來必須手刃的仇敵。那些在這間學校擔任教職，實力皆不相伯仲的魔人們的臉孔。

傲慢的鍊金術師，達瑞斯．格倫維爾。

魔法生態系的支配者，凡妮莎．奧迪斯。

存活千年的至高魔女，法蘭西絲．吉克里斯特。

玩弄魔道工學之理的瘋狂老人，恩里科．佛傑里。

超越人智的無知哲人，迪米崔．亞里斯提德。

嘲笑所有生命的詛咒者，瓦蒂亞．穆維茲卡米利。

以及——睥睨一切的孤高巔峰。金伯利校長，艾絲梅拉達。

「——嗯，我一定會將他們悉數討伐。」

奧利佛在眾多臣下面前，以嚴肅的聲音立誓。

今晚已經斬殺了一個，還剩下六個——絕不饒恕。一定要將他們趕盡殺絕。

「…………」

與此同時，在少年的心裡浮現了難以抹滅的恐懼——自己討伐的對象，絕對不可能單單只有這七個人。

只要懷抱著這個悲願戰鬥，包含自己在內的這些人，遲早必須與整個學校為敵。絕對不可能只因為對方不是母親的仇人，就迴避與他們戰鬥。在跨越無數死屍之後，除了同志以外的每個人都可能成為敵人。

所有的老師，以及他們門下的學生。在奧利佛心裡描繪的未來，幾乎可以確定就連嘉蘭德師傅也會以敵人的身分阻擋在自己面前——不僅如此，或許還會發生更糟糕的狀況。

那就是「其他魔劍使用者也阻擋在自己面前的情況」。

「……唔……」

他想起少女以前說過的話——「勿喜於復仇之劍，應喜於相愛之劍」。

關於這項理念的是非，自己接下來將無可避免地，靠自己親身去確認。

一步一杖。那是足以讓所有話語失去意義，用刀劍相向取代咒語的距離。

在那裡只有兩個赤裸的靈魂。正因為如此，魔法師之間的交流才既虛幻又壯烈。

緣分相連，因果循環——因此他們拔劍出鞘。
用七種魔劍，支配這個在生死之間飄盪的世界。

〈完〉

後記

大家好，我是宇野朴人……再次歡迎各位來到金伯利魔法學校。

看過教學大綱了嗎？簽好誓約書了嗎？喔，全都辦好啦。非常好。如各位所知，本校的經營方針非常特別。

不保障學生的生命安全——因為他們是魔法師。

約有兩成的學生無法活到畢業——因為他們是魔法師。

學生之間偶爾會互相殘殺——因為他們是魔法師。

他們應該會認真學習吧。互相切磋琢磨，培養友情，有時甚至還會墜入愛河。

他們應該會建立珍貴的羈絆吧。即使那一切，最終都會被當成柴薪丟進火裡。

這就是金伯利魔法學校。全世界最為完善，專為魔法師設計的地獄。

各位都明白了嗎？嗯，很好。這樣我就放心了。

那麼，希望——你也能在這裡度過美好的校園生活。

天鏡的極北之星
發條精靈戰記
Alderamin on the Sky
13
宇野朴人
Uno Bokuto
角色原案 さんば挿
Illustration 竜徹
Kadokawa Fantastic Novels

怕痛的我，把防禦力點滿就對了 1~4 待續

作者：夕蜜柑　插畫：狐印

梅普露率小公會【大楓樹】對抗百人大公會！
最狂少女這次又要用什麼奇招碰撞最強!?

梅普露率八人小公會【大楓樹】挑戰公會對抗賽！而新加入的「全點型」同伴也都學到了強力絕招。然而最具冠軍相的還是兩大公會【聖劍集結】和【炎帝之國】。在這情況下，「最狂」少女要用官方也想不到的奇招碰撞「最強」，讓眾人跌破眼鏡！

各 **NT$200~220/HK$60~75**

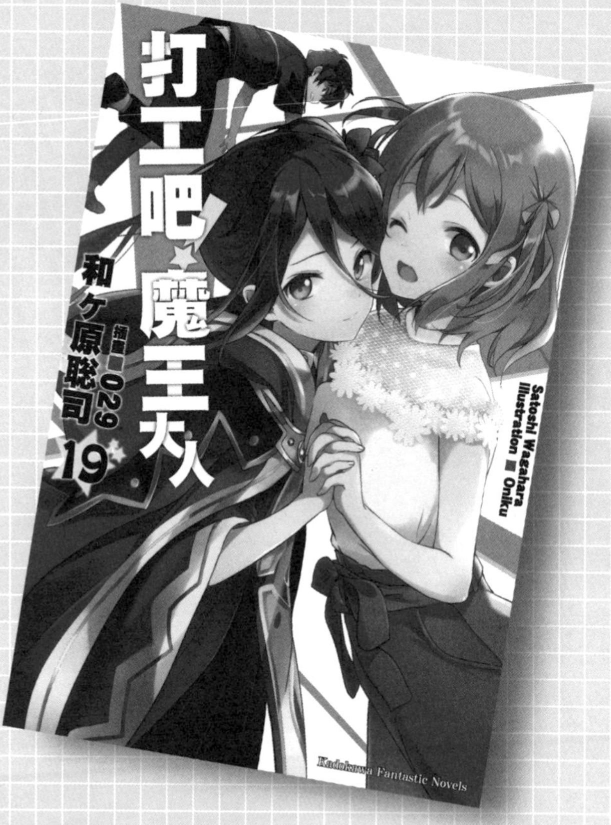

打工吧！魔王大人 1~19 待續

作者：和ヶ原聡司　插畫：029

鈴乃升任六大神官並將與魔王軍交戰!?
艾契斯出現嚴重異常忙壞眾人！

鈴乃將成為教會地位最高的六大神官之一，這樣下去會和率領魔王軍的蘆屋交戰。沉重的壓力與對未來的不安，讓鈴乃變得意志消沉。此時艾契斯不知為何突然身體不舒服？鈴乃與千穗在忙著應付這件事時，重新認知到自己對魔王的感情……

各 **NT$200~240／HK$55~75**

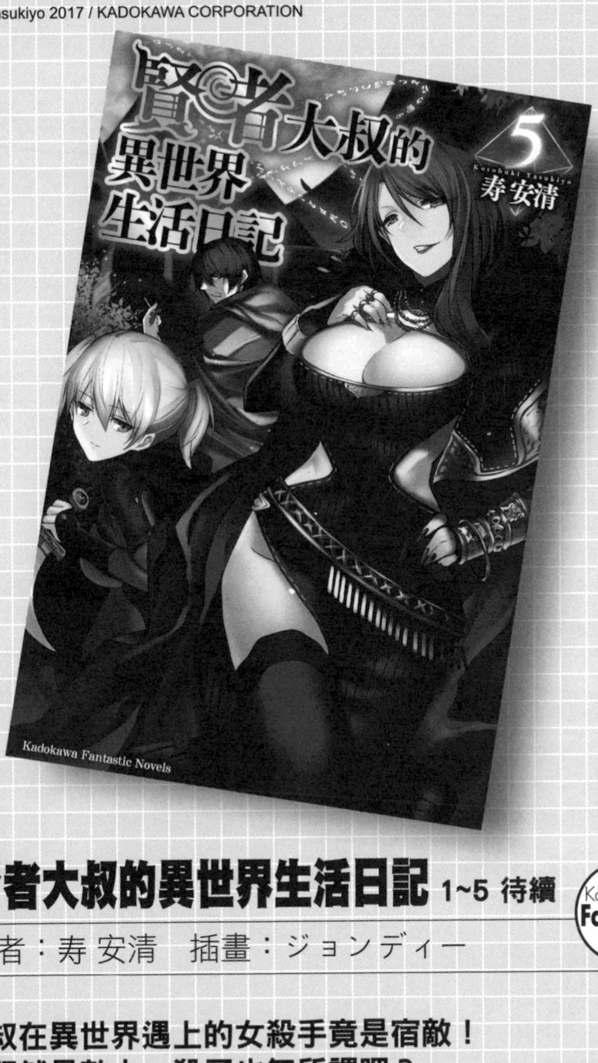

國家圖書館出版品預行編目資料

七魔劍支配天下 / 宇野朴人作；ミユキルリア插畫；李文軒譯. -- 初版. -- 臺北市：臺灣角川, 2019.11-

冊；　公分. -- (Kadokawa fantastic novels)

譯自：七つの魔剣が支配する

ISBN 978-957-743-342-8(第1冊：平裝)

861.57　　108015399

七魔劍支配天下 1

（原著名：七つの魔剣が支配する 1）

２０１９年11月11日　初版第１刷發行
２０２２年12月16日　初版第２刷發行

作　　者：宇野朴人
插　　畫：ミユキルリア
譯　　者：李文軒

發 行 人：岩崎剛人
總 編 輯：蔡佩芬
編　　輯：黎夢萍
美術設計：黃永漢
印　　務：李明修（主任）、張加恩（主任）、張凱棋

發 行 所：台灣角川股份有限公司
地　　址：１０４台北市中山區松江路２２３號３樓
電　　話：（02）2515-3000
傳　　真：（02）2515-0033
網　　址：www.kadokawa.com.tw
劃撥帳戶：台灣角川股份有限公司
劃撥帳號：19487412
法律顧問：有澤法律事務所
製　　版：巨茂科技印刷有限公司
ＩＳＢＮ：978-957-743-342-8